三島由紀夫——著
吳季倫——譯

小說家的旅行

外遊日記

Mishima Yukio

目次

畫卷記旅

畫卷記旅

1 禿鷹的暗影

熱帶與死亡，始終在我腦海裡久久縈繞不去；然而，令我不解的是，自己為何會將這兩個意象如此緊密地連結在一起。不論是在海地生病的時候，抑或在墨西哥尤卡坦半島生病的時候，這兩個意象的連結，總是在我的心頭不停地盤旋。當我探訪矗立在尤卡坦平原的密林裡的馬雅遺跡，目睹棲身於荒煙野草間的托爾特克文化的「骷髏頭神殿」曝曬於酷暑驕陽之中，不禁為自己能在盛夏時節見證此景而感到欣喜。那座神殿的底部刻滿死亡、病痛、禿鷹，還有戰士的浮雕。有的戰士幾乎提不起手中的弩箭，一副病殃殃的憔悴神情；也有戰士瘦骨嶙峋，單手拎著自己那顆眼目閉闔的首級。……這些鏤刻著死亡、病痛和荒圮的紀念碑，在萋萋草叢間顯得分外醒目。這地方似乎蘊含著某種思惟，於我心有戚戚焉。

我彷彿隱約明白了什麼是熱帶的死亡。當健康的時候，海地首府太子港的風光令我賞心悅目；然而一旦有病在身，就變得奄奄無力，連望見利維拉旅館庭院裡多不勝數的繁茂熱帶植物，都會催我作嘔。那些巨大而閃閃發光的葉片和花朵長得密密叢叢的，猶如我們菜園裡的雜草和蔬菜在放大鏡底下全都擴大成數十倍似的影像，簡直是一場夢魘。在那閃耀著光澤的異樣龐大的闊葉底下，偶爾還可瞥見綠色的蜥蜴竄跑而過。幾隻放養的大鸚鵡展開璀璨的翅膀，此起彼落地在游泳池畔發出嘶啞的刺耳啼叫。

這時，我感到自己幾乎無法抵抗這些植物和動物旺盛又可憎的自然生命力。就算我當下死去，死狀恐怕也和它們沒什麼兩樣。我不是敗於死亡之手，而是敗在一種無謂的過度旺盛且可憎的生命力之下。那種力量不是來自於崇高且冥想化的北方眾神，而是出自於支配這些熱帶國家的可憎的諸神。

……是的，馬雅的死神慣常是飢腸轆轆，不時貪婪地索求飽腹。在這個地方，人類的死亡是一種生物遭到另一種生物的吞噬，一種生命受到另一種生命的啃食，即便是自然地死去，也和蝴蝶被蜘蛛吃下肚沒什麼兩樣。儘管受到文明生活的庇護，卻又總覺得世上存在著某一種會把自己打倒的可憎的旺盛生命力——難道只有我一個人有這樣的感覺嗎？

不，不單我有這樣的感覺。那些共產主義者打著革命的大旗，一方面勾畫出較之搖旗吶喊群起而攻更為強大的生命力，一方面又恣意利用源自上古且歷久不衰的恐懼。墨西哥的左翼畫家里維拉[1]畫筆下那群聲勢懾人的工人早已超脫人類，而是更趨近於強大而毒辣的熱帶生態了。

然而，確信自己的內在生命力，不惜一切與之共存，或是說將其從龐大的抽象體系中獨立出來存活的所謂北方封閉性的生活方式，相較於這種忘卻或抹煞內在生命力並且知覺著外在生命力的生活方式，後者難道比較頹敗嗎？果若如此，那麼熱帶本身不就是一種嚴重的頹敗嗎？

事實絕非如此。在熱帶居民的生活方式裡，潛藏著一種遠比其外在更為強而有力的對生命的模仿。我們一直試著模仿那些龐大而光澤耀眼的植物，以及鸚鵡和豹子的生命力，並且一直試著參與與規畫這樣的進程。……這就是生存。假如做不到，唯有步向死亡一途。屆時，將不再是模仿，而是遭到吞噬，受到同化了。

我站在奇琴伊察的馬雅蘭德．洛基旅館二樓的柱廊俯瞰，在葳蕤蒼鬱的熱帶樹蔭下，瞥見淺紫色的寄生蘭綻了花。忽然間，有什麼東西掠過了蘭花瓣，就在下一秒，幾道黑影伴隨著急促的拍翅聲霍然撲到了我的眼前。原來是幾隻禿鷹。

死亡，居然在光天化日之下，就這麼振翅來到人類的餐桌前和躺椅邊。牠們的影子落在擱著一杯午後酒的桌布上。那雖是不祥的暗影，卻也不啻為一種強大的生命力。

那是他者的生命，與自我無關的生命……。這種思惟令西歐人不寒而慄。因為這樣的想法很容易造成將生與死一視同仁，而且有某些部分必定會連結到太陽崇拜。

熱帶的陽光，宛如嘹亮但刺耳的喇叭聲，轟鳴不止。沉滯的空氣彷彿旱得處處龜裂，椰子樹和火焰樹也像是嵌在令人眩目的海景上，一動不動。

我在多明尼加首都聖多明哥那濃綠樹蔭下的長椅坐了下來，從葉片被曬得乾枯而垂地的可可椰子樹[2]的縫隙間，眺望波光粼粼的加勒比海時，腦中思索的也是這個問題。

2 北美密西西比州的納切斯

你知道美國小城市的夜晚是什麼模樣的嗎？吃過晚餐，我走出旅館，打算去幾個路口外一家燈飾絢爛的小電影院。那時才八點半，月色皎潔，街上卻已經無人走動了。俏皮的小霓虹燈，自顧自地在一家家商店門前閃爍爍。一輛輛汽車，默默地依序停在靜悄悄的路旁。偌大的銀色垃圾箱半張著嘴。乍看去，一旁熄了燈的櫥窗裡陳列著大量的餐刀，刀刃在黑暗中反射著窗外的光影，而漆黑的窗玻璃則映出斜對角那家藥房的霓虹燈。街上的建築物一律都是兩層樓，好似積木疊出來的小屋子。時值九月的此刻，路邊的一面牆上還貼著馬戲團五月份來城裡表演的廣告。順著這批低矮的樓房朝遠處望去，老舊教堂的尖塔孤寂地聳立在月空之中。

你聽，滿城的蟲鳴！那彷彿從城裡每一面水泥牆的裂縫裡竄迸而出的蟲鳴！……整座城市

---

1 Diego Rivera（一八八六～一九五七），墨西哥畫家，亦是活躍的共產黨員。

2 學名為 *Cocos nucifera Linn.*，英文名稱 Coconut Palm 或 Coconut Tree，一般通稱椰子。

就像一只沒人住的大蟲籠。

當然，有些人還醒著。證據就是當我聽到一陣猶如深深嘆息的聲音由遠而近，直到發現那是在人行道上滑行的汽車發出的聲響時，那輛關上了車內燈的汽車，已經從我眼前消失在下一個街角了。

嗡集的蟲鳴誘惑著我——是去看電影，還是該去欣賞月夜裡的密西西比河呢？最後，我決定去看電影。因為就算不去看，也可以想像得到就在那夜空下陪伴著靜謐的叢林，流淌在月光裡的密西西比河是什麼模樣。……結果，等我看完電影回來，於就寢前站在伊歐拉旅館七樓走廊那扇窗戶前，雖被安全梯擋住視線而看不到月亮，卻看到了在月光下的密西西比河。

3 在奧特加特產店的門前

我不知該如何形容北美新墨西哥州天空的藍。那是絕對的湛藍，並且是無與倫比的湛藍。因為我們通常看到的是在白雲映襯下顯出晴空的蔚藍，但在這裡任憑極目四望，依舊連一片雲也瞧不見。

聖塔菲周圍的平原上，到處都是形似黃色佩蘭的一枝黃的花叢，而茂密長著槲寄生的丘陵，其山腰則是光禿禿的，只有乾枯的淺綠色葛蔓零星分布。遍地皆是火山熔岩的小山，呈尖銳鋸齒狀小山。全長兩千兩百英里的里奧格蘭德河在這些山岳間穿流而過，逐漸切割出一座大峽谷。現在是九月下旬，聽說再過兩個星期，周圍群山中最高的托盧卡斯峰就會覆上白雪了。

開車賞覽完陶斯的隔天，我又從聖塔菲驅車前往奇馬約參觀印地安部落，同行的是一對年輕的德國夫妻。汽車開了一陣子，司機照例在一家名叫奧特加商店的特產店前面停下來略作休息。這家商店主要販賣印地安人手工製作的毛毯。我對司機暗中推銷的招數已經心知肚明，決定待在車裡欣賞後車窗外的景致，等候下車去聽商家舌粲蓮花的那對年輕夫妻回來。

在那條塵土飛揚的路旁有一所小學。遠方赤色群山的輪廓，近處零星長著葛蔓的火山灰丘陵的柔緩山形，都與湛藍的天空之間印出了一道清晰可辨的界線。道路右側的小學校地四周圍著鐵絲網，和日本同樣穿著土氣西裝的教師正與學生們一起打棒球。道路左邊的繁茂樹蔭下有一段半圮的石牆，三個十五、六歲的印地安和西班牙的混血少年坐在石牆上，開心地聊個沒完。葉縫間灑落的陽光，將其中一個少年掛在褐色胸前的金色十字架照得閃閃發亮。

從車後窗看出去，迎面就是一塊我最討厭的可口可樂的豔紅圓形廣告板，不過那塊板子已經十分斑駁，看來倒也別具雅趣。

下午兩點半，陽光普照。此刻的白晝彷彿會持續到永恆。

其實，這一幕風景真正的主角，是一個熟練地駕馭一匹黑駿馬的七、八歲男童。他沒用馬鞍，直接騎乘，時而縱馬奔馳，時而讓馬兒僅用後腿昂立，嚇唬開車經過的旅人。那匹黑馬鬃毛蓬亂，前腿淩空高舉，俊美的英姿劃破那絕對湛藍的天空，真是美極了。不過，那個男童騎手一刻也靜不下來。他有時靠向坐在石牆上的三個少年，其中一人企圖抓住韁繩騎上去，被他當即拒絕並且逃開了；有時又湊到學校的鐵絲網前，驕傲地隔著鐵絲網和那些學童說話。兩條閒得發慌的狗緊跟在他身邊，不是和馬兒胡鬧玩耍，就是朝揚塵而去的車子一陣狂吠。那匹如同西班牙人的頭髮一般黑亮的駿馬，再一次於藍天下高高地揚起了前腿……

於是，在奧特加土產店門前的馬路上，什麼事都沒有發生。也就是說，男童、駿馬、兩條狗，以及三個少年，全都無所事事。我霍然想到，同樣無所事事的自己看起來有多麼愚蠢，不禁羨慕起這些無所事事的人們只是在打發時間，卻能成為我畫中的人物。

4 壯麗與幸福

旅行之所以讓人難以忘懷，並非全然歸因於美麗的風景。我認為，憧憬已久的美景果真如想像中一樣壯麗，以及當目睹美景時洋溢心中的幸福，這兩項要件必須相輔相成才行。這樣的瞬間極其罕見。在這趟長達半年的旅程中，真正遇到這樣的瞬間、真正讓我感受到自己沉浸在幸福之中的瞬間，僅僅只有兩次，一次是八月三十日在特魯希略城的黃昏，另一次則是九月三十日於烏斯馬爾的午後。

這樣的時刻其實有賴天時地利。一來，自己不能有煩惱和不安，再者，身邊萬物也都在冥冥之中幫助自己得到這樣幸福的瞬間。在這種充實的時刻到臨之前，通常會有某種預感。那天下午出發前，我在烏斯馬爾旅館的泳池游了一會，想要沖掉方才午睡時淌出的汗水。當時，我逐漸感到自己沉浸在如水一般的幸福當中，那股幸福將我裹住，逕自沁入我的體內。我那時沒有深思為何會有這樣的感受。

烏斯馬爾位於墨西哥的尤卡坦半島，從機場所在地的梅里達市沿著新建的泛美公路驅車南下，大約兩個小時即可抵達。在眾多馬雅遺跡之中，烏斯馬爾的著名之處在於，比較沒有受到托爾特克蠻族的影響，可供後人憑弔正統的馬雅文化。

一家名為烏斯馬爾莊園的旅館就建在遺跡邊上，只有一棟建築，大概是由莊園改建而成的。從這裡步行幾分鐘，我們就能置身於被挖掘出來的古代都市的中心了。如果把奇琴伊察稱為馬雅的雅典，那麼烏斯馬爾就是馬雅的德爾菲了。不過，如果要論祭祀的規模，這個比喻就得反過來了。烏斯馬爾王族為了舉行重要的典儀，不惜在大森林裡修了一條鋪磚的道路通往奇琴伊察。此刻，我已經站在奇琴伊察的大浴場遺址旁，望著這條通往遙遠的烏斯馬爾的鋪磚道路遺跡。如今，這條道路又重被土壤和草堆覆蓋，再度消失於叢林之中，昔日王族遠行的道路又一次被永久埋在了植物、腐葉土、獸穴和鳥巢底下。我曾看過有個帶著相機的觀光客沒有緊跟著嚮導，獨自拐進森林裡，豈料就這樣迷了路，在裡面兜繞了三個小時還走不出來。那些看似稀疏的樹林，若是站在馬雅的金字塔頂端眺望，就會發現原來不過是錯綜而密集的叢林的一部分。……我在距離烏斯馬爾不遠的卡巴的城門下，看見了鋪磚道路的另一端，和我在奇琴伊察看到的是同一條。這條路好似躲在葉蔭下的可怕大蛇，只露出了長長身子的頭和尾巴，而且還是藏在茂密的夏草裡，朝奇琴伊察的方向爬行而去。

奇琴伊察那種以人獻祭的典儀源自於托爾特克族的風俗，令人視之鼻酸。他們抓來女童，戴上獻給神祇的金銀珠寶，然後把她扔進「犧牲之井」裡頭，如果那具溺死的屍體浮上來時面部朝上，表示神祇欣然接受了供品。另外，神官會在金字塔的頂端剜出受俘士兵們的心臟，接著把體溫猶存的屍體拋下去，在一百多階石梯下方待命的低階神官負責剝掉屍皮，當場披上人皮跳舞。神官們的頭髮上黏著乾涸的血液，令人不寒而慄。那些充作供品的勇敢士兵的肉體隨後就被吃掉，至於流出來的血則被拿去抹在神像的臉上。

奇琴伊察的遺跡如是充滿了血腥的記憶，色澤青黑的台階算不清曾被濺染過多少次鮮血。然而，烏斯馬爾的傳統馬雅式建築遺跡，即便偶爾作為獻祭之用，卻沒有以血祭神的儀式。因為割傷人體取其鮮血祭神的流血儀式，是後來的托爾特克族帶來的。在馬雅諸神中最著名的雨神，在這個乾涸的都城裡被奉為主神。

……我無意在這裡長篇大論馬雅的考古學，只是由衷希望也能讓讀者一同感受到，我這個旅人，在某個奇妙的一天、某個奇妙的下午所感受到的幸福。

我戴著一頂墨西哥帽，和嚮導一起離開了旅館。我們走過夏草叢生的小徑，穿越大馬路，再次走進夏草叢生的小徑裡。天空上無數的雲朵都像鑲了一圈金邊，涼風徐徐吹拂，看來應該不會下雨。

不知道什麼原因，廢墟的顏色總是和當地居民的膚色十分相近。希臘的廢墟是那麼樣的蒼白，而烏斯馬爾這裡則在葳蕤的濃密綠林之中，聳立著赤銅色的El Adivino金字塔。老舊的鐵鍊沿著一百一十八道石階設置，從前的馬西蜜莉安皇妃便是靠著這道絞車式的鐵鍊，才能穿著大蓬裙爬上金字塔的頂端。

這附近的草叢裡到處散落著雨神的石雕頭像。這尊豐饒之神一臉的橫眉豎目，口中有牙，長鼻子的前端捲曲如象鼻，雙耳旁邊總是凸出陽具。

走在這樣的廢墟間，還會在陳舊的圓柱下看到馬、狗、雞等等動物。幾隻火雞咕嚕嚕地叫著，在古老的拱門下納涼。這些大概是遺跡的看守人飼養的家畜和家禽吧。

四座修道院圍出了一處巨大的中庭，壯麗的景觀令我驚奇。離開那裡，循著荒煙蔓草間的昔日石階步下坡道，便會來到「統治者宮殿」。當我站在這座足以譽為烏斯馬爾的阿波羅神殿的前方，仰望這座偉大的建築，那寬長的立面刻滿了神祕的浮雕，僅餘下幾處哥德式拱門的留白，不禁使我心潮澎湃，感動之情溢於言表。

當年這座大宮殿應該是矗立在一片寬廣又平坦的台地上，只是下方的石階現在已經看不到了。大宮殿的正對面有一塊小台地，台地上有兩座美洲豹的石像。再繼續走到宮殿的入口前，便可看見有一根巨大的陽具斜斜頂向天際。

壯麗的建築，尤其是遺跡廢墟，帶給我們的感動格外純粹，其原因之一就是它已脫離了實用的目的，我們可以完全由美學的角度予以鑑賞，而另一個原因就是必須等到其化為廢墟的那一天，才足以顯示出該建築的真正目的，並且才得以純粹地呈現出建蓋當時全然狂熱的野心和企圖。這兩個理由乍看之下是相反的，很難辨別何者是帶給人們感動的主因。不過，正由於廢墟已經失去了中介要素，亦即在建築和自然之間的人類這個中介物，所以更能純粹而明顯地勾勒出人類意志與大自然之間的相互剋害。比起現實生活裡人類的住家或商用的高樓大廈，廢墟更加違反自然，它宛如一把尖銳的刀刃，既存在於自然之中，又與自然對立，最終仍是無法與自然融為一體，就像古代馬雅的士兵、神官和婦女，同樣未被埋沒在歷史的灰燼之中。然而，與此同時，今日的廢墟是以其現有的樣貌存在於自然之中，已經喪失了當年住民們賦予的功能，再也無法成為人類和自然之間的溝通管道。尤其是廢墟之中最美的神殿，它的美不單是因為壯麗，更由於它代表著人類的意志。當人類希望透過祈禱與獻祭來接近神靈，卻一直無法成功，於是人類將自身渴望與希冀的意志，以某種形態貫注於神殿之中。古昔往時，只要在這裡祈禱與獻祭，彷彿就能接近神靈、接近天穹，如今，大神殿成了一片廢墟，已然被天穹棄置，與自然——在這裡，自然是一片無垠的濃綠叢林——之間產生了一股不相上下的緊繃張力。神殿廢墟所散發出「消失於世」的氛圍，與建築物本身厚重石塊的真實感互成對比，這座龐大的建築本該是其曾經存在於歷史上的證明，卻反而成了「消失於世」的一方紀念碑。我們站在神殿廢墟中受到的感動，大抵是來自於這座巨大石殿呈現出來的人類意志的輝煌，以及其所散發出「消失於世」的強大氛圍，這兩股難以形容的不祥感覺混合在一起的結果。

在高大且左右對稱的立面上，有著極度規律的馬雅獨特的紋路式樣和象形文字。從雨神的眼中流淌下來的淚水，滋養著植物、動物、花草、龜、魚和鳥等等，而雨神的額前也爬出了象徵生命的蛇。每一尊雨神的面部都連接在一起，所有的臉上都有和象鼻一樣凸隆起來的鼻子。

站在那裡朝東南方回頭望去，高聳的金字塔被掩覆在原始的叢林裡，只從草堆中隱約露出一部分紅褐色的石壁。這座金字塔被稱為「老嫗之館」，據說是古時候被國王放逐的妖巫們居住的地方。

我繞到「統治者宮殿」的後方時，恰巧看到一隻碩大的黑蜥蜴，哧溜溜地躲回拱門的石洞裡。我背對宮殿，再次極目四望那片無邊無際的叢林。那零星分布的一座座突兀的小山，應該都是尚未進行考古研究的金字塔，除此以外，眼睛所見盡是高度相同的叢林。白雲落下了朵朵暗影，其他沒有雲影的部分亮得讓人膩煩。光燦眩目的雲堆，在清朗的高空上翻騰不停。

這時，我望見密林的地平線上，出現了只有在熱帶才看得到的奇景。在西方開始沉落的夕陽旁，有著如潑墨般的雨雲低垂。這片烏雲盤旋在地平線的上方不遠處，但似乎不會朝這邊擴散過來。不過，可以清晰地看到這片雨雲正在地平線的彼方下著豪雨，垂直降下的白線密密地織成了一面稠白色的簾子。那地方似乎不停地颳著狂風，雨網被吹得搖曳不止，斜斜地落了下去。愈是凝目眺望，愈覺得自己此時佇立在明亮的藍天之下，恍如置身於另一個虛幻的空間。這一刻，我彷彿同時經歷著兩種不同的時間維度：一種是晴天午後的某段時光，另一種是滂沱雨中的某段時光。

……我隨著嚮導步下宮殿的台地，走進了叢林裡。他握著刀子砍掉低處的枝椏，用腳踩平長滿堅棘硬刺的雜草。我們想走到鴿神殿的後方，可惜沒有前人開路闢徑。

我撥開枝椏，枝椏旋即以強勁的力道彈了回來，差點擊中我的眼睛。就在我閉上眼睛躲避樹枝的剎那，倏然聞到一股清新的枝葉芬芳。不多時，叢林的坡度變大了，我發現自己走到一塊平坦的草地，映入眼簾的正是一處最古老的馬雅遺跡之一，也就是只剩一片厚壁立面的「鴿神殿」。

但那塊赭色的石壁上沒有任何浮雕，只留下拱門和許多窗子的空洞。那些窗子的功能原本是為了讓山風通過以免吹倒了整面牆，不過那模樣確實讓人不禁聯想到鴿舍，這就是鴿神殿名稱的由來。我們想由鴿神殿的後面穿出拱門，走到前方那塊草地上。這時，拱門恰巧形成一只畫框，而框中那幅美麗的風景畫，駐留了我的腳步。

框在拱門裡這片墨西哥的晴空，那使人感嘆於日暮將近的湛藍；以及在奔騰亂雲的耀眼姿影下方，那叢林的濃綠。……我不捨地望著這幅構圖從視野中漸漸消失，鑽過拱門，來到鴿神殿前面的草地，另一個廢墟立刻出現在下方。那是一座可愛的小神殿，成列的柱子上刻著一只只形態各異的烏龜浮雕，那就是「龜神殿」的廢墟。

——導覽行程結束，我回到旅館，吃過晚飯，依舊沉醉於幸福之中。我坐在面向泳池的陽台上，抽著上星期在哈瓦那買的烏普曼雪茄，啜著墨西哥產的干邑白蘭地，怡然自得地透過眼前那張藤椅的藤條間，俯瞰著對面那棟西班牙式樓房掛在柱廊上的燈籠映在泳池裡的倒影。我將雪茄的一端浸在千邑白蘭地裡再拿起來吸，這種方法是前不久在哈瓦那學到的。

可惜的是，這樣的幸福，在翌日清晨宣告結束了。前一晚整夜不明原因高燒，一早醒來就得拖著虛弱的病體坐上計程車，趕往梅里達機場搭乘飛往墨西哥市的班機，沿途不時有牛群妨礙車子通行。同樣的情景，在我早前抵達的途中感到很新鮮，但這時候只覺得十分不耐煩。

5　維・卡西那匹看不見的馬

留存在中南美、西印度群島、墨西哥和北美南部等地那哀傷的歐洲風情——衰敗、憔悴、氣息奄奄，較之真正的歐洲，更令我喜愛。那些地方曾經貴為世界霸權，今日卻淪為瀕臨瘋狂的俘囚之身。在北美，若想找到這般充滿了鄉愁的昔時歐洲，恐怕唯有去紐奧良一隅的維・卡西，亦即所謂的法國區[3]了。

連日的陰天，使我在紐奧良逗留的那段時光備感幸福。忙碌穿梭於陰涼的密西西比河的貨船、通宵達旦的鳴笛聲、灰色的倉庫和碼頭邊的起重機，交織出一幅和諧的圖景。就連由亮著

3　美國路易斯安那州紐奧良的最古老的法語街區，法文原名維・卡西（Vieux Carré，意指老廣場），目前較常稱為法國區（French Quarter）。

燈的窗口流洩出來的迪克西蘭[4]爵士樂，也和這個城市十分協調。

克里奧爾[5]風格的紅磚房屋，每一戶都有黑色鍛鐵勾花的外凸陽台，翠綠的常春藤纏繞旋蔓其上，陽台上方通常架著褪了色的粗紋遮陽布蓬。

我在法國市場的露台上喝了茶後，朝迪濱海大道的方向沿街散步。走了約莫一個街區後掉頭來到普拉斯・達爾梅斯的轉角處時，涼爽的河風突然變得略帶暖意，空氣中還夾雜著一絲馬匹和乾草的氣味。我四處探看，卻沒瞧見馬的蹤影，然而那股氣味卻在路口的一角繚繞不去。

我彷彿遇見了昔日殖民地時代的老馬幽靈。我想像著那匹看不見的馬曾經快如一團火球，從細緻的蕾絲門簾下奔馳而過；如今卻是瘠瘦如柴、老邁、頹累，乃至於幾近瘋狂地佇立在熱鬧的街頭。

——不久，我在這個路口發現了一塊小告示牌，謎底一下子解開了，讓我頗為失落。告示牌上寫著：

Horse & Buggy Tour leaves here![6]

6 巫毒教

我從海地首府太子港的機場搭上計程車，司機是個性情溫和的黑人大漢，後來才知道他叫蒙特吉。計程車穿過臨海的小鎮，飛快地駛向郊外的旅館。走在路上的白人不多，從穿著即可分辨是來觀光的遊客。靠海的廣場上有個市集，在晨間的強烈陽光下散發出一股異臭。從各地運來的物產種類繁多，各種水果、肉品和漁獲，數量驚人。黑人和蒼蠅擠滿了整個市集。馬路的一側停著一輛輛貨車，木造車斗邊大大地畫著色彩繽紛的花紋圖案，看起來真像馬戲團的卡車。就是這些貨車從四面八方帶來了物產和賣家。

我到旅館卸下行李，立刻又搭著這輛計程車前往歐德特・里果女士的府邸。里果家位於郊外山間的高級住宅區普希翁威爾。市街盡是一片貧窮和雜亂，房屋歪斜，還有穿著褪色破襯衫的黑人露出黝亮的肩頭。天氣非常炎熱，但當車子離開市區，開始駛上山坡時，就感到涼風拂面了。有一段路程夾道兩旁的是紅花猶存的火焰樹。火焰樹的花季已過，柔嫩的葉子很像合歡樹葉，綠色的長鞘形果實懸垂在葉蔭間隨風擺盪，忽隱忽現。還有一條路的兩邊都是桃花心木。

車子開了半個小時，終於看到了奧德特・里果女士的美麗府邸。我推開阿拉伯紋飾的鐵門，走上彎曲的石階，透過門上的防盜貓眼說明來意，便被領進了寬敞的客廳。這間沙龍的中央有兩、三級階梯，同樣安裝了阿拉伯紋飾的厚實門扉和隔扇。擱阻暑氣的簾子使得室內略顯昏暗，牆上掛著具有考古風格的收藏品、法式大鏡子，還有一幅很大的肖像畫，畫中的黑人面

4 Dixieland，發源於紐奧良的一種早期爵士樂。
5 Creole，意指美國本地融合了法國、西班牙、德國等歐洲國家的生活與飲食所形成的一種文化。
6 意指「觀光馬車停靠處」。

目猙獰。常春藤泛著光澤的葉片從懸吊的盆栽裡垂落到地上。屋子裡靜悄悄的。

奧德特．里果女士現身了。她是法國人，信奉巫毒教。我拿出從紐約帶來的介紹信交給她。信裡寫的是這位日本人很想見識真正的巫毒教儀式，央託她協助安排。

奧德特的英語聽起來像法語，不大容易懂。

「現在沒辦法安排呢。只在這裡停留四天，根本不可能看得到巫毒教儀式。上週六倒是舉行了一場小型的。今天是週一，但您只能待到週四……」

「聽說如果是那種專給觀光客看的表演用儀式，很容易就能看得到……」

「那種表演，現在應該也沒法舉行了。不管多小的集會，都必須事先獲得軍事委員會的批准才能舉行，而且就算拿到批准，有時還是會被臨時取消呢。」

「真正的巫毒教儀式會有危險嗎？」

「怎麼會呢！戴地（她的法語腔把海地發音為戴地）的人們都很溫和善良。我第一次去的時候，三更半夜獨自一人去到山頂，在星光下參加巫毒教儀式，對我這樣一個陌生的白種女人，他們連一根汗毛都沒有碰我呢！……不說那個了，我明天一早就外出旅行，不在市內，我幫您寫封介紹信給費夏先生，我不在的這段期間，如果有什麼好機會，請他務必通知您。不過，最好的辦法，就是您親自去拜會烏貢（巫毒教的大法師）。」

「烏貢會說英語嗎？」

「不，只會說法語。不過，如果您能付五十美元，或許他願意將儀式提早在您停留的期間舉行。付錢的方法要委婉一些，不要讓對方感到尷尬。假如他招待您，再怎麼不合胃口的食物或酒水都不能拒絕，至少要嘗一口。何況您是個日本人，不是白人，他應該不會把您拒於門外吧！」

回旅館的路上，我順道去了費夏先生經營的商店，商店所在的路段一家家都是舶來品店。費夏先生剛好外出，介紹信只得託店員轉交，並請費夏先生撥電話到旅館給我。

該去的地方都拜訪過了，我可以回旅館吃頓午飯再補個眠了。

蒙特吉的計程車沿著海岸公園向旅館疾駛。汙濁的海浪，促狹地沖拍著公園的可可椰子樹根。破損的大理石長椅，歪斜地半躺在遍地紙屑的草坪上。車子沿途循著海灣迂迴前行，從椰子樹縫間可以瞥見市街隱約的燈火。宮殿的圓頂，碼頭的鐘塔，全都清晰又分明。碼頭上只泊著一艘黑色的大貨輪。

「你聽過烏貢這個人嗎？」我突然問道。

「沒聽過。」蒙特吉以蹩腳的英語回答。我把地圖攤給他看，他仔細查了又查，地點是找到了，但他堅持那地方既沒有巫毒教的會所，更沒有所謂的法師。蒙特吉說，他熟悉太子港的每一寸土地，聽他的準沒錯。

過了一會兒，蒙特吉一面大聲叱趕幾個在馬路中央赤足步行的黑人婦女，一面問我：

「先生想看巫毒教的儀式嗎？」

「我想看，而且想看真正的巫毒教儀式。」

「先生真幸運，今天晚上剛好有一場真正的巫毒教儀式。我帶您去保證安全。九點我開車去旅館接您。」

我立時精神一振，旋即冷靜下來略加思索，想必是所謂的「演給觀光客看的巫毒教儀式」。不過，既然連紐約的瑪雅．德蓮，以及這裡的奧德特．里果都告訴過我，即便是「演給觀光客看的巫毒教儀式」也鮮少舉行，那麼這應該是個難得的機會。可我依舊想看到真正的儀式，忍不住頻頻詰問蒙特吉：「你肯定是真正的儀式嗎？」「當然是真的！」就在我們多番重複問答之際，計程車已經駛進利維拉旅館的車道了。

旅館泳池像一把雲形尺，繁密的熱帶植物、椰子樹，以及鮮豔的碩大花環繞其周。小蜥蜴的影子不時在草叢裡一閃而過。我睡了一小會兒起來，一個人在泳池待了幾個小時，或游或歇地打發時間，直到太陽下山。像這樣袒裼裸裎地與熱帶的太陽對話，時間一晃眼就過去了，一點也不會覺得無聊。我喜歡和炙熱的太陽對話。我喜歡這種嚴肅的、眩惑的、完全無須思索的對話。……我也喜歡與光澤閃動的可可椰子樹葉對話，與棲在葉片上隨風擺盪的有著紅藍黃色華麗羽毛的大鸚鵡對話，以及與眼前的加勒比海吹來的海風對話。

那些鸚鵡只在夜裡才會進入特製的鐵絲網籠裡，牠們似乎更喜歡在籠子外面勾抓著鐵絲網。其中一隻鸚鵡一邊咕嚕咕嚕地叫著，勾著鐵絲網眼一路下到泳池邊的水泥地上。如同人類運用手指一般，牠以嘴喙逐一扣住網眼，雙爪循序往下踏勾，就這樣慢慢向下，終於踩到地面，這才邁開牠扁平的大爪走了幾步，解出了濕答答的綠色顆粒狀糞便……

這時，正在享受陽光的我，忽然感覺有個影子罩住了我。一個打赤膊的白人笑瞇瞇地向我道午安，原來是費夏先生那裡的店員，說是由於太子港的電話不通，他剛巧來游泳，就順便幫費夏先生帶話了。他說：

「不知道什麼原因，但費夏先生無法和您見面。」

晚上九點，蒙特吉開車來接我。先前一位旅居多明尼加共和國的日本人來訪時，再三提醒我，海地的治安不佳，天黑後千萬別一個人出門；其後，又在墨西哥聽美國遊客說過，他在海地親眼目睹過的屍體數目。不久之後，我在紐奧良讀報時，看到海地頒布了戒嚴令，從晚間十點到隔天清晨四點實施燈火管制，還有一個美國觀光客在太子港被毆打致死。這些事件都發生在我離開海地的三星期後。

海地漆黑的夜晚，就和當地居民的膚色一樣。杏黃色的燈光，從一間間貧陋的土著小屋裡洩了出來。暗夜中，汽車駛在村落的小徑上，與芭蕉葉似的闊葉擦刮而過，那刺耳的聲響把夜鳥嚇得撲翅騰起。不多時，車子在一塊空地停了下來。整個村子只有蟲鳴唧唧，隱約可以聽見巫毒教儀式的鼓聲，從近旁的矮樹籬飄了過來，實在令人毛骨悚然。

蒙特吉帶我走到一家農戶門前。原來鼓聲是從這裡傳出來的，而且不單是鼓聲，還伴隨著歌聲，從窗口可以看到屋內亮著燈。門口站著一個長相笨傻的黑人，向我收了一美元的入場費。

我走進去一看，屋裡是泥巴地，大約十五、六坪，茅草屋頂相當高，貼著三面牆擺放的椅子已經坐著幾個先到的美國遊客了。屋內的一處角落隔出一個密閉的小房間，裡面似乎設有祭壇。

一根頂梁柱立在屋子的正中央，彩繪得十分鮮豔，柱下架著一個四方形的高壇，高度及腰，同樣彩繪得相當繽紛。

三名黑漢在另一個角落奏樂，拍敲著形狀各異的鼓。

巫毒教儀式的序曲已經開始擊奏，一個身穿紅色化纖襯衫的祭司負責主導儀式，此人蓄著脣髭，年紀約莫四十。屋裡還有一個身著紅服的領頭巫女，帶著六個身著便服的年輕女巫。有個年輕漢子穿著髒汙的短袖襯衫與褲子，握著一把墨黑的番刀。另外，兩個少女手持旗子，應該是侍童。無庸贅言，他們都是黑人，而且全都赤足。

距離中央稍遠處的另一根柱子上，捆著一隻獻祭用的黑雞。

走進屋裡的剎那，我的第一印象是鼓點急促又雜亂，參與儀式的人隨意合唱，像夢遊似地滿屋子兜繞，總之，他們彷彿沉浸在輕浮的無秩序之中。我看到其中兩個年輕女巫的樣貌是純種非洲土著那種非常愚笨的面孔。她們跳舞時兩手提裙，向前彎腰，下巴時揚時壓，看起來像是正因嘔吐而受苦的模樣，那種動作和神態是全然非洲式的。

鼓聲停了。

在設有祭壇的小房間門口，映出了燭影。一個沒出現過的女巫，單手持著蠟燭，宛如剛被喚醒的黑人公主一般，踏著步伐走出房門外。

其他女巫端著盛有白粉的盤子來到場地中央，跪在祭司面前頂禮。祭司將手中的鈴移到盤子上方搖了幾下，以鈴聲淨化白粉。他接著就地坐下，用白粉在地面上開始勾描奇特的巫毒教圖案。

屋內陷入了靜默，只有被捆綁的黑雞偶爾虛弱地拍打翅膀的聲響，劃破了一室的沉寂。

祭司首先畫出一個與包袱巾一般大小的方形，在方形的裡面畫上交叉的波浪和點點，於方形的四個頂點朝外勾繪蔓草的紋路，然後在相距一公尺左右處，畫了一對纏在一起接吻的蛇，最後於方形的其中一邊，擺上那個年輕漢子一直拿在手裡的番刀。

祭司的一隻手握著一顆雞蛋，尖高的祈禱聲拖著長長的尾音，開始了難以形容的吟詠獨唱，鼓聲的伴奏與女巫們的合唱隨即加了進來。不久，這片歌聲引出了另一個女巫從門口走了進來。

女巫步履蹣跚地走向祭司的搖鈴與雞蛋，眼神愈來愈迷濛，腳步愈來愈歪斜，在祭司的引導之下被神靈附身了。突然間，她趴伏在地，我看到她黝黑的面頰上沾有乾黃土的痕跡。

祭司先把雞蛋擱在番刀旁邊，接著，藉由搖鈴引導那個倒在地上的女巫。女巫顫抖著扭起了腰肢，閉著眼睛朝著鈴聲的方向匍匐過去，並且伸長了手想要拿雞蛋，可惜每次就在即將搆著的那一刻，祭司又將雞蛋挪到更遠一點的地方，最後，擺到了地面那幅雙蛇接吻圖案的蛇頭之間。

匍匐向前的女巫，身上又是泥土又是白粉的。兩個持旗的少女在她後方交叉旗子，年輕漢子則拾起番刀高舉起來，再次跳起方才那種嘔吐似的舞步，搖搖晃晃地跟在女巫身後一起移動。

女巫的手指終於搆到擺在蛇頭圖案中的雞蛋了。這時，居然來了一段令人料想不到的表演。始終冷靜指引著女巫的祭司，陡地貼著女人身側伏了下去，會場上的人們旋即抖開一幅圓形的大白布，覆在那兩人的身上，並且圍在那團蠕動著的白布旁邊轉圈，狂喜亂舞。

不久，白布底下沒了動靜。

下一瞬，白布被掀開，站起身來的祭司猛然揚起鞭子，在空中揮了個響鞭，倒在地上的女巫緩緩地醒了過來，虛弱地回到了神殿裡。

第一階段的表演就這樣結束了。第二階段的表演，同樣是在祭司奇特的吶喊聲中展開。

祭司端酒澆到中央的柱子上，以酒獻祭。他用的大概是烈酒，倒了酒後拿蠟燭點燃，整根柱子瞬間被藍色的火焰吞噬，場上映出了詭異的光影。

八名女巫圍著柱子跳起舞來。藍色的火焰往上竄捲，她們爭相把手伸進火焰中，將正在燃燒的酒液抹在自己的手臂和面頰上。

淡藍色的火舌，舔舐著細嫩的黑膚手臂和面頰，這一幕景象真是太美了。

鼓點愈來愈快。八名女巫一齊被神靈附了身。

昏暗的會場迸出動物般的瘋狂吼叫，八名女巫痛苦地滿地打滾，連黑色的乳房也袒露出來了。不久，女巫們好似在極度興奮中猝死般趴伏在地，祭司和領頭女巫把她們逐一攙起，試著讓她們倚在中央柱子的祭壇邊，但是，她們身體僵直，總是不聽使喚，才剛把一個扶著坐好，馬上就滑落在地，整張臉都貼在乾土裡了。有的女巫像是靠在柱子上的木柴一樣硬邦邦的，嘴裡還不停地叨唸著什麼。

祭司再度揮了響鞭，女巫一個個逐漸恢復了神智，退進神殿裡，第二階段就此結束。

第三階段輪到年輕漢子上場。這個年輕漢子也被神靈附了身，不過他的反應不同於女巫，變得非常粗野，彷彿在和某個肉眼看不見的敵人揮刀奮戰。祭司含了滿口的酒，不時朝年輕漢子臉上噴灑酒霧，使他愈發陷入狂亂之中。沒過多久，年輕漢子終於像死了似地癱軟下來。

祭司也讓這個昏迷不醒的年輕漢子倚著柱子，拿鞭繩將他捆在柱上，片刻過後再解開鞭繩，年輕漢子立時甦醒過來。他仍然處於神靈附身的狀態之中，指揮著八名女巫，要她們一個一個像陀螺似地邊轉邊走，最後這些女巫全都向他頂禮跪拜。

第四階段，祭司終於抓起了那隻黑雞。我很緊張，以為他會用血濺儀式來完成這場祭祀。不過，必須先聲明，那天夜裡終究沒有殺掉那隻雞作為獻祭，令我大失所望。大概是因為觀看表演的人數太少，祭司決定讓黑雞暫時逃過一死，讓牠再多表演一場，以便節省成本吧。由此可見，這確實是「演給觀光客看的巫毒教儀式」，真正的巫毒教儀式會殺掉黑牛犢或山羊當作供品。

然而，祭司抓雞的手法實在相當殘酷。他緊緊地箍住雞的雙腳，在會場裡不停甩動，那隻雞在昏暗之中拚死撲騰著翅膀，羽毛滿天亂飛，每當翅膀劃過婦女們的臉頰時，她們總會發出可怕的尖叫……

遺憾的是，我在海地停留的那段期間，還是沒有機會看到真正的巫毒教儀式，只好憑著唯一的線索，亦即奧德特為我手繪的一張地圖，獨自造訪了烏貢的住處。隔天晚上，我得了非常嚴重的熱帶性腹瀉，耗盡了我全身的氣力。

然而，「演給觀光客看的巫毒教儀式」也挺不錯的。縱使是一場徹頭徹尾的表演，在觀賞的那段時間裡，讓我誤以為下一秒就要目睹一樁慘劇發生的剎那，確實有過那麼兩三回。

7 佛朗明哥的雪白裙襬

西班牙馬德里的夜總會「薩姆布拉」。

在這裡，可以近距離仔細欣賞佛朗明哥舞者的舞蹈動作，相當有意思。半圓形舞台的後方裝飾著巨大的西班牙扇子。這把大得出奇的扇子，顯得格外高傲；同樣地，舞台上那位獨舞的舞者，從她那上了年紀的眼神與表情、曳著白孔雀般的雪白蕾絲裙襬的衣裳、盛氣凌人地挺著胸脯的樣態，在在無不顯得格外高傲。

我發現了佛朗明哥最美麗的剎那。當舞者高舉雙手拍掌，打起響指，挺著胸脯，踏著富有節奏的步伐朝觀眾走來，一路走到舞台的邊緣，再緩緩地轉身背對觀眾的那個瞬間，最是美麗。

水槽中的熱帶魚特別美麗的時刻，就是當牠轉換游動的方向時，尾鰭飄擺，魚鱗閃爍的模樣，佛朗明哥的舞者也一樣。她在舞台地板上拖曳著浪花般的白蕾絲裙襬，宛如一片翻滾的急流，精神緊繃的舞者挺直的背脊支撐著她那美麗的脖頸，相互拍擊的雙手猶如利刃般指向空中，踩踏著律動節奏的肉體健美而優雅，從我們面前逐漸走向舞台後方。這種快如湍流的舞蹈，就這樣離我們逐漸遠去。當然，音樂也同樣逐漸淡去，但是音樂絕不會背對我們，逕自離開；然而，佛朗明哥舞者卻只讓我們望著她那曳在身後的雪白的長裙襬，比樂聲還要決絕，比飛離的鳥影更加鮮明。……或許有一天，我將會重遊馬德里，而此刻的旅人時光，就這樣隨著舞者響亮的踏步聲，一同消逝而去。

（一九五八年三月．《新潮》）

紐約的奇男奇女

1 塔蜜

芳齡二十上下的塔蜜是個剛入行的女演員，目前正在李．史特拉斯堡先生和伊力．卡山先生成立的名聞遐邇的演員訓練班「演員工作室」[7]學習表演藝術。不過，我不是在「演員工作室」認識她的。我第一次見到她，是在第八街五十四號一家叫「德尼斯」的餐廳兼酒吧，之後也常在這裡遇到她。

百老匯最富盛名的餐廳是「薩迪斯」，這裡常與舞台劇合併舉行晚餐秀，人們也會在散場後來這裡吃消夜，還有當紅演員與著名劇作家亦會利用這地方共進午餐並且訪談。「德尼斯」的價位則略低一些，被喚做「窮人的薩迪斯」，但也稱得上是劇壇人士經常光顧的餐廳。在舞台劇散場後的十一點半左右，百老匯的男女主角時常到這邊填填肚子，也有不少客人專程來這裡追星，愈晚愈熱鬧。店裡牆上掛滿古今名角的肖像照，菜單更是獨具一格，比如牛排還分成重量級冠軍牛排和輕量級牛排，後者的分量與價格皆宜，每份二美元五十分，美味極了，我經常點用。另外，這裡把小羊排命名為舞女特餐。還有一種叫做私生龍的里肌肉，定價三千二百六十七美元五十分，而厚煎鴕鳥蛋卷則是八十五美元六十二分，這些當然只是用來嚇唬初次上門的顧客的戲謔之作罷了。

最初是一位製作人帶我到這裡用餐的，之後又來過好幾趟。我很喜歡這家餐廳的氛圍，也在這裡見到了許多有意思的朋友，諸如在《卡拉馬助夫兄弟》中飾演老爹的演員啦，還有田納西．威廉斯的弟子、也是最近上演的《薔薇園中的椰子樹》的劇作家啦，以及法蘭克．辛納屈的堂弟、正在學習戲劇表演的迪克．辛納屈。迪克有個歪鼻子，我本以為是在拳擊中受傷的，原來是兒時從高處掉下來摔斷了鼻粱。有好一陣子沒見他出現，擔心他出了什麼事，之後才曉得是去動了整形手術。

塔蜜同樣是這裡的常客，而且是最常光顧的一位。她每天吃過晚飯，大約十點來到這家餐廳，整個晚上一桌聊過一桌，直到拂曉的四點左右，餐廳打烊了，這才回到附近的一棟公寓。塔蜜確實頗受歡迎，每晚一現身，餐廳裡就會發出此起彼落的招呼聲，交遊相當廣闊。

---

7 Actors Studio，成立於一九四七年的演員訓練班，造就出許多影壇的重量級明星，包括馬龍．白蘭度、保羅．紐曼、瑪麗蓮．夢露、艾爾．帕西諾、勞勃．狄尼洛等人。

塔蜜身材瘦小，有雙大眼睛，氣色蒼白，亞麻色的長髮垂至手腕，慣常穿著黑毛衣和緊身七分黑褲，說話沉穩，具有高冷之美，缺點則是下巴較凸，笑起來唇角會出現一些豎紋，感覺不太友善。她有個習慣動作，說話時總是頻頻把頭髮撥到肩後，加上只畫了淡妝，顯得既神祕又穩重。此外，她每天抽五支菸，只喝啤酒，常用乾瘦的手指神經質地彈著喇叭狀的啤酒杯。有些朋友喝醉時會玩笑地親她的白皙臉頰，迪克甚至會直接吻上她的嘴唇。遇到這樣的時刻，塔蜜欣然接受的笑意裡，似乎還透著一抹俏皮。

舞台劇上演前的評論、演員的近況、新銳劇作家的經歷……，塔蜜無所不知，侃侃而談，每每令我大開眼界。

「P．G？哦，他人不在紐約呀，剛剛出發去西海岸旅遊囉。」

「那齣舞台劇的試演好像不太妙喲，不合波士頓觀眾的喜好。聽說演到第三幕時，台下已走掉一半了。」

塔蜜總能掌握第一手資訊，而且全都是尚未見諸報章的內幕消息。

她善於聆聽別人的意見，自己也能講出一套有條有理的戲劇論。「德尼斯」的客人都有一定的水準，一談起戲劇，個個都是慷慨陳詞。當然，聞名的爵士歌手或演員的小道消息，更是嚴肅話題之間的談資餘興。

某一晚，塔蜜在家裡辦了小派對，邀我和幾位製作人前去同歡。

「我們要不要帶酒去？」我問製作人。

「最好不要。她雖然窮得很，但也很愛面子。」製作人告訴我。她就住在離餐廳不遠處公寓的一室，屋裡有個小廚房，床鋪占去了大部分的空間。她的房間，她的待客之道，都可用簡樸二字來形容。大容量的啤酒很快就喝光了，開車來的一位賓客趕緊冒著雨去買。

在場的賓客全是男士，而陸陸續續到訪的人也都是男性。

「妳只有男性朋友嗎？」

「和女性朋友往來麻煩得很嘛。」

我想，拿同樣的問題去問日本女孩，通常也會得到相同的答案。

來客中有兩位是希臘人，其中一位是詩人，最近剛出版一部十分前衛的小說。我後來聽人說，他以前曾經編輯一本叫做《零》的詩刊，在營運不善時濫開空頭支票，不久就消失無蹤了。此人性情陰鬱，沉默寡言，只用一、兩個字冷冷地回應別人的詢問。派對才到一半，他突然大發脾氣，拂袖而去。

這場派對的風雲人物是一個高大的年輕演員，看起來也和塔蜜最為親熱。他彈著吉他唱了很多首民謠，塔蜜也跟著一起合唱。唱完之後，她拿出自己的素描習作，請大家批評指教。從頭至尾都由賓客張羅一切，塔蜜多半躺在鋪著印花床罩的那張床上，好整以暇地伸長了裹著緊身七分褲的雙腿。其間，她忽然瞪大那雙深褐色的眼眸，轉頭對我說：

「雨好像愈下愈大了呢！」

——深夜時分，我和製作人走在雨中的人行道上。我向他問道：
「那個很會唱歌的演員是塔蜜現在的情人嗎？」
「好像是。不過她在這方面很隨性，交往過的男人有好幾個。」
「有幾個？」
「大概有五十個。……對了，我也是其中一個。」

2 比爾

我經人引見，於某晚前去拜訪威廉．L，並在他府上叨擾了一頓晚餐。比爾．L[8]在紐約的戲劇界和上流階層中是個響叮噹的人物。

比爾看來約莫四十歲吧。這次拜會，讓我得以見識到何謂喜好藝術的紐約富人。

他住在中城東區一棟昂貴的三層樓老公寓，裡面只住了兩戶人家，以前隔壁住的是凱薩琳．赫本[9]。還有，聽說法利．葛倫格[10]也常來參加他在家裡舉辦的派對，不過我沒遇過。

一個黑皮膚的女傭將我領進客廳。這房間並不太大，但豪奢華美的程度令我驚訝。屋子裡沒有一件物品是量販貨，全都是來自中美洲和東洋的古董，色彩搭配得美極了，家具和地毯也都是最頂級的，壁爐隱隱傳來柴火的燃燒聲。

不久，他現身了。細格紋的長褲，剪裁合宜的白襯衫底下胸膛微露，下巴蓄著短鬚。

「Sorry! Sorry! Sorry!」

他嗓音宏亮，為自己的未及迎接致歉。比爾的聲音總是透著一股堅毅果決。他擁有幾家位於第五大道的商店，以及無須親自管理的公司。他寫過一部小說，而且不單是畫家，還是室內設計師。然而，他拒絕前述的任何一項頭銜。他身上沒有一分贅肉。

我們聊起了共同的朋友克里斯多福·伊舍伍[11]和田納西·威廉斯[12]。

我們一致認為，克里斯多福是個大好人，待人十分體貼，而田納西也並非外傳的性格，其實心地善良又親切；可是，一旦論及田納西的文學作品，比爾儼然一副駕著專斷獨行的馬車奔馳於天際似地暢所欲言。

「田納西根本是現代的D·H·勞倫斯嘛！我的意思是，他們同樣都是以最符合當代的感傷主義而風靡一世。那絕不是多愁善感，而是感傷主義！我非常期盼田納西有一天能夠擺脫那

---

8 比爾·L即是前文提到的威廉·L，英文名字比爾（Bill）是威廉（William）的慣用暱稱。

9 Katharine Houghton Hepburn（一九〇七～二〇〇三），美國電影女星。

10 Farley Granger（一九二五～二〇一一），美國電影男星。

11 Christopher Isherwood（一九〇四～一九八六），英國小說家，作品多以同性戀為主題，代表作包括《柏林故事》、《獨身男人》等。

12 本名Thomas Lanier Williams III，筆名Tennessee Williams（一九一一～一九八三），美國劇作家，代表作包括《慾望街車》、《熱鐵皮屋頂上的貓》、《玻璃動物園》、《玫瑰刺青》等。

種寫作風格……」

他撇了撇嘴，繼續說道：

「聽說田納西每天早上必定坐在桌前振筆疾書直到中午，實在太累人了。不管是被別人逼著寫，還是自己強迫自己寫，都是毫無意義的。我無法理解這種做法有何意義。換做是我可不幹！」

這時，女傭前來稟告晚餐已經備妥。

用餐之前，比爾又帶我去參觀他的書房和寢室。

書房裡掛著一幀少年的照片，少年俊美的臉龐中帶著幾分憂鬱。我詢問影中人是誰，原來是比爾他自己。寢室裡擺著來自法屬印度支那的竹床，做工精巧，床腳鋪著偌大的白熊皮，熊頭張著血盆大口。床頭桌的上方掛著夢窗國師揮毫的「夢」字匾額。

「在禪寺的茶室裡經常可以看到這幅匾額。」我向他解釋。

「嗯，」比爾點頭說道，「我知道這個字的意思是『夢』。不過，我總覺得這個夢字象徵的是惡夢。」

比爾招待的餐食和葡萄酒都相當出色。我問他一旁的裝飾櫃是不是洛可可時代的。

「不，是第二帝國時期的。那個時代的家具別有一番趣味，我現在正在蒐羅。」比爾答道。

——日後，我也受邀參加了比爾家的派對。我很想知道他為何能有那份堅定的自信，於是請教了與會的人士，並在提問的最後加了這一句話：

「我總覺得比爾有一種神祕的氣質。」

一位認識比爾多年的先生這樣回答我：

「你問的是比爾嗎？他現在有沒有變化，我不知道；可我只知道他曾經住在海地一段很長的時間，篤信巫毒教（非洲土著一種以詛咒為中心思想的宗教，如今盛行於海地），也學過巫毒術。聽說他曾遭到情人背叛，就在那個情人的照片上扎滿了針，下了詛咒呢。」

3 朵妮雅

在一場派對上，我提到自己見過朵妮雅．Q，其中一位賓客立刻怪叫驚呼起來：

「啥？朵妮雅．Q還活著？」

接下來，大家的話題就轉到朵妮雅身上了。

「從前，有個富翁到處告訴別人：世上再沒有比朵妮雅那種女人更惹人討厭的了！可其實他已經愛上了朵妮雅，還為此和妻子離了婚，之後帶朵妮雅到倫敦同居了一段日子。那個女人一定會施什麼法術。」

「想必她到現在一定還到處施法術喔！」

「那還用說，她信巫毒教嘛！」

「她肯定是個女巫，錯不了！」

事實上，朵妮雅屬於遠離主流的老前衛派。有些人甚至深信她已經不在人世了。

巫毒教的發源地是非洲，後來傳入黑人共和國的海地（位於加勒比海的一座島嶼），並且逐漸在美國境內流傳。美國以紐奧良為主要信仰中心，之後是芝加哥，再到紐約，這三座城市都有不少巫毒教的信徒。

有一位賓客轉述了這樣一段軼聞：

「一個美國人從海地帶了一個黑膚女子回到美國納為小妾，性情極為孤僻。倒楣的是，美國人不知道那個女子是巫毒教的女巫。接下來的兩、三年間，他的親朋好友一個個死於非命。這個小妾的房門上掛著一幅海地的門神像，美國人一直以為只是裝飾品，直到有一天把它翻到背面一看，上面竟然寫著那些死者的姓名。美國人嚇破了膽，趕緊和那女子分手了。可是半年後，那個美國人也同樣一命嗚呼了。」

我前往海地時，原本計畫觀看真正的巫毒教儀式，而不是那種表演給遊客看的冒牌儀式，可惜沒能如願。我在海地首府太子港旅行時住在利維拉旅館，那家旅館的經理有個伯父已在海地住了十七年，說是從來不曾看過真正的巫毒教儀式。更不巧的是，想在最近這段時間看到巫毒教儀式無異於緣木求魚。但這個狀況是我出發前往海地之前，才從朵妮雅那裡聽來的。

我在一個烏雲厚重的陰天拜訪了朵妮雅・Q。她住在格林威治村的一棟老房子二樓。我在昏暗的樓梯拾級而上，推開門，出來迎客的是個二十二、三歲的青年。

後來才知道，他是個作曲家，和朵妮雅同居，兩人是實質上的夫妻。順帶一提，朵妮雅應該至少有五十多歲了。

這地方看來曾經是個工作坊，面向馬路的那片牆全是玻璃窗，陰天泛白的光線照出了屋裡的塵埃。

朵妮雅正與人通電話，久久沒有現身，只有宏亮的嗓門從隔壁房間穿牆而來。在等候她的這段時間，我細細欣賞了滿滿一屋子的收藏品。那些收藏品多數是五彩繽紛的壺罐，或赤紅或墨黑，大部分繪上左右對稱的奇怪紋樣，其中有個藍底綴飾人魚圖案的比較稀奇。左邊櫃子上的眾多黑壺之間，突兀地擺著一頂絲帽，看來甚是怪異。環顧一圈，我方才進屋的門楣上也掛著一只既非面具也不像壺罐的橢圓紅色物體。另外，屋裡還有七彩大鼓。

終於通話結束的朵妮雅出現了。她身材中等，唯獨那一頭紅髮格外引人注目。她頭上好似頂著一團胡蘿蔔色的焰光，髮絲捲曲，簡直像臉周有一圈光輪朝四面八方噴出火舌。由於髮式令人瞠目，以致於我完全不記得她身上的毛衣和裙子是什麼顏色的了。她毛衣底下有著一步一顫的巨大乳房，抹著豔紅的唇膏，一雙大眼十分犀利。

談話的時候，她會表現出拉丁女子常有的神情：瞪大眼睛，黑珠子落在正中央，周圍露出眼白。

她待人親切，極度熱心，堅持己見，說起話來滔滔不絕，但內容有條有理，沒有不合邏輯之處。我開門見山地請她介紹我去觀看真正的巫毒教儀式。但是當我回答她抵達海地的日期與停留日數之後，她把那頭誇張的紅髮往後一攏，幾乎要昏厥過去似地嚷嚷道：

「Oh! Oh! 只有五天，還是九月初！Oh! Oh! Just impossible! 你別想看到巫毒教儀式了。太蠢了，到底是誰給你安排行程的？快點去改行程，至少要延到十一月才有可能。」

我只好一次又一次地告訴她，行程已經確定，無法再更動了。

「太蠢了！明知道看不成還偏要去海地！」

朵妮雅仔細解釋道：自從今年五月總統被逐出海地之後，海地由軍事委員會掌權，落入了「難以置信」的嚴峻情勢。她寄去海地的信統統沒有回音，聽說海地國內的電話也都斷線。凡是國外寄去的信件一律由檢閱官扔進大海銷毀。再加上從過去的歷史可以得知，每當國家政局動盪的時刻，巫毒教儀式便蔚為盛行，因此軍事委員會頒發了集會禁令，所有的巫毒教祭典都不准舉行。朵妮雅再補充說明，在她皈依巫毒教並且定居的那幾年，海地可是個美麗的地方。

問題不單如此，現在原本就不是舉辦巫毒教儀式的季節，慣例是在十二月舉行的。假如等到十二月再去，或許政治局勢已趨穩定，也比較可能看到真正的巫毒教儀式。

朵妮雅還強調，外界誤傳巫毒教是以活人獻祭的危險宗教。「你絕對不會遇到危險」——朵妮雅不曉得她這句強力的保證，其實讓一心追求刺激的我興致大減。她說，供品只會屠宰黑山羊或黑牛犢而已。

儘管朵妮雅對我時序不宜的行程頗不以為然，仍為我寫了封介紹信。

解決完正事，我們聊起了她那些多到鋪天蓋地的收藏品。

「這些都是巫毒教的神吧？」

朵妮雅起身走過去解釋給我聽：

「這種黑色的都是死神。」

「那頂絲帽呢？」

「絲帽是因為土著曾在山裡撿到一頂，發現是黑色的，便將它當成死神祭拜。紅色的壺全都是戰神，那扇門上的是門神，至於那一批農具則是農業之神。」

朵妮雅再帶我走進臥房。整面牆漆成一片藍，並以漁網和許多貝殼做裝飾，還擺放了很多海神的壺罐。看來，這對夫妻是在海神守護下入睡的。在神話故事中，海神與戰神總是爭奪同一個女人……

就在朵妮雅暢談這些神物的由來時，天色漸漸暗了下來。死神最先隱沒在黑暗之中。我想這屋裡數量最多的收藏品，應該非死神莫屬了。

朵妮雅又給我看了很久以前她主演的前衛電影，風格相當古怪；接著又放映了由她丈夫作曲配樂的芭蕾舞電影，內容是關於希臘眾神與星座。我再也受不了這些超乎常理的玩意，便告辭離開了。

——當我在海地只看到了為觀光客表演的巫毒教儀式，備感惋惜地回到紐約時，已是深秋時節。不久，我從一位朋友那裡聽聞朵妮雅和她那年輕的丈夫分手了。

時序入冬，另一位朋友恰巧又提到了朵妮雅的消息。

「聽說他們兩人已經分手了。」我說道。

「怎麼可能！」他立刻出言反駁，「我昨天才在街上看到他們挽著手走在一起，親密得很。只要我沒認錯人，他們兩個看起來幸福無比呢。」

（一九五八年四月・《文藝春秋》）

紐約的富人

我在美國聽聞的富豪，其財力多半遠勝於日本的有錢人，而且聽到的消息愈多，愈是令人咋舌，超乎想像。其中之最，莫過於洛克斐勒家族了。去年底，我獲邀參加紐約無線電城的電影試映會，與洛克斐勒三世夫妻見了面。試映結束，眾人踏出大門，沒想到外頭居然是傾盆大雨。我當即聯想到電影裡的一幕——一輛勞斯萊斯高級轎車駛到門前，身穿制服的司機撐起雨傘請主人夫妻上了車；然而此刻在我眼前的這對富豪夫妻，卻是被困在雨中不知如何是好，這情景大出我意料之外。不一會兒，有個人機靈地在路邊攔下計程車，這對富豪夫妻才得以在慌亂中搭上這台普通的計程車離開了。我想，這就是洛克斐勒三世夫妻博得「平民作風」（？）佳評的由來。

談起計程車，在紐約最迅捷的交通工具是地鐵。尖峰時段，搭地鐵只要十五分就能抵達的地方，乘計程車前去往往就得耗掉一個小時。儘管如此迅捷，但是大富豪是不搭地鐵的，可是乘自家轎車出門又幾乎找不到地方停車，結果只好叫計程車了。

有個富翁想了個應對之策。這對富翁夫妻住在市郊的豪宅，夫人常搭火車到紐約看戲，但每一回下了火車走出站外，總是得等上好久才能招到計程車，而且還得排隊慢慢等。於是，這個富翁買下一輛賓士（一款相當昂貴的轎車）改裝成計程車。這輛自家用的計程車平時閒置不用，但當夫人一踏出車站，便會分秒不差地駛到夫人面前讓她上車。這輛賓士計程車在紐約十分出名，有回朋友就曾指給我看，告訴我：

「那一輛就是不載客的計程車喲！」

不單如此，富人在餐食上也很講究。為了招待賓客最上等的法國大餐，家中得僱請一位廚藝精湛的法國廚師。有些富翁單是這樣還不滿意，甚至為了一場晚宴而不惜出動飛機，請巴黎的一流餐廳於早上烹煮的佳餚，及時運回紐約。我還真想知道，這些菜餚是如何通過海關的。

有一家左輪手槍製造公司的老闆死後留下了萬貫家財。他的遺孀夜夜惡夢，那些被她丈夫販售的手槍射殺身亡的人，老是出現在她夢裡，不久後，甚至直接以血淋淋的幽靈樣貌，在夫人的床頭現身，滿懷怨恨地說：「就是妳那個死去的丈夫賣的手槍，把我們害成這樣的！」縱使夫人擁有龐大的遺產，但她一心只求自己能夠睡得安穩。後來她終於想出了辦法，就是僱用木工增建府邸。她認為，只要臥房的近處發出乒乒乓乓的噪音，幽靈應該就不敢來了。因此，夫人高價聘來木工，天天在夜裡施工，她這才得以每晚在乒乒乓乓的噪音中入眠，直到過世。當夫人去世時，府邸增建出來的房間數竟然高達一百二十五間。

美國人特別喜歡傳講富人的軼事，並且在傳講的過程漸漸背離事實，變成了一則笑話。而這些關於富人的笑話，內容有無涉及真實的富豪，帶給聽眾的效果完全不同。以下這則笑話便是其中一例。

當知名的鐵達尼號郵輪撞上冰山時，范德堡夫人[13]（知名的富豪）正在豪華餐廳裡品酒。事故發生的前一刻，她剛吩咐服務生再來一杯，並且要求「酒裡多加些冰塊」。話才剛說完，舷窗就劈里啪啦裂開，巨大的冰塊衝了進來。服務生急忙上前協助夫人逃生，卻見夫人悠然地拿起眼鏡盯著服務生的臉看，開口說道：

「我的確多要了些冰塊，可這也未免太大了點吧？」

——我在紐約受邀到某富豪家作客，站在豪華閣樓（屋頂上的房間）的露台上眺望照明輝煌的摩天樓夜景時，主人告訴我：

「我們所在的這棟五十層大廈，整棟都是我的，還有那邊正在蓋的六十層大廈，也是我的房產。」

當我聽他這麼說時，心想：就算是說大話，自己這輩子也要豪氣地對著賓客說一次看看。

13 范德堡（Van der Bilt, van Derbilt）家族為美國東岸知名的豪門世家，祖先來自於荷蘭，於一八七三年成立了范德堡大學。

一九五二年去美國時，我受邀前往朱利亞斯・菲萊什曼[14]先生位於佛羅里達的別墅。我們白天參觀他私人的植物園，月夜裡在屬於他的遼闊白沙灘散步，後來又帶我到他私人的遊艇碼頭，讓我從停在那裡的三台摩托艇中選了一台出海釣魚，這種生活真使我大開眼界。別墅女傭自豪地打開她的衣櫃給我看，裡面滿滿的都是衣服，換做在日本，堪稱上流階級了。瞠目結舌的我，向菲萊什曼先生問了一個笨問題：

「請問您究竟有幾輛汽車？」

「我也不曉得，從來沒數過。」

——這就是菲萊什曼先生給我的回答。

（一九五八年四月・《小說公園》增刊）

14 應指菲氏酵母企業家族中的小朱利亞斯・菲萊什曼（Julius Fleischmann, Jr.，一九〇〇～一九六八），為慈善家，成立了藝術基金會贊助各項藝術文化發展。

紐約的窮人

其實，在紐約的那段日子，我原本不必過得那麼窮。我曾在紐約待過十天，很清楚這是一個欺貧重富的城市，也明白若是沒有錢，根本無法體驗到真正的紐約生活。

縱使如此，一天花個三十美元，應該就能過得挺舒適的了。早中晚三餐大約十幾美元，住宿費不到十美元。如果想看舞台劇要八至十美元，若是還要上夜總會得花三十美元，女伴至少需二十美元，加上這些開支，三十美元自然不夠。總之，一天有個三十美元，已足以過上儉樸中帶點小奢侈的生活了。

按照我原先的預算表，不至於把開銷壓低到一天三十美元，生活也不必過得斤斤計較，不過，這種花費方式，只夠讓我待到十月下旬。

原本的計畫是我八月抵達紐約，整個九月周遊加勒比海和墨西哥，十月回到紐約，並且停留到月底。

但是，八月時大致已經談妥我的《近代能樂集》[15]將在紐約公演了。我非常期待能在《紐約時報》上看到劇作即將演出的相關報導，在旅途中但凡能夠取得《紐約時報》的地方，必定買來一讀。

在墨西哥也可以買到《紐約時報》的週日版。另外，在美國西南部新墨西哥州的首府聖塔菲，居然同樣買得到。那是一個寧靜的古老小城，秋陽燦爛，我投宿於純西班牙建築風格的拉．方達旅館。這家舒適的小旅館竟然也提供《紐約時報》的週日版，著實不容小覷。《紐約時報》出刊一星期後，才會送到聖塔菲。

這份《紐約時報》週日版的厚度驚人，約莫和電話簿一般重，我開玩笑說：「在美國旅遊期間不方便上健身房，我都拿《紐約時報》週日版充作槓鈴，練習舉重。」

但是，當我買回了這份令人側目的《紐約時報》後，將影劇版從第一行看到最後一行，卻完全沒有看到任何一則報導提到我的劇作。返回紐約的日子愈來愈接近，我心底隱隱升起一股不安，忖度著事情是否有了變卦。

十月初回到紐約時，已是秋意正濃，機場夜風冰冷，映入眼簾的枯樹就像十一月中旬的東京。我問了前來接機的朋友，他說沒聽到任何關於舞台劇的消息。

我很討厭在旅途中老是掛心著工作。最完美的旅行就是什麼都不想，渾渾噩噩地度過。被某種期待束縛著的感覺很是煩人。我試著將它拋到腦後，卻怎麼也忘不了。

回到紐約已是深夜了，因此我等到隔天早上才撥了電話給唐納德．基恩[16]先生。基恩先生以流利的日語說道：

「喔，歡迎回來。聽起來一切安好，真是太好了。」

「舞台劇的事怎麼樣了？」我問道。

「這個嘛，我也沒聽說。大概還沒有什麼進展吧。」

他的回答令我火冒三丈。

過了幾天，我邀請兩位製作人和基恩先生到我的旅館共進晚餐。結果在餐聚的前一晚，製作人撥了電話給我，說是希望能提前一個小時先和我碰面。他想在進餐前先與我談一談，以免吃飯時氣氛尷尬。

K是一位大牌製作人，個性幽默，我和基恩先生都很喜歡他。

K原本是小說家，已經出版過兩部小說。他年約三十前後，頭腦非常明晰，談吐相當詼諧，具有貴族氣質。

他父親是富豪，一輩子只管打網球，母親是義大利的公爵夫人。

K的血液中流淌著奢侈、任性、極度自大，以及一種彷彿會在歐洲電影裡出現的輕歌劇風格的浪漫，但是他卻在紐約過著獨立自主的生活。由於光靠寫小說不足以維持生計，K便在

15 三島由紀夫的戲曲集，一九五六年由新潮社出版。

16 Donald Keene（一九二二～），日籍美國學者，日本文學文化翻譯家。

CBS電視公司工作。另一個製作人C，就是K的同事。

K總是穿著英國製的西服，提著一只邊角都已磨損、在日本只有老保險推銷員才用的那種公事包。從這只英國製的公事包，就可以看出K具有無比的自信。

這位紅光滿面、英俊帥氣、喜歡挖苦人，並且活力充沛的製作人，具有博得他人信賴的魅力。

他對我這齣劇作的看法相當中肯，基恩先生和我一致同意將這部舞台劇全權交由他安排。

K提前一個小時來到我的旅館。在親切的寒暄之後，他施展起出色的辯才，完完全全說服了我們。他說，整個九月期間，他們並沒有偷懶。先決之要是覓得一個優秀的導演，而要覓得一個優秀的導演，就必須耐心等待，操之過急絕對無法找到最佳人選。理想的人選是既有名聲又有本事，就算退而求其次，也得找到一個有才華的導演。總之，還需等候一段時間。

我贊同了K的這番理論。

當晚，席間氣氛融洽。我們談談笑笑，K甚至幾度揶揄我，說我去西印度群島和墨西哥的旅行簡直像官僚出差似的，行程安排得緊迫又死板。

K說：「區區兩個星期哪能逛完墨西哥呀，我可是在那裡整整待過一年呢！」

他確實曾經浪跡天涯，旅遊經驗豐富。在他看來，制訂旅遊計畫簡直不可思議。

於是，我們對彼此的了解更為深入了。我下定決心，非得在紐約待到年底不可。

我的生活愈來愈節儉，日記本裡開始出現大量的數字——「計程車一元，請人吃午餐十三元，喝茶二元五十分，晚餐每人八元，看電影和搭計程車一元五十分，合計二十六元。」即便過著猶如清教徒般的生活，還是得花上二十六美元。

我學會了搭地鐵。儘管這回已是第二次住在紐約，但是一開始只要走到地鐵口就害怕，怎麼也不敢走進去。

有位婦人已在紐約住了一個多月，還不曾搭過地鐵。她自信滿滿地帶著我逛街，可是一來到地鐵口，同樣裹足不前。我提出建議：「我們來試搭一次看看吧。」

於是，她和我鑽進了昏暗的地鐵車站，買了車票，進了閘門，可是接下來就不知該何去何從，只得又走了出來。

然而，情況已不允許我再這樣下去了。

朋友帶了張地鐵路線圖給我。

我首先嘗試搭到基恩先生的公寓。我認為，凡事只要下定決心，執行起來其實不難。我靠著那張路線圖去搭乘，發現地鐵站內的方向標示比日本還清楚，每一個轉角都標著箭頭，就算迷了路，也都能循著路標找到正確的路。

此後，我外出時盡量搭地鐵，一天至少可以省下三美元。

十二月初，我搬到了格林威治村。之後住的那家旅館位於五十二街的公園大道東面，屬於最高級的旅館，不僅瑪麗蓮・夢露經常下榻此處，櫃臺的房客清冊上也屢屢出現名字前面冠以

「爵士」、「勛爵」、「伯爵」等等頭銜。

那裡的服務十分周到，只是收費昂貴，所以我打算換一家旅館。

我請親戚代尋位於格林威治村的旅館，並且去看了兩、三家。

我託對方幫忙找一家最便宜的旅社，去到那裡一踏進大門立刻聞到了霉味，接著是一台嚇人的電梯把我們送上了四樓。那台電梯只靠一條纜繩升降，因此在上升的過程中，電梯便會隨著纜繩的晃動而顫顫巍巍的。

行李員領著我們去到預訂的房間。地板傾斜，一顆光禿禿的電燈泡從天花板垂下，四面的壁紙全褪了色，不曉得到底是幾十年前貼上的。我很肯定，那種顏色絕不是日照造成的。

房裡還擺著一台古怪的電冰箱，表面的白色已經泛黃。行李員得意地打開衣櫃讓我們看裡面的大量衣架。那其實沒什麼好得意的，因為在美國只要將衣服送洗，洗好的衣服一定是掛在衣架上一起送回來的，衣架自然也就有增無減了。我打量著那個房間，不由得冷汗直淌。那簡直是法蘭克．辛納屈主演的電影裡，吸毒者被囚禁的房間；抑或是美國的幫派電影中，經常出現在陋巷裡的破敗旅社。若是住個一晚當作嘗鮮倒無所謂，要真住上一個月，真不知道會受到多麼嚴重的心靈創傷。

我現在還不想變成一個吸毒者。

另一個朋友告訴我，格林威治村裡有一家不錯的旅館，房間也算便宜。格林威治村裡的旅館並不是每一家都是收費低廉的。比方有家叫做第五大道一號旅館就以奢華著稱，而格羅夫納旅館也相當昂貴。不過，朋友介紹的這家凡．蘭賽雷亞旅館取的是荷蘭名字，坐落位置也是在最高級的東十一街，外觀看起來是一家相當不錯的旅館。

我進房間看了一下。室內大小和上一家旅館差不多，也一樣沒什麼景觀可言。一開窗，安全梯就近在眼前。

上一家旅館不論是晴天或陰天，站在窗前，只能看到在對面大樓的屋頂上咕咕叫著踱步的鴿子，而且想知道外頭是晴天還是下雨，非得走出旅館探看才能曉得，這家旅館也是如此。不過，這次的住宿費是一天四美元，我立刻訂了下來。

櫃臺的老先生態度和藹，我真後悔過去住的旅館太貴了。

我回到格萊史東旅館辦理退房時，這三個月來不曾露出笑容的那個管帳的老先生，第一次咧嘴給了我一個大大的微笑，大概是很高興這個沒賺頭的房客終於走了。

搬到格林威治村睡了一晚，早上起來，我按照習慣撥了電話到櫃臺要求客房服務。

櫃臺反問我：

「您要哪一種客房服務呢？」

這個回答令我難以置信。在上一家旅館，只要打電話要客房服務，首先會聽到朝氣勃勃的一聲「早安」，接著請教是否要訂早餐，然後不到十五分鐘就會有人用手推餐車送來早餐，隨著同樣朝氣勃勃的一句「先生早安」，便將早餐推進了房裡。

這家旅館的服務生居然沒忙著送餐，而是等在櫃臺接電話。我要了荷包蛋和培根，他先回答：「沒有。」接著機械式地補充，「只有吐司和咖啡。」我告訴他：「那也可以。」講完電話就在房裡等餐。

外面好像正下著雨。我從窗口朝外探看，在大樓縫隙間的一小片天空，看到飄著似有若無的白濛雨絲。

在大樓阻擋視線下，看起來似乎是小雨，但其實應該已是大雨滂沱。我焦急地足足等了四十分鐘。

突然間，有人敲了門。開門一看，一個身材魁梧幾乎直達雲霄的黑人服務生，穿著濕淋淋的雨衣、戴著濕漉漉的帽子，站在門口。接著，他遞給我一只小小的牛皮紙袋。打開一看，裡面是包在紙裡還有些微溫的吐司麵包，以及裝在紙杯裡的咖啡。

我關上門，望著這兩件送來的餐點，深深墜入絕望，下定決心不再向這家旅館訂早餐了。我猜這份早餐是服務生去雜貨店買來的。

我和製作人以及那位已經敲定的導演之前往來頻繁，但在換了旅館以後就完全斷了聯繫。原因是他們正在忙著選角。我們已經和劇場簽了約將在一月中旬演出，最晚一定要在耶誕節前開始排演。我不想去打擾他們的工作。

除了主角以外，配角都已經陸續定案了。選角方針是只有女主角邀請知名紅星擔綱演出，其他角色則起用目前還沒沒無聞、但是具有才華的演員。原本已經獲得現居於墨西哥的資深電影女星桃樂絲．黛．里奧[17]的首肯，十一月中旬卻忽然接到她婉拒出演的通知，我們只好重新找其他的著名女星洽談。

十一月中，我們在一份《演藝通訊》的報紙刊登選角廣告，竟然有近百位年輕演員前來試鏡，以每天看五、六個人試鏡的速度連日密集徵選。我也列席了兩、三次，不過製作人似乎不太願意讓我參與這個過程。

他的考量是有道理的，因為每個試鏡的人一走進來，他首先要詢問試鏡者關於這部劇作的心得。

結果那些年輕演員多半先悄悄瞥了我一眼，然後極力讚美：「太好了」、「非常美」、「令人震撼」云云。如此一來，就無法評估他們對劇作的理解程度了。

有不少前來試鏡的女演員姿色相當出眾，換做是在日本，肯定立刻被拔擢為女主角。還有一個容貌酷似詹姆士．迪恩[18]的青年，他那抬頭淺笑時的神韻，簡直宛如詹姆士．迪恩再世。不單如此，他坐立不安的模樣，有時拍拍兩頰，有時拍拍額頭，坐在椅子上晃動身軀，不時露出一抹苦笑，這一切都令人以為恍如詹姆士．迪恩重返人間了。

17 Dolores del Río（一九〇五～一九八三），西班牙裔墨西哥電影女星。

18 James Byron Dean（一九三一～一九五五），美國電影男星。因車禍英年早逝，雖只演過三部電影，仍以鮮明的叛逆青年形象成為影壇中的經典人物。

接著讓這些男女演員們試讀幾行劇本台詞，等試鏡者離場以後，我們會各自表示看法，甚至激烈爭論。整個過程愉快極了。

我們的製作人和導演非常討厭演員唸台詞時，採用時下流行的表演風格，比方像馬龍・白蘭度那種「演員工作室式」的演繹方式，或是像詹姆士・迪恩那樣的嘟噥抱怨。我也有同感。我們的舞台劇，必須以最正統、並且不誇張的率真風格演出。

試鏡結束，我們步行前往製作人的公寓兼辦公室。向來厭惡走路的導演J，沿途一直纏著我們央求：「搭計程車嘛，搭計程車嘛……」，而另一位製作人C則喜歡用力拍他的屁股催他繼續走。我們經常興致高昂地討論到翌日凌晨兩、三點。然而，這樣歡樂的時光，在我搬到格林威治村以後已不復見。

我等了一個星期，又等了一個星期，製作人始終沒有和我聯絡。

在舞台劇即將公演的這段時間，如果找朋友出門玩，一定避免不了被問到舞台劇的事，所以我決定在人選與日期底定之前，還是暫時自己一個人躲起來才是上策。於是，我開始獨自上街。

身上的錢還算夠用，不過，為了延長停留的時日，不能去會花大錢的地方揮霍。即便下著雨，我也不撐傘，只穿上雨衣步行。華盛頓廣場的枯樹一片濕漉，黃昏的公園長椅上不見人影。那幕景象讓我覺得不像身在美國，而是位於歐洲的一個古老城鎮。

忽然間，隨著一陣吵鬧聲，五、六個學生走過來問路：「沙利文街在哪裡？」美國人居然在自己的國家找上一個日本人問路，真不懂他們在想什麼。

我在格林威治村已經住了一週，算得上熟門熟路了，便肯定地指了一個方向。

我和他們朝不同的方向繼續各自的行程。剛走了一百公尺左右，我倏然發現自己指錯路，把沙利文街誤想成了方向相反的謝里登廣場，可是那群學生這時候早已遠在百公尺外了。

我只有一件雨衣，送洗時沒有其他外套可以換穿。如果這時遇上大雪紛飛就無法外出，就算有人邀約午餐也只好婉謝。

那段期間不巧逢上地鐵罷工。有些人從自家到辦公室上班得花上一個小時。我倒沒什麼急事待辦，地鐵罷工與否和我無關，只管安心地待在旅館裡。

有一回，我走出旅館的房間準備出門，隔壁房間的門突然打開，一個約莫六十歲的老太太跑出了房門，喋喋不休地纏著我說道：

「聽說你是個小說家呀？」接著談起她去過日本，日本的風景有多麼美，日本人待客有多麼親切云云。這番話翻來覆去地講了幾百萬遍，耗時十來分鐘。我雖沒有趕著辦急事，卻也絕不情願讓人占用我的十分鐘。人們縱使閒來無事，依然不願意陪伴孤獨的人短短的十分鐘，甚至會因此而發怒，這種心態實在使人不解。

那對老夫婦常到舒蕾夫特甜品店喝茶。富有的老人家很渴望找人聊天，想說的話都快溢出喉嚨外了。

年輕人也好，老年人也罷，有許多都活在孤獨之中。因此，年輕人喜歡結伴而行，彷彿炫耀自己脫離了孤獨的族群。

大致說來，格林威治村的有錢人是孤獨的，而年輕人是貧窮的，這地方不過是供旅人閒逛蹓躂，以為可以來上一場冒險。

特別是富有的寡婦，抱著鉅額的遺產過著孤獨的生活，疑心病日漸嚴重，以致於錯過了再婚的佳緣。她們有句口頭禪：「沒什麼好說的，男人要的根本是我的錢。」這是一種被害妄想症。在美國，百分之九十的男人都喜歡娶個比自己有錢的太太，因此並沒有對她們另眼相看。這句口頭禪代表的是上了年紀的女人對於年齡的自卑，這樣的人想必一輩子都不會感到幸福了。

在這樣寂寞的日子裡，總是經常下著雪。有幾天氣溫甚至只有華氏十四度，一走到戶外，不但眼睛發痛，連臉也凍僵了。

我去拜訪一位住在格林威治村的出版社編輯，他家的中庭十分漂亮，立著一座維納斯女神的雪雕，還擺著一張木造的安樂椅，椅子上布滿了白雪。

十二月十六日，最黑暗的一天。兩天前我受邀參加了一場派對，有許多日本人出席，席間眾人們紛紛問我：「舞台劇什麼時候公演？」我覺得自己像在接受審問，整晚覺得很不是滋味。到了十二月十六日，我終於撥了電話給導演。他告訴我：

「已經接洽過兩、三個知名女星，她們都表示沒有意願。假如這個星期之內還不能找到女主角，恐怕就無法如期公演了。」他一反常態，語氣分外沉重，彷彿在告知我一則噩耗。

稍早前，我們向財團金主請求追加預算，對方也通知無法再增加資金了。

我漸漸萌生了去意，打算離開紐約。

十二月十七日晚間，我忍不住打電話給製作人C。C處理事情的態度一向比K來得積極。我和他約好在他的公寓兼辦公室裡碰面，共進晚餐。

可是，當我六點半準時抵達C家，他卻還沒回來。我在那裡意外遇見了K正和經紀人商談。他一如往常地以磊落的笑容向我打了聲招呼：「嘿！」但我覺得他那看似磊落的笑容，似乎有些不自然。

我希望他能向我解釋：為何無法順利找到女主角、為何這齣劇必須延期……，然而，我很訝異K對這些問題連一個字都沒有提。他只語氣輕鬆地問了我：「在格林威治村住得還好嗎？」我回答：「一點也不好。」他說：「住久了就會覺得那地方挺有意思的。」

他旋即繼續與經紀人談論自己的工作。我坐在長椅上，拿起《生活》雜誌瀏覽，裡面刊載的全是一些無聊透頂的照片。他們兩人的談話就這麼傳入我的耳裡。

我一直等著K會突然打住，轉過頭來向我說聲「真的很抱歉」，可是等了好久，K始終只顧著談他的工作。後來，K和經紀人談起了關於K的祖父母一些毫無根據的軼聞。那個經紀人是個聰明人，早就察覺到現場的氣氛有些尷尬，刻意提高嗓門，誇張地使用各類感嘆詞：「噢，天啊！」、「噢，太好了！」、「噢，真是不可思議！」……這間安靜的公寓裡，K沉穩的語氣、我的緘默，以及那位經紀人幾乎貫破天花板的無稽叫嚷，形成了奇妙的三重奏。

一陣子過後，C回來了。我對K極端地厭惡。K自始至終對我不理不睬，顯然是一種逃避的手段。因此，C剛一踏進家門，我就堆滿笑容，故作親暱地與他寒暄了一番。結果K似乎忽然鬆了一口氣。

「聽說由紀夫你已經不想和製作人說話了哦？」

「是啊，」我答道，「不過，也不知道可不可以和尊夫人以及你的孩子聊一聊……」接著，我故作爽朗地說道，「問題是，要是和尊夫人說話，難保你會吃醋；但你的孩子才三個月大，還不會說話嘛……」

我們以這個玩笑打開了話匣子，K和代理人隨即離去，C坐到我身邊，向我坦承目前的狀況。他頂了娃娃頭的髮型，額前泛著油光。

C說，資金籌措的狀況不盡理想。由於人造衛星升空[19]導致股價下跌，大家的投資態度轉趨保守。想不到人造衛星的升空居然害我蒙受池魚之殃。

最後，因為某些不可思議的原因，導致無法找到女主角。不單如此，他個人的不幸也接踵而至——擔任導演的內弟由於罹癌而摘除了眼球。

這天晚上，我和C邊舉杯談笑。

「說不定是六條御息所[20]的魂魄（我的劇作《葵夫人》[21]裡的人物）在作祟呢。」

「沒錯，這部作品被惡靈附體了。」

「真不知道那個惡靈是誰呢，不就是你嗎？」

「不不不，我看應該是你。」C回嘴，朝我揚了揚下巴。

我們兩人喝著酒，爭論了好久究竟是誰被惡靈附身了這個無聊的問題。那家酒吧有個熟識我們的一個女孩過來問說：「你們在談什麼呀？」我們告訴她：「我們在談幽靈呢。」

「是哦？我相信世上有幽靈喔。」她回答說。我也一樣，覺得好像有種不祥的預兆，心想或許只要我離開，一切就會順利了。

當晚，我徹夜長考，翌日便以電話訂了飛往歐洲的機票。我再也受不了這種窮日子了，不但將經由歐洲轉機回日本的機票一律改成頭等艙，也把在歐洲住宿處全都預約了最高級的旅

19 一九五七年十月四日，蘇聯的人造衛星史普尼克一號發射升空，成為第一顆進入地球軌道的人造衛星。由於時值美蘇冷戰，引發了美國華爾街小型股災等一連串事件。

20《源氏物語》裡的人物，主角光源氏的愛人之一，較光源氏年長八歲。大臣之女，曾為東宮之妃，知書達禮，容貌美麗，但嫉妒心極強，後世不少作品皆根據她的這項性格特徵加以發揮。

21 三島由紀夫根據日本傳統能劇謠曲改編而成的現代舞台劇，於一九五四年刊載於《新潮》雜誌的一月號，之後收錄在三島由紀夫的戲曲集《近代能樂集》。該劇的時代背景雖是現代，但人物設定與劇情發展都改編自古籍《源氏物語》的第九帖〈葵〉。

館。我不想再吃那種裝在牛皮紙袋裡的早餐了。還有一個原因是，我恰巧得知《鹿鳴館》[22]將在十五日結束公演，所以我決定必須趕回日本謝幕。

我前去為我出版著作的出版社打了招呼：「我的舞台劇已經無法公演了，要回去了。」結果這件事當天就傳到K的耳裡。聽說K怒火衝天，氣得啐道：「現在正值籌措資金的節骨眼上，這傢伙居然還散播壞消息，真恨不得扭斷他的脖子。」

我真不敢相信K到現在考慮的還是只有他自己，也不客氣地回應：「想扭斷脖子儘管放馬來，我可練過拳擊呢。」

接下來的過程略去不提。唐納德．基恩先生費了不少心力撮合我和K和解。基恩先生是位溫厚的紳士，很能體會K的立場，也深知K每天都工作到深夜兩點，一直在設法解決重重難題。

在啟程的前三天，K邀請我共進晚餐。有點感冒的他穿著鮮豔的紅色雙排扣大衣。這一晚的他又變回過去那個爽朗的K了，我們雙方的誤會也冰釋了。兩人笑著說彼此的性格太像，同樣愛面子，以致於鬧起了彆扭……

這頓晚餐吃得相當愉快。對美食頗為講究的美食家K挑選的這家法國餐廳很合我的口味。我發現，自己現在之所以能夠輕鬆看待事物，應該是因為幾天後就要離開這裡了吧。

紐約再也不是我扳著指頭數日子，心煩地忖想著「明天該怎麼辦……」、「明天又會如何……」的那個牢籠了。如同維利耶．德．利爾－阿達姆[23]的小說名稱《希望帶來的折磨》，統統都結束了。我已經接受了所有的一切。雖然我沒有告訴高傲的K，但是對於他面對的困難，包括這項企畫工作，以及他個人的困難，我由衷感到同情。也許這樣的想法過於心軟，但撇開我個人的立場，K縱使面臨失敗亦不懷憂喪志的性格，令我相當敬佩。

我問了K：

「你們製作人，是痛恨作家時比較方便做事，還是喜歡作家時比較方便做事呢？」

K回答道：

「如果製作人痛恨作家，那麼當他工作失敗時，儘管自己有所損失，但由於覺得那個作家活該，反倒減輕了壓力。不過，我們都很喜歡你喔。」

美國人的性格直爽，一旦和解就盡釋前嫌。自從那一晚過後，我重拾對K的好感。K亦答應我：「就算無法如期舉行，但我一定會排除萬難，讓這部戲在紐約公演。」

——終於到了離開紐約的前晚，K因感冒臥床不起而無法赴約，我和C、基恩先生以及經紀人山姆四個一直喝到了天亮。約莫清晨五點左右，我在呂班斯餐廳裡目睹一位身穿華麗晚禮

22 三島由紀夫創作的四幕戲曲，亦是多次上演的代表作之一，背景是在明治時代新落成的接待外賓會館鹿鳴館舉辦的一場晚會中，一群貴族間的權謀、愛憎與親情的故事。該劇於一九五六年刊載於《文學界》雜誌的十二月號，翌年發行單行本。

23 Auguste Villiers de l'Isle-Adam（一八三八～一八八九），法國象徵主義作家、詩人與劇作家，代表作為《未來夏娃》。

服的淑女舉匙舀湯送到嘴邊，但因為太倦了而神智不清……，鼻頭險些浸在湯匙裡了。果真只有在紐約才看得到這樣的奇景。

（一九五八年四月．日本）

紐約有感

身在國外，會讓我朝思暮想的食物頂多是河豚，其他東西吃不吃得到都無所謂。我認為最幸福的，莫過於這一輩子天天中午和晚間都能吃上西式的全餐了。就這點來看，我很有資格遷居海外。人們總說美國餐食不好吃，那是訛傳，至少在舊金山、紐約和紐奧良這三個城市的許多餐廳，都能享用到佳餚。很多人都說，在美國不管上哪家餐廳，吃起來都是同一種味道，那也是天大的謬誤，事實上既有昂貴但難吃的，也有便宜且美味的，不能一口咬定貴的地方東西就好吃。比方加州出產的葡萄酒就不容小覷，還有澆上美式醬汁的烤牛肉更是讓人百吃不厭。

我在外國閒來無事，想的就是食物。法國的佳餚和美釀，幾乎都是來自於修道院的發明，而我過的正是如同修道士般的清靜日子，所以一樣滿腦子都是食物吧。在紐約的那段時光，充分享受了一個新進作家沒沒無聞的淡泊生活，可是一回到日本又被奉為名人，實在過譽，讓我很不習慣。不過，沒沒無聞時所受到的諸多限制，與身為旅人不需肩負責任的自由自在，這兩種矛盾混合成一杯會令人嚴重宿醉的雞尾酒，使我總是漂泊不安。

有個美國人告訴我，他聽另一位美國人說我為人穩重又善良，這真是天大的誤會；不過，萬一我的本性其實真如他所描述的，只是在日本裝作相反的性格，而這一切都讓外國人給看穿了，事態豈不是更糟嗎？我暗自忖度：那位美國人該不會認為我刻意裝出一副壞人的惡態吧？

紐約天高氣爽，在一百多層樓高的摩天樓群之間，隱約可以瞥見藍天的一角。那些湛藍的碎片，猶如伊卡洛斯[24]一般，急速墜落到地面雨後的水窪裡。單是徒步通過一個街區，就得走上好一陣子，尤其是第五街和第六街之間的距離特別遠。像這樣行走在市區裡，幾乎無暇想及自己此刻與大自然毫無交集的概念思惟；然而，此時身處的都市叢林，亦不啻為一種世間絕無僅有的殘酷的自然樣貌。我喜歡這樣的紐約。在這裡，縱使是深夜三點，還可以看到男人在街上悠然遛狗。

從某種層面來說，紐約的藝術家們或多或少都有點病殃殃的，像日本文人那樣的健康寶寶連一個都找不到。但是，紐約的病狀，和巴黎或上世紀末維也納的病狀不完全一樣。我認為紐約最值得一看的是市立芭蕾舞團，例如《牢籠》那樣相當古老的舞碼就讓我讚不絕口，那才是美國文化精髓的真正表現，徹底展現了生命力與頹廢的完美結合。這個雞尾酒的國度，最擅長把各種不同調性的酒，成功地調合在一起。在芭蕾舞中出現母蜘蛛與公蜘蛛交配之後吃掉公蜘蛛的場面，只怕尋遍歐洲各國都看不到這樣獨特的作品。

歐洲的藝術家還沒有把頹廢與生命力結合在一起，可是在美國，尤其是紐約的藝術家，已經做過這樣的實驗了。紐約那些病態的藝術家們為求創造出一種獨特的文化，不惜獻上自己的生命；與此同時，紐約的青少年只為練習槍法，竟在中央公園隨機射殺無辜的市民。前者的犧牲與後者的犯罪，透過某種不可解釋的力量聯結在一起，共同構成了紐約這個世界。

在自家別墅的院子裡烤肉、住在遊艇上、不穿鞋、喜歡禪修和瑜珈——人們把這些統統歸因成美國人對於物質文明和機械文明的逃避。但是，根據我在這個國家所感受到的，應該解釋成另一種更加天經地義的動機，也就是活力本身嚮往與其相反之物。他們下意識地懼怕自己那用不完的活力遲早會創造出某種怪物，所以盡可能把活力耗在無謂的事情上。可是，他們的活力已經全部用來讓生活過得舒適，再也沒有餘力了，於是，只剩下那群誠實的藝術家勇於創造出一頭頭的怪物來。

即便只是一介旅人，我仍可以切身感受到紐約的藝術氛圍瀰漫著一股不安。在美國昔日的信仰裡，最尊崇的就是活力，因此屈居劣勢的理智刻意逆向操作，繪製出活力洋溢的地獄圖，

24 在希臘神話中，伊卡洛斯與父親背上蠟製的翅膀逃離克里特島，卻因飛得太高，翅膀被太陽曬熔了而跌至海裡喪生。此故事的寓意為警惕人們即使攀至巔峰，仍有墜落下來的一天。

並且那幀圖不單是一幅諷刺畫，更極端美化了活力，……我依稀感覺到這兩者正邁向同一條道路。任憑再病態、再衰弱的藝術家，亦無法逃離這股源自於自身肉體的活力，就連理智性的頹廢，也不得不以活力的形態呈現出來。我所謂的生命力與頹廢的全面結合，正是這樣的體現。

……再回頭談一下烤牛肉。東五十二街的阿爾蕭特餐廳，以及華爾道夫旅館裡的孔雀廊餐廳，這兩家的烤牛肉美味極了，我至今記憶猶新。不過儘管好吃，我卻無法和美國人一樣，吃下肚後立刻轉化成血肉脂肪，不管我吃得再多，全都不知道上哪裡去了。

到頭來，我既不如美國藝術家那般病態，也不像日本文人這樣健康，大概是介於兩者的中間吧。

（一九五八年一月十五日·《朝日新聞》）

紐約的焰火

我從東京出發時，根本沒想到會在紐約過年。當然，要是嘴硬，也可以說按表操課的旅遊方式最是乏味，而計畫趕不上變化正是旅行的樂趣所在。我之所以完全不想當總理大臣，理由就在這裡。

我遙念著東京的新年喜景，神采奕奕地在海外過日子。自己之前竟然從沒發覺吃飯和睡覺是生命的必備要件，不可以敷衍應付，實在有點蠢。

許多年輕人住在格林威治村一隅的廉價公寓裡，房租每個月十五、六美元，沒有熱水可用。他們只能忍飢耐寒，拚了命創作賣不掉的小說和畫作。

我之所以被困在這裡，原因是我那齣原訂於十月上演的舞台戲被展延到了一月份。所幸那群製作班底都是些有意思的傢伙，因此不愁沒有朋友談笑。反正他們看不懂日文報紙，我儘可放心大膽地在這裡寫幾句他們的壞話。老實說，製作人凱斯是個孩子王；另一個製作人切茲的性格瘋癲；經紀人丹恩懶懶散散的，簡直和丹尼．凱[25]是一個模子印出來的；導演吉米在希臘出生，很像法華宗的僧人；舞台設計家休做事總是慢條斯理；此外，還有一位美麗的凱斯夫人安女士（負責服裝設計）——這些人根本可以自組成團，演出義大利喜劇了。在這裡面正經八百的，只有敝人在下我。

近來，我的英語進步了一些，甚至學會了在電話裡痛罵一句「Go to hell!」。不久前，一個下過大雪的深夜兩點半，我和前述夥伴在時代廣場附近的第八大道醉醺醺地打了一場雪仗，好玩極了，警察也沒來制止我們。

聽說日本在一九五八年將會陷入通貨緊縮，或許在這新年伊始的報紙上談些不景氣的話題也無妨。一般而言，美國的窮人比日本的窮人面臨更嚴峻的考驗。大家以為美國的年金制度發達，因此老人退休之後可以不必工作，這樣聽來雖然不錯，但是這些老人該如何度過餘生呢？一個寒冷的下午，我和朋友到中央公園散步，走進一處坐落在小山丘上的六角堂式建築。屋裡有暖氣，可以免費在裡面下西洋棋。騰騰的煙氣中，無處可去的老人全都圍在棋桌邊，深思的面孔布著皺紋。……鑄鐵暖氣片旁的長椅上坐滿了茫然的老人家。那裡看不到日本人坐在簷廊下象棋的熱鬧，只有一股淒慘的氛圍，我們趕緊離開了。

不單是上了年紀的人才會面臨此等景況。差不多有一百個年輕人來參加我們舞台劇的選角，其中有個二十歲的年輕人，在這地凍天寒中他只穿了一件舊夾克。導演問了他的經歷，他說：

「我本來在紐約學戲劇，後來沒有演出的機會，就到洛杉磯繼續學習，也去過好萊塢，可是那裡同樣找不到演出的機會，連一個角色也拿不到，於是又回到了紐約。這裡天氣冷，生活過得又苦……」

當我聽到他的這段剖白，由衷感受到紐約的嚴冬是那麼的凍寒入骨。

我向來厭惡所謂「專心致志鑽研藝術」的清談高論，那句話呈現出日本特有的空泛的精神主義。可是，在我看著紐約的年輕人時，深深感覺到美國和日本的截然不同，這裡的年輕人確實讓人覺得是真的很認真地「專心致志鑽研藝術」。

前幾天，我在即將回國的岡田謙三[26]畫家夫婦陪同下，前去參觀一位年輕的舞蹈家朵尼亞．斐亞的新作。這支舞發想自艾茲拉．龐德[27]的詩作。我們去她自己的舞蹈室參觀排演。據說她曾經隨同瑪莎．葛蘭姆[28]的舞蹈團到過日本，也學習了日本的能樂。

不出我所料，她的舞蹈室位於一棟陋屋的三樓，屋裡只有一個角落擺了一張床，可說是一處貧困又乏善可陳的舞蹈室。然而，身穿黑色舞衣的她赤著雙足，眼中射出一絲不苟的目光，

---

25 Danny Kaye（一九一一～一九八七），美國喜劇演員，以帶點傻氣又散漫的形象深植人心。

26（一九〇二～一九八二），日本知名的西洋畫家，一九五〇年後曾在美國開過幾次個展。

27 Ezra Weston Loomis Pound（一八八五～一九七二），美國詩人、音樂家與評論家，其詩歌具有意象主義。

28 Martha Graham（一八九四～一九九一），美國舞蹈家與編舞家，現代舞蹈的創始人之一。

配合著從錄音機播放出的十二音技法[29]的樂曲舞動著，她那氣勢毅然的姿影實在美極了。窗外的紐約街道，在冬雨澆淋下猶如灰色的石塊，唯獨她所舞蹈的這個空間裡，彷彿有著焰火正在璀璨綻放。我多想不惜一切辦法，也要將這把焰火帶回日本去。

（一九五八年一月三日‧《讀賣新聞》）

29 二十世紀古典音樂的一種創作方式。

「野性」和「衛生」的荒野

越過墨西哥與美國的國界

國界對我們而言，通常只是一個模糊的概念。如今到海外旅行多半是搭乘飛機，從雲層之上飛越過肉眼無法辨識的國界。這趟旅程，是我生平頭一回體驗地圖上那條粗線的國界是在車輪底下壓輾而過的。

九月一個晴朗的早晨，飛機由墨西哥市的機場起飛。這個機場附設一座飼養孔雀的美麗公園。我聽說由此至北方國界的這條航線，不管在多麼好的天氣裡，依然備受亂流干擾。果真，機身的劇烈搖晃超乎想像，再加上著陸技術欠佳，經過途中兩次著陸之後，我再也不願搭乘這個航班了。

午後兩點多，飛機在一片荒蕪中降落了，四周只有紅色的岩山。我在那座小機場辦完出境手續，帶著行李搭上了機場的接駁車。同車的是兩對年輕的美國男女，他們一路上聊個不停，我只默默地欣賞初秋暖陽下的荒涼景象。

墨西哥北端的華雷斯城位於美墨邊境，與美國的艾爾帕索遙相對望。美國的德州像個楔子般伸到新墨西哥州下方，而艾爾帕索就是在這塊楔形地區裡的一座城市。只要攤開地圖，就可以看到德州宛如使勁推開新墨西哥州，噘努著嘴拚命想和墨西哥接吻的模樣。

這天下午，我依依不捨地告別了墨西哥陽光耀眼的原野。這片廣袤的大地，至今尚未享有文明的恩澤；這個充滿魅力的國度，擁有鬥牛、不可思議的馬雅廢墟、墨西哥帽、音樂、舞蹈、濃烈的龍舌蘭酒，並且融合了詩情與殘酷。墨西哥市在節日裡豐富的色彩滿街翻騰，尤卡坦半島無盡濃綠叢林上方突出的青黑色馬雅金字塔，這些情景都和那片赤褐色的原野疊映在我的腦海裡。

墨西哥的荒野，和我在美國看到的荒野相當不同。美國也有沙漠和遼闊的荒蕪之地，但是美國的荒野讓人感覺是衛生的，沒有那種大自然駭人的惡意；然而，墨西哥的荒野卻潛藏著一股黑暗的力量，就連那不知名的赤褐色岩山，看起來也像是奇特的墨西哥土著曬得泛紅的面孔。事實上，絕大多數的美國觀光客在墨西哥都會生病，我也在尤卡坦半島患了腹瀉，不明原因發高燒。

……不過，這個國家如今也離我愈來愈遠了。不知不覺間，荒野變成了農田和綠地，道路兩旁是美麗的街樹，西班牙風格的華雷斯城，以及一座小鬥牛場映入眼簾。由這裡繼續北行，就看不到鬥牛場了，因為美國禁止鬥牛。

我很懷念華雷斯城那些西班牙文的廣告招牌。從這裡往北不遠，想必就會出現一整排藥房啦、漢堡啦等等毫無風情可言的廣告招牌。

從我這個島國之民的觀點，滿心以為如此重要的國界必定位於華雷斯城的中心，沒想到車子忽然停下來，嚇了我一跳。只見接駁車停在一座狹窄的小鐵橋前，不曉得要不要開過去。橋下是一條毫不起眼又汙穢的河川，後來我才知道，原來這條可憐兮兮的大河，居然就是鼎鼎大名的格蘭德河[30]。

海關官員要求我們出示護照。那兩對男女驕傲地自稱美國公民，這樣就通過了查驗，只有我一個人被叫下了車。我來到橋下一道水泥長廊，獨自蹣跚地走了進去，只見一座龐大而乾淨的手扶梯矗立在眼前，彷彿無言地喝令我必須踏上去。

手扶梯載著我來到頂端，出現了一個具有美國風格的大廳，簡素又乾淨。喔，我已經來到美國了！我在這裡等了一個小時辦理入境手續，對面的窗口始終排著一長列的墨西哥人，大概是等著申請另一種簽證。在這間美國式的辦公室裡，那些墨西哥人倏然喪失了威嚴，顯得無力

30 Rio Grande，起源於美國科羅拉多州的聖胡安山脈，於艾爾帕索開始成為美墨兩國的界河，繼續東流注入墨西哥灣。

與骯髒。

我總算領到入境許可，離開這棟建築，一個爽朗而高大的美國官員滿面笑容地直接拿粉筆在我的行李畫上一個白色的記號，並沒有打開來看上一眼。一個墨西哥人走上前向我收取車資，我定睛一看，原來是方才那輛接駁車的司機。我忘記付車錢了。他說給美金或墨幣都可以，我給了他墨西哥幣。

我帶著行李搭上一輛美國的計程車。現在已和司機語言相通，於是我們談笑風生，還聽這位司機發表了一番愛國言論。我問他左手邊那座頗具墨西哥風格的怪異的紅色岩山，期待他告訴我一個西班牙式的名稱，結果他的回答居然是「林肯山」，讓我相當失望。

「您看那邊，那就是國界喔！」

司機指向右手邊。那裡有條小河流過，鐵絲網在小河的對岸一直延伸到很遠的地方，而鐵絲網的後方就是墨西哥遼闊的原野，在陽光的照射下顯得閃閃發亮。

那邊是還未開墾的處女地，但這邊已是平坦而先進的銀色公路，上方高高掛著明確的標誌指向四面八方。路上行駛的車子都很安靜，計程車也不會隨意按喇叭，就這麼一輛輛駛向肅然且乾淨的艾爾帕索。

飛往阿布奎基的班機還要過一段時間才會起飛，我到一家汽車旅館要了一個房間，然後上餐館吃飯。一切都是乾乾淨淨的。一想到總算可以放心飲用生水了，於是灌下一肚子甜美的美國生水。

女服務生露出冷冰冰的職業性笑容提供制式化的周到服務，自動唱片點唱機播著紐約最新上演的音樂劇主題曲。我真的已經身在美國了。

我招來服務生結帳，詢問能否把沒用完的墨西哥幣換成美金。女服務生傲氣十足地回我一句：

「We use American money!」[31]

——再怎麼說，我總還上過小學，區區這點道理當然懂呀……

（一九五八年一月二十日．《日本經濟新聞》）

31 意指「我們只收美金！」

還活在舊時代裡的小鎮

北美密西西比州有個小鎮叫納切斯，那裡保留了許多南北戰爭以前的美麗建築。

納切斯的鎮民當初誓死抵抗北軍，勇敢地拒絕勸降；結果，有一枚砲彈炸中了某一戶的窗玻璃，他們立刻舉起了白旗。鎮民們常掛在嘴邊的一句話：「要說起戰前，咱們鎮裡不知有多好……」，話中的「戰前」二字指的是南北戰爭之前。

這個鎮上的居民非常看重家世門第。比方巴士的乘客隨口問了司機的家世，赫然得知司機出身名門，這位乘客在下車時會摘下帽子，尊敬地向司機致謝。

想要造訪這個還活在舊時代裡的城鎮，唯一的交通方式只有搭飛機。原因是從前有一段時期，美國有許多富人都住在這裡，那時鎮上曾通過一項「不希望火車通過本鎮」的決議，並且給了鐵路公司一筆錢，要求鐵路不得穿過鎮上，從此以後，這裡的鎮民就沒見過火車了。聽說世居該地的人迄今還會脫口說出「說起我家的奴隸呀……」之類的話呢。

有一座美麗而古老的府邸名為「羅薩利」，現在依然住著家族後代的一位老婆婆。只要付一美金，她就會領著遊客參觀宅內。可惜她的南方口音太重，我一句也聽不懂。

庭院裡滿地都是搖擺走晃的鴨子，看不到葉子的彼岸花在燦爛的秋陽下綻放著豔紅。院子正中央有個老舊的日晷，自從「戰爭以來」就停了，此刻看來更顯得百無聊賴。

（一九五八年一月二十七日・《每日新聞》）

太子港（海地首府）

我從報上讀到，黑人共和國海地的首都太子港，在我離開不久之後發布了戒嚴令。美國人之所以喜歡到海地玩，原因在於從紐約只要搭上幾小時的飛機，就能到達一個充滿非洲氣息的國度。那裡確實保留了許多非洲的東西，只有極少數富裕的知識階層黑人不與一般民眾往來，他們談論的是拉辛和莫里哀。

這座城市建在山腰間，在那裡販賣的東西髒得令人吃驚。有乾牛腸、乾羊腸，還有魚乾，上面滿是蒼蠅。不管是在像金桔似的腰果果實上、又小又圓的青檸檬上，以及麵包和甜點上，總是落滿了蒼蠅，蒼蠅彷彿成了必備的調味料似的。這裡也可以看到牽著黑豬或山羊，還有騎在驢背上的婦女。

我在市區搭計程車時，半路突然有個男人舉手攔車，逕自上來坐在我旁邊，還命令司機開去他的目的地，最後連車錢也沒付就揚長而去了。我簡直目瞪口呆，連生氣都沒來得及。之後問了司機，說是當地的移民官，只能聽由他橫行霸道。

我在海濱公園可可椰子樹下，眺望著暮色中的加勒比海悠閒散步時，經常有光著腳丫的孩子追上來喚住我：「You are Pan-Americn? Give me Money!」[32]

（一九五八年一月二十一日‧《每日新聞》）

32 這句的意思是「你是泛美主義者？給我錢！」

美國的研究所學生

有一天我喝多了，想走一走醒醒酒，恰巧和一群美國的研究所學生一同踏進位於格林威治村旁的一間教會。進去一看，裡面擺著今晚教會活動的節目單。其中一個學生拿起來看了看，突然哈哈大笑起來，把手中的那張節目單遞給我，也不管一臉摸不著頭緒的牧師就在面前，一群人既沒捐獻也沒打招呼，就這麼自顧自地大聲笑著走了出去。這些學生讓我看得直搖頭。

那張傳單的最上方畫有轟炸機和一位在天上飛翔的白馬騎士，騎士手拿麥克風大喊：「覺醒吧，美國！赤禍就要來了！」旁邊還有由某某人教唱愛國歌曲的宣傳字樣：「〈覺醒吧，美國〉——激勵士氣的軍歌」。

下一個是由頂尖爵士樂隊演奏的餘興節目。

最後是一場重要演講，講題是〈美國主義對共產主義〉。節目單上寫著「今晚的活動免費入場」、「會員招收中」和「晚間八點舉行」的文字，下方還有一行警語：「神正在審視著我們這些美國人究竟有沒有決心誓死維護自己的生活方式！」

——離開教會後，我們到已故作家托馬斯・曼常去的一家酒吧「白宮」喝到很晚，把那些學生給我看節目單的事，完全拋到腦後了。

（一九五八年一月二十四日・《每日新聞》）

多明尼加政府的水舞表演

多明尼加共和國首都特魯希略城[33]是個美麗又安靜的城市。

在造訪多明尼加之前，常有美國人警告我：在多明尼加國內千萬別提到「dictator」（獨裁者）這個詞彙，要是時運不佳，說不定會被抓去暗中殺掉呢。不過，等我到了該國，發現情況不如想像的嚴重，百姓反而很高興能享有獨裁者帶來的安定生活。

這個國家的政府想必非常有錢，居然由政府出資打造水舞表演，壯觀的程度深深震撼了觀光客，連我都是首開眼界。水舞的規模非常龐大，簡直可以容納一整座明治神宮外苑的美術館[34]，表演配上立體聲的交響樂，一噴沖天的水柱，在五顏六色的燈光照明下，呈現出千變萬化的狂舞。小型的噴水表演我倒見過，但不曾看到如此壯觀、如此華麗的大型展演。細密的水沫像霧一般濛上了臉，實在沒辦法站在近處觀賞的。觀眾頂多只有二、三十人，分坐在散置各處的桌座，悠閒地喝著可口可樂欣賞水舞。這樣的演出若是由私人企業經營，絕對要虧本的。

有天黃昏，我沿著濱海的步道隨意走走，看見停著幾輛晶晶亮亮的汽車和摩托車，一位貌似將軍的人物正在看海，胸前佩著閃亮的勳章。聽說那就是特魯希略元帥本人，他每天都會在幕僚和隨扈的護衛下出門散步。

（一九五八年一月二十八日．《每日新聞》）

---

33 多明尼加共和國在軍事強人拉斐爾．特魯希略（Rafael Leonidas Trujillo Molina，一八九一～一九六一）自一九三〇年起實質統治多明尼加長達三十年，並於此段期間將首都聖多明哥（Santo Domingo）改名為特魯希略城（Ciudad Trujillo），但現在已改回聖多明哥的舊稱。

34 即聖德紀念繪畫館，於一九二六年落成啟用，占地面積約四千七百平方公尺，主要館藏為明治天皇的史料畫作，列屬日本的重要文化資產。

奇特的首都哈瓦那

古巴首都哈瓦那是個奇特的地方。美國遊客常來這地方觀光，熱鬧又繁榮。這裡有號稱世界第一的夜總會「熱帶花園」並且附設大賭場，還有連在紐約也看不到的豪華歌舞表演。在平民區有一家名叫「上海」的低俗歌舞廳，甚至公然收門票，播映色情電影。

與此同時，藏匿在山區的反政府軍經常派遣手下在這個享樂天堂的市中心引爆定時炸彈。按照常理判斷，這種做法會傷及無辜（據說在「熱帶花園夜總會」發生的爆炸案，就造成一個美麗姑娘失去了手臂），應該會引發民眾對反政府軍的不滿；但是反政府軍認為，這樣做可以讓民眾了解目前的政府沒有維持治安的能力。這種邏輯聽起來似是而非。

不過，所謂的手下通常是臨時工，甚至有用三美元僱來的女學生。她們把小型的定時炸彈裝設在劇場的舞台邊、廁所裡，或是夜總會的門口，裝設完畢以後，佯裝若無其事似地離開現場，這樣就算順利完成任務了。可是，據說也有好幾個女學生因為操作失當，拿在手上時就爆炸身亡了。

儘管如此，哈瓦那的天空依然湛藍無比，而古巴人晶黑的眼眸，也彷彿只為了官能享受。

（一九五八年一月二十九日．《每日新聞》）

造訪演員工作室

承蒙唐納德．基恩先生的朋友——知名製作人切莉爾．克勞福德女士的引介，我得以參訪這間聲名遠播的演員工作室。這裡是培育出馬龍．白蘭度和詹姆士．迪恩的搖籃地，也是瑪麗蓮．夢露的改造工廠。

順帶提一下詹姆士．迪恩。不久之前，我到詹姆士常去用餐的第五十四街的傑利斯餐館，坐在迪恩慣坐的角落。座位上方的架子擺著一只葬禮用的花籃，花朵早已乾枯，籃子繫有黑色的緞帶，緞帶上寫著「獻給逝去的吉米．迪恩[35]影迷敬輓」。老服務生盧涅出來接待，他曾在電影《詹姆士．迪恩的故事》親自出演本人的角色。我還告訴盧涅，吉米的頭號日本影迷是小森和子[36]女士。

——把話題拉回來。演員工作室的地址是西四十四街的四三二號，從百老匯大道的劇場街經過三、四個街區，再朝西走就到了。在前往的路上，我邊走邊回想在紐約時聽到的關於這個工作室的許多傳聞。這個工作室幾乎已經成為一個傳奇，在我們這一行有不少機會聽到對它的種種中傷。演員工作室常被當作笑話中的嘲諷對象，而史特拉斯堡[37]先生被塑造成一位固執己見的戲劇之神。

他是唯一現存的史坦尼斯拉夫斯基[38]流派的教祖，而且應該說是他在融入自己獨創的方法論之後，依然堅稱那就是最正統的史坦尼斯拉夫斯基流派。這種心態有點類似日本花道或茶道的學員，嫉妒老師卓越的成就。另外，據說他為了讓學員練習如何扮醜劇中人物，曾把學員帶到動物園模仿動物的表情動作。

演員工作室是以舊教堂改建並漆成白色的一棟建築，論其規模，大約與日本劇團「文學座」相仿，不過這裡是石造建物。入口設在地下樓層。推門而入，迎面的牆上掛著一幅第十五代羽左衛門的相框劇照。那是他飾演勘平時，在山崎古道那個段落出場的扮相，生動的表情讓

35 吉米．迪恩即是前文提到的詹姆士．迪恩，英文名字吉米（Jimmy）是詹姆士（James）的慣用暱稱。

36（一九〇九～二〇〇五），日本藝人與電影評論家，以詹姆士．迪恩的狂熱影迷著稱，甚至有過這樣的軼聞：當她得知三島由紀夫曾經造訪詹姆士．迪恩常去的酒吧餐館，並且坐過詹姆士．迪恩慣坐的座位，甚至要求三島由紀夫把當時身上穿的褲子送給她。

37 Lee Strasberg（一九〇一～一九八二），美國演員、導演與戲劇講師。

38 Konstantin Sergeyevich Stanislavsky（一八六三～一九三八），俄國戲劇和表演理論家，其獨創的演劇體系對戲劇有極大的影響。

人望之畏懼。

出來接待的女祕書說：「這是我看過的日本歌舞伎劇照中，最美的一張。」

不僅如此，另一面牆上還掛飾一條梅花留白的染布手巾，以及兩幅臉譜。一幅是歌右衛門襲名為中村芝翫的時代所飾演的櫻丸，另一幅則是松本幸四郎襲名為市川染五郎的時代所飾演的梅王丸。我彷彿陷入時空的錯覺中，感覺自己回到了昨天剛看的那部電影《櫻花戀》[39]的時代裡。

由於我抵達的時間遲了一些，史特拉斯堡先生已經開始上課了。只要再等十分鐘，課程進入開放討論的段落，我就可以進去教室了。

牆上貼著繕打的學員名單，旁邊還有一張課程表。史特拉斯堡先生的課排在今天（十一月十九日）星期四[40]和星期五的十一點到一點，艾提納．底庫魯斯[41]的默劇課排在星期三和星期四的相同時段，愛麗絲．哈姆的演講課排在星期五的兩點以後，這幾門都是從十月份新學期開始的課程。今天的史特拉斯堡先生的課程大綱上寫的是這兩齣戲劇：

I ｛羅伯茲／史蒂文斯｝《奔向自由》

II ｛波爾遜／伯斯旺斯｝《海鷗》

經過詢問，原來史特拉斯堡先生上課的方式是先讓學員預習，然後演出其中的幾場戲，之後再共同討論。我需等候他們完成第I階段才能進去教室裡。《奔向自由》不曉得是誰的作品，至於第二部戲《海鷗》無須贅言，自然是契訶夫的作品。

會客室裡有個遲到的女學員手裡拿著一束玫瑰花，頻頻嗅著花香。這裡還有個小廚房，至於廁所標牌上的文字不是男人、女人，而是男孩、女孩，頗具學校的作風。

終於被允許進入教室了。我上樓打開門，正面有一道沒有封頂的磚牆，教室是一個半圓形的大講堂，後方有上下兩層座席，大約六十幾個學員圍著講台而坐，正中央的第一排可以瞥見史特拉斯堡先生光禿的頭頂。

---

39 由馬龍・白蘭度主演的美國電影，英文片名為*Sayonara*，一九五七年十二月五日於美國首映，描述朝鮮戰爭時期一個日本女子與美國軍人在日本苦戀的愛情故事。

40 此處的時間序列有待考據。作者三島由紀夫於本文前述段落提到，他昨天看了電影《櫻花戀》，該片於美國的首映日期為一九五七年十二月五日，而根據文末標注的發表日期，這篇文章於一九五七年十二月十七及十八日刊載於《東京新聞》，由此推論，參觀演員工作室的日期應介於十二月五日至十二月十七日之間，而非文內所寫的十一月十九日，並且，一九五七年十一月十九日是星期二，不是星期四。或者，三島由紀夫確實於十一月十九日至演員工作室參觀，但在十二月五日電影上映之後的某一天看完電影後才撰寫本文，寫至此段落時有感而發；另一種解釋為三島由紀夫受邀觀賞該片的試映會，因此在十二月五日正式上映前已看過此片。至於參觀當日是星期幾，可能於事後撰文時察看日曆時有誤。

41 Etienne Decroux（一八九八～一九九一），法國現代默劇大師。

剛表演完《奔向自由》的兩個學員正坐在舞台（其實只是略微墊高的平台）的長椅上，滔滔不絕地陳述自己演技呈現的手法，並且回答史特拉斯堡先生其間提出的尖銳質問。

這段陳述與問答結束以後，學員可舉手發言，或由史特拉斯堡先生指名發表意見，前後差不多三十分鐘，有七、八個台下的學員提出意見或批評。最後是史特拉斯堡先生用二、三十分鐘的時間向全體學員做總結的講評。

「你們展現的是演員工作室風格的演技，但這稱不上真正自然的演技。」當史特拉斯堡先生斥責台上的學員時，台下居然有男學員在打呵欠，也有女學員在削蘋果皮，不過多數人在討論過程中都相當認真又踴躍。

接下來輪到《海鷗》。學員整理了舞台，擺上一張長椅，也略為調整燈光。出場人物的名字我忘記了，總之是那位小說家對著崇拜藝術家的少女說一大段冗長台詞的場面。小說家逕自講完把少女比喻為《海鷗》那則短篇小說的大綱之後離開，少女不禁掩面哀嘆，「這真是一場夢哪！」這段排演大約花了二十分鐘。

飾演小說家的學員是個優哉游哉的美國青年，怎麼看都不像帝俄末期的小說家；少女則十分清純可人，真希望能有像她這樣的女演員加入日本的文學座劇團。不過，這兩位都演得相當好。日本的新學員說起台詞常是結結巴巴的，兩隻手也不知道該擺在哪裡好。這裡的學員則充分運用日常生活經驗，恰如其分地以手、指、眼流露表情，而且也下足了功夫事前預習，台詞流暢，讓我看了一場好戲。

表演結束之後開始評論，發言內容完全不留情面。多數人只一味稱讚少女，對小說家則大肆批評，這時出現了一位女學員為他平反：「我不懂，為什麼少女聽到那麼知名的小說家把成功貶抑為如此悲慘之事時，卻沒有流露出大受打擊的神情動作。難道是刻意不讓對方知道自己受到了打擊嗎？」站在舞台上的少女理直氣壯地回答：「對，我故意這樣演的。」

最後，史特拉斯堡先生強調了放鬆的重要性。舞台上的學員則辯解說，他也嘗試這麼做，但就是無法放開來讓演技更自然。

——寫到這裡，我的這份參觀報告未免有些虎頭蛇尾。那是因為史特拉斯堡先生口若懸河，說得又快又急，我聽不太懂。儘管無法在此忠實重現他的原音，不過就我現場聽起來的感覺，他並沒有講述什麼奇特的觀點，也沒有傳授演戲的新招或竅門，都是一些相當基礎的演技理論。

臨去前，祕書介紹我和史特拉斯堡先生認識，寒暄了幾句。乍見之下是一位體型比丸岡明[42]先生稍大、令人望之生畏的老先生，其他沒有什麼特別的感覺。

——回程路上，紐約西城的天色欲雨，學員們三三兩兩地結伴而行，忽然間其中幾人推開便宜餐館的大門拐了進去，點唱機的樂音隨著門縫傳了出來。

（一九五七年十二月十七、十八日．《東京新聞》）

42（一九〇七～一九六八），日本小說家。

紐約市芭蕾舞團

紐約市芭蕾舞團令我深感讚嘆，忍不住逢人就推薦。如有機會到紐約，請務必前往觀賞。這支充滿雄心壯志的舞團，每天晚上在市立中心表演具有高度實驗性質的前衛舞碼給上千名觀眾欣賞。縱使有市政府撥款補助，能在這條路上堅持下去依然相當不容易。更何況挹注的預算僅僅是杯水車薪，新創作舞碼的舞台設計和服裝費用都必須盡量節約。無庸贅言，紐約市芭蕾舞團的靈魂人物是編舞家巴蘭欽[43]。我曾在他的一篇文章中讀過他以廚師自居，敘述「如何以最精簡的費用做出最美味的佳餚」的用心良苦。

這次市芭蕾舞團參加的第二十屆紐約藝術季，自去年十一月十九日起至今年一月十九日，前後長達九個星期。不過也有可能延長更久才結束，我不確定。接著從十月份起是市歌劇團的演出，結束之後便輪到市芭蕾舞團的表演季了。本季的新作有史特拉汶斯基的《阿貢》和古諾的《古諾交響樂》，以及《方塊舞》和《星條旗》。《阿貢》是博得好評的新作，可惜我沒看到。此外，還有全新排演與編舞的保留舞碼，譬如史特拉汶斯基的《阿波羅》和孟德爾頌的《蘇格蘭交響樂》。這兩齣舞碼我看過了，前者確實令人叫絕。若無例外，在表演季中通常每天都有場次。耶誕節安排的是全幕芭蕾舞劇《胡桃鉗》，亦是公演次數最多的一齣舞碼。除此之外，每天大致安排四場，場間休息三次，每次十五分鐘，從八點半到十一點左右演完。

目前紐約市芭蕾舞團的首席舞者是安德烈·伊格雷夫斯基，我看了由他領銜演出的《蘇格蘭交響曲》，可惜舞姿已經難掩頹齡。其他的舞者陣容如下：女舞者包括瑪麗亞·托爾契夫、戴安娜·亞當斯、派翠西亞·王爾德、梅莉莎·荷頓、伊凡娜·蒙吉、艾蓮格拉·肯特；男舞者包括尼可拉斯·馬格拉涅斯、法蘭西斯科·蒙西歐恩、哈佛·普林斯、托德·波連達、羅伊·托拜亞司、傑克·丹波。他們也都是獨舞者。

以下僅就我看過的舞碼，挑出幾齣簡短介紹如下：

《牢籠》（The Cage）（史特拉汶斯基作曲 傑洛米·羅賓斯編舞）

這是經常來日本演出的諾拉·凱頗受好評的作品。現在諾拉·凱已經退團，由加拿大的芭蕾舞者梅莉莎·荷頓以及墨西哥的男舞者尼可拉斯·馬格拉涅斯擔綱演出。報紙評論認為缺乏

43 George Balanchine（一九〇四～一九八三），美籍俄國舞蹈家與編舞家，紐約市芭蕾舞團創辦人，被譽為美國芭蕾舞之父。

當年首演時的震撼力，但對第一次看到的我來說，仍然深受衝擊。

帷幕升起，舞台以黑幕布置，昏暗的舞台上只有一面從天花板垂下來的大蜘蛛網。十二個穿著肉色緊身衣的母蜘蛛出場，緊接著是頭戴一頂大得嚇人的紅假髮蜘蛛女王現身。她們圍著剛剛破繭而出的小母蜘蛛（梅莉莎．荷頓飾），訓練她身為母蜘蛛應盡的本分，以及性交之後必須殺死並吃掉公蜘蛛。

小母蜘蛛雖然才剛孵化出來，卻已經媚態盡現。蒼白的燈光打在許多公蜘蛛的身上，這些赤裸著上身的軀體泛著滑溜且病態的白光，搭上灰色的緊身褲，醞釀出一股詭異的氛圍。

舞台上只剩下小母蜘蛛一人。這時，一個公蜘蛛從舞台右方出場，小母蜘蛛毫不理睬，一腳踢死了他。接著，一個魁梧且赤膊的公蜘蛛（尼可拉斯．馬格拉涅斯飾）上場，小母蜘蛛首度嘗到了愛情的滋味，然後展開了一段陰森森的、黏膩膩的雙人舞，以極度煽情的舞姿（坊間脫衣舞表演的煽情程度根本無法相提並論），呈現出令人張口結舌的蜘蛛性行為。

關鍵時刻到來，蜘蛛女率領十二隻母蜘蛛出現，將這對愛侶團團圍住。小母蜘蛛起初百般不捨地試圖保護公蜘蛛，可是不久之後野性發作，進入殺死公蜘蛛的階段了。這段殺戮的舞蹈既殘酷又可怕，公蜘蛛輪番和母蜘蛛逐一交戰，漸顯疲態，終於遭到自己的情人一擊斃命，淪為那群母蜘蛛的口下亡魂了。這齣舞碼將男性的受虐傾向和女性的虐待傾向發揮得淋漓盡致，我從未看過如此充滿性愛與戰慄意味的芭蕾舞。

《阿波羅》（史特拉汶斯基作曲 巴蘭欽編舞）

這是一支單純、簡素且清純的傑作。年輕的傑克．丹波首度被拔擢為與舞碼同名的男主角，博得評論家的一致佳評。丹波不但年輕，渾身散發出野性，肉體充滿力與美，正是現代阿波羅的不二人選，若是再加上神格和威嚴，簡直就是阿波羅再世了。第一幕以不受拘束的舞蹈，呈現出阿波羅的調皮、隨性與傲慢。舞台以黑色的布幕為背景，黑幕前方橫放著黑色的台階，右方擺上一張阿波羅的座椅，布置與道具僅此而已，丹波穿的也只是練習用的舞衣。我相信這與賽爾朱．利法爾初演時的狀況一定大不相同。

帷幕升起之後，阿波羅的母親勒托在舞台中央的台階上承受陣痛的折磨。兩位侍女陪伴著全身以白布裹成木乃伊似的阿波羅趨近台階下方，侍女以手捲取白布，露出了上身赤膊、下穿黑色緊身褲的阿波羅。

這時，燈光轉暗。阿波羅穿上白襯衫出現，做了一長段獨舞與跳躍。接著，三位繆思出場（同樣穿著純白的練習用舞衣），阿波羅依序分別授予她們豎琴、面具和紙張（是否代表樂譜？）。繆思先是逐一獨舞，再與阿波羅合舞，將阿波羅青春的活力、喜悅與威嚴展露無遺。直到現在，我眼前依然清晰浮現著兩幕場景。一幕是阿波羅從身後摟著三位繆思，將手疊在她們的手上，模仿馭馬而行。由於三繆思身穿白衣，阿波羅儼然駕著三匹白馬的太陽車，從年輕氣盛的形象變成英姿煥發。另一幕則是結尾時，阿波羅在三位繆思簇擁下，登上台階的頂端，昂然於金色的光芒中，隻手擎天。

《牧神的午後前奏曲》（德布西作曲　傑洛米．羅賓斯編舞）

紐約市芭蕾舞團的《牧神的午後前奏曲》令我大為震懾。帷幕升起後，舞台呈現的是芭蕾舞排練室的場景。從天花板垂下一頂像四方形蚊帳似的白紗幕，這頂紗幕圍出來的空間就是排練室。門扉口、窗戶和鏡子以挖空的方式表現，練舞用的扶杆則繪於牆壁的內側，背景是極深的藏青色。正中央躺著一位穿黑色緊身褲的赤膊男子，那就是牧神。牧神是個自戀的舞者，而鏡子則象徵觀眾。雖然只有一位仙女出場，但這位身穿水藍色舞衣的仙女從藏青色的背景裡現身，進入純白的排練室的剎那，真是美極了。接下來他們一起跳了一段很長的雙人舞，帶有情色的挑逗意味。仙女連圍巾都沒有留下，就這麼離開了。這齣舞碼描述的是芭蕾舞排練室一個充滿官能性的無聊午後。

《西部交響曲》（赫爾希．凱作曲　巴蘭欽編舞）

這是一個意外的收穫。舞台以昏黃的西部街道作為背景，由各組不同的牛仔與娼婦，舞出了快板、慢板、諧謔曲、迴旋曲等四部樂章，運用純古典的芭蕾技巧，譜成了一支歡快的舞碼。讓牛仔和娼婦跳古典芭蕾的構想相當獨特，其間適時穿插一些滑稽的趣味，但又不是生搬硬套，因而得以在古典芭蕾的表演中，自然而然地逗得觀眾發出笑聲。

除此之外，我還欣賞了由史特拉汶斯基作曲，巴蘭欽編舞，伊薩姆．諾古切設計舞台的《奧菲斯》；伊格雷夫斯基主演的《蘇格蘭交響曲》；梅諾戴作詞作曲，約翰．佩托拉編舞的《獨角獸和蛇髮女妖與蠍獅》；以及適合兒童觀賞的《胡桃鉗》（我最讚賞作夢那個場景的舞台效果！房間裡的耶誕樹突然長高，房間也跟著變大，少女的床在胡桃鉗偶人的領路下走向雪地）。另外，我也看了幾支短舞，礙於篇幅有限，只好暫且割愛。

不過，觀賞過這幾齣現代芭蕾之後，我有兩點感觸。第一是現代芭蕾不再只是速度和爆發力的組合，在編舞之中，處處流露出濕滑黏膩的官能性，但在技巧上亦做了高度複雜的安排，從而將速度和爆發力烘托得更為鮮活。不論是《牢籠》的雙人舞；還是《奧菲斯》裡即將離開地獄時，沒有回頭的奧菲斯，與想要回頭的尤麗狄絲[44]，兩人在長長的布幔前糾纏交疊的雙人舞；抑或是《獨角獸和蛇髮女妖與蠍獅》的最後一幕，當詩人在三頭怪物圍繞之下，唱著歌

44 此處應為作者三島由紀夫的筆誤，想回頭探看的人應是奧菲斯。根據《奧菲斯》的神話故事，冥王黑帝斯同意讓奧菲斯帶妻子尤麗狄斯重返人間，條件是兩人回到地面之前，奧菲斯絕不能回頭看尤麗狄斯。高興的奧菲斯急急走在前方，一路強忍著想回頭看妻子有無跟隨在身後的欲望，就在他抵達地面的剎那，欣喜地回頭一看，不料尤麗狄斯還差了幾步尚未抵達，於是尤麗狄斯就在這一瞬間被無形的力量拉回了地獄。

（由幕後代唱）死去的情景，在在都可以窺見極度複雜的編舞技巧。

第二點，現代芭蕾中有不少男舞者托舉男舞者的舞蹈場面。在《奧菲斯》中，黑天使托舉著奧菲斯跳舞；還有在《獨角獸和蛇髮女妖與蠍獅》裡，亦有詩人托舉怪物舞蹈，以及怪物托舉即將死去的詩人跳舞的場景。當詩人托舉象徵老人的蠍獅跳舞時，那個怪物像一頭老貓似地動作蹣跚，那模樣非常逗趣。

今年春天，紐約市芭蕾舞團即將到日本公演，這消息令我喜出望外。但願這支舞團的造訪，能為日本傳統舞蹈界注入活水。

（一九五八年三月．《藝術新潮》）

美國的音樂劇

我是在一九五七年的七月抵達紐約的。我到國外的第一件事，必定是立刻到票券預售處購買戲劇的入場券。當我發現，夏季期間有營業的劇場上演的幾乎都是音樂劇，不禁大吃一驚。不過，那種盛況當然很可能只在旺季結束以後才會出現。因為賣座極佳的音樂劇，有時也會長期演出，甚至延長到旺季結束後還繼續上演。旺季時，在百老匯各劇場上演音樂劇的比例，差不多占整體的三分之一。

眾所周知，紐約的劇場可以概分成兩種，一種稱為百老匯劇場，另一種稱為外百老匯劇場。在百老匯大道上的劇場通常可以容納一千人上下，在日本屬於中型劇場，範圍大致從百老匯大道與西四十二街的交叉口，亦即時代廣場那一帶，一直延伸到西五十七街左右，分布於這條斜向縱貫曼哈頓島的百老匯大道的東西兩側，在旺季高峰期間大約有二十五家劇場同時開演。至於位在百老匯大道之外的劇場也差不多是二十五家，在旺季高峰期間甚至高達五十家競相爭鳴。在巴黎，劇場的盛況亦不遑多讓，這才是劇壇應有的樣貌；反觀日本劇場的慘澹蕭條，委實讓人心寒不已。外百老匯的小劇場多半可以容納一百五十至兩百人，這樣的小劇場在日本根本不敷成本，但紐約因為有長期演出的音樂劇，所以還能持續經營。

不過，也有例外。例如鳳凰劇場，雖然坐落在第二大道和第十二街交會處，也就是一家遠在下城區的小劇場，但由於其製作規模浩大，因此也被歸類為百老匯劇場。

外百老匯劇場較少上演音樂劇。紐約的菁英階層不屑觀賞音樂劇，反而比較喜歡看外百老匯那種高級的實驗戲劇。不過，也有百老匯劇場會上演奧尼爾的《進入黑夜的漫長旅程》，也就是像日本的「新劇[45]」那樣的舞台劇。大致上，百老匯劇場的劇目可以視為戲劇裡的中間小說[46]，在技術上也相當純熟，多數觀眾是觀光客，因此就以現狀而言，百老匯相當於音樂劇的同義詞。我之所以喜歡音樂劇是因為沒有語言障礙，就算聽不懂，依然可以享受音樂劇的種種細節與巧思。

接下來，我想就曾經觀賞過的音樂劇做個介紹。美國和日本的節目單最大的不同，就是沒有刊登劇情簡介。由於我在看音樂劇時，並沒有特別留意這一點，因此以下介紹的故事大綱難免會出現一些錯誤。

1 《追尋快樂》（*Happy Hunting*）

劇本　霍華·林賽　羅素·克魯茲　共同編寫

音樂　哈洛得．卡
作詞　麥特．杜比
作曲　艾比．巴羅茲
主演　埃塞爾．默爾曼[47]　費南度．拉瑪斯[48]

不消多說，女主角埃塞爾．默爾曼就是百老匯音樂劇《安妮，拿起妳的槍》的領銜主演，雖然已經有些年紀，仍然被尊為音樂劇的女王。她那老練世故的架勢、倨傲驕慢的演技，以及純粹紐約作風的洗練的喜劇才能，我們這些外國觀眾也完全可以接受。

一九五二年，我在紐約看過她主演的《風流貴婦》（*Call Me MADAM*）。那齣音樂劇是以美國派駐歐洲某個小國的女大使作為主角，相當具有古典歌劇的風格，使我回想起兒時看過的維也納輕歌劇的電影。此行我一抵達紐約，買下的第一張音樂劇門票就是埃塞爾．默爾曼的《追尋快樂》，聽說這部戲已經持續公演將近一年了。

45　明治末期以後，受到西歐現代戲劇影響而興起的話劇，與傳統的歌舞伎和新派劇不同。
46　二十世紀後期日本小說的一種類型，介於純文學與通俗小說之間。
47　Ethel Merman（一九〇八～一九八四），美國歌星、影星與舞台劇演員，享有百老匯女王的美譽。
48　Fernando Lamas（一九一五～一九八二），阿根廷影星與導演。

《追尋快樂》是比《風流貴婦》更具古典形式的音樂劇。故事大綱是這樣的，一位費城社交界的夫人帶著女兒到歐洲旅行，旅途中與西班牙的格拉納達公爵（費南度・拉瑪斯飾）結為好友，在返家的船程中，友情發展為愛情，但夫人誤會公爵是為了錢財而求婚，以為他想迎娶有錢的寡婦來過上無憂無慮的生活，兩人因而起了一些爭執。最後的場景轉到費城，在充滿輕歌劇風格的情境中落幕。整部戲流於公式化，賣點在於嘲弄費城守舊的社交界仕紳名媛的虛榮心、傲慢和趨炎附勢，以及諷刺在歐洲名門貴族面前，那些所謂上流人士的暴發戶心態表露無遺。該劇的一首歌曲〈Mutual Admiration Society〉聽來格外歡樂，劇終那場舞會跳的探戈也相當優美。不過，整部劇宛如埃塞爾・默爾曼一個人的獨角戲，劇本的乏善可陳更是不值一提，恐怕唯命是從的編劇是按照埃塞爾・默爾慢的詳細指示，為她量身打造成一場個人舞台表演。因此，即使我充分享受了埃塞爾・默爾曼精湛的演技，仍然覺得少了點什麼。我剛到紐約就急急奔來看這場音樂劇，如此結果未免令我失望。事實上，去年這齣音樂劇一開演就飽受惡評，完全是靠著埃塞爾・默爾曼的名氣才得以繼續上演。

2 《最快樂的傢伙》（*The Most Happy Fella*）

根據薛尼・霍華的《他們知道自己要的是什麼》（*They Knew What They Wanted*）的舞台劇改編而成。

作詞、作曲　法蘭克・列薩

劇本、導演　約瑟夫・安索尼

編舞　丹尼亞・克魯普司卡

主演　勞勃・韋德[49]

《追尋快樂》讓我相當失望，但這部《最快樂的傢伙》卻令我非常感動。紐約的菁英階層批評這齣音樂劇過度流於感性，但看慣了新派戲的我覺得還好，這樣的程度拿捏應該是最受日本人喜愛的。

故事發生在一個義大利裔美國人的農場，禿頭中年男子東尼（勞勃・韋德飾）想要透過照片相親，討個太太。可是他對自己的相貌感到自卑，於是偷偷借用農場僱用的一個年輕男工的照片拿去寄給相親的對象。對方是舊金山的餐館女服務生蘿莎貝拉（喬・莎莉班飾），她看上了影中人的長相與資產，答應結婚，來到了農場，恰巧遇見照片中的那個年輕男工，出於愛意而緊緊抱住他，不曉得事情始末的年輕男工頓時不知所措。沒多久，蘿莎貝拉發現竟是農場老闆耍花招誘騙她前來，傷心之餘想要離開，可又已經愛上了照片中的年輕男工，一時難以下定決心。已是中年的東尼雖然謝頂又醜陋，但個性體貼又風趣，眼下娶得了美嬌娘，讓他高興得見人就嚷著自己是「the most happy fella」，也就是最快樂的傢伙。就在忙亂的婚禮中，喝醉的

49 Robert Weede（一九〇三～一九七二），美國男中音。

他從屋頂摔下來跌斷了腿，新娘立刻淪為現成的看護，不得不照顧這個只能坐在扶手椅上由她推著到處走的新郎。蘿莎貝拉心裡雖然不願接受東尼是丈夫的事實，在照料的這段日子卻漸漸被他的面陋心美所吸引，對孤獨的他從同情轉為柏拉圖式的愛情。可是，兩人還是無法相處融洽，她終於與照片裡的年輕男工相愛，有了肌膚之親，並且懷了孩子。這時候，蘿莎貝拉曾工作過的餐館裡的同事——這個同事是丑角，也擔任本劇故事講述者的角色——也來到這個農場，蘿莎貝拉向同事坦白了一切，認為既然已經懷孕，只能悄悄地離開這裡。就在這個節骨眼，東尼出現並且得知了真相，當場斥罵蘿莎貝拉，一方面對她的不貞勃然大怒，也痛心地細訴對她的用情至深。東尼讓蘿莎貝拉離開，片刻過後又反悔了，帶著手槍追到車站，可能是想射殺蘿莎貝拉和那個要與她私奔的年輕男工，豈料那個年輕男工居然扔下她不管，逕自搭上了開往相反方向的火車離開了。東尼懊悔自己不該帶槍，試圖挽留正要坐上火車的蘿莎貝拉，並在逐漸披籠的暮色中，沉浸在蘿莎貝拉的柏拉圖式愛情裡，而蘿莎貝拉也終於覺醒過來，明白這個醜陋的中年男子對自己濃烈的愛情。東尼原諒了她的一切，蘿莎貝拉也回到東尼的懷抱了。於是，東尼又見人就嚷著自己是「the most happy fella」，也就是最快樂的傢伙。

當然，這個劇名含有諷刺的意味，這部戲最後就在東尼的狂喜，與黃昏的火車站所暗喻的哀愁中落幕。這齣戲與其說是音樂劇，其實更接近義大利的輕歌劇，舞台設計的感覺比較接近義大利歌劇的《丑角》、《鄉村騎士》或其他的義大利輕歌劇，爵士樂的元素不多，尤其是三個廚師以三重唱的方式唱起〈Abbondanza〉這首歌時，完全是純義大利喜劇式的三重唱，而廚師們的名字也起了朱札培、巴斯奎雷與奇曹這類義大利的名字。美國的音樂劇根據同業公會的規定，一律於八點半開場、十一點多結束，所以通常都是雙幕劇，不過這部音樂劇則是三幕劇。

第一幕是沒有換幕的連續四場戲，各場的場景如下：

第一場　舊金山的餐館，一九二七年。

第二場　加州納帕谷的熱鬧街上，四月。

第三場　東尼的廚房，第二場的幾星期後。

第四場　東尼的前院，接著第三場之後。

第二幕：

第一場　葡萄園，五月。

第二場　和第一場相同場景的五月底。

第三場　葡萄園，六月。

第四場　廚房。

第三幕：

第一場　一個小時後的廚房。

第二場　納帕谷的車站。

這齣音樂劇的趣味在於，整個故事洋溢著對於濃烈愛情的義大利歌劇式自暴自棄、對愛情的渴望與被人發現了自己的愛意，從而誘發了女人的復仇、激烈的三角關係、男人的嫉妒這種種同樣屬於義大利式的強烈情感，而音樂和舞蹈也都帶有義大利歌劇的風格，這尤其與一九二〇年代，美國西岸葡萄園充斥著義大利移民的實況十分吻合，相當程度地反映了這個國家國際化的一面，但又融入了當地的生活，一切都顯得順理成章。

舞台設計非常美麗，葡萄園向晚時分的風情，特別是落幕時被籠罩在霧靄中的鄉村火車站，那一幕遠景令我終生難忘。男主角勞勃・韋德不僅是位傑出的男中音，其外表樣貌也與劇中角色渾然一體，戲骨的美譽當之無愧。

3 《窈窕淑女》（My Fair Lady）

根據蕭伯納的戲劇《賣花女》改編而成。

作曲　弗雷德里克・路威
劇本、作詞　亞蘭・傑伊・拉納
導演　摩斯・哈特
編舞　史丹利・哈洛威
服裝　雪歇爾・威登
主演　雷克斯・哈里遜[50]　茱莉・安德魯斯[51]

在我此行出發前，《窈窕淑女》這齣音樂劇在日本同樣佳評如潮，盛況空前。據傳，《窈窕淑女》大受歡迎，一票難求，原價不到十美元的入場券曾經飆漲到將近一百美元。

有此一說。某婦人半年前就買到票，滿心歡喜地數日子等著看戲。這一天終於來臨，她眉飛色舞地到了劇場。過了不久，戲已經開演了，但是自己旁邊的座席卻還是空的，這讓她十分介意。

哪有那麼傻的人買到了《窈窕淑女》的票，卻不來劇場的呢？她等了又等，鄰座的人始終沒有出現，害這位婦人愈想愈惱，連戲都沒能專心觀賞。到了中場休息，婦人再也按捺不下，向空位另一邊的婦人搭了話：

「哎，這位子的人真傻，怎會買了《窈窕淑女》的票卻不來看呀？」

另一邊的婦人告訴她：

「這是我丈夫的座位。」

「哦，是嗎？那麼您先生為什麼沒來呢？」

「先夫昨天過世了。」

「哎呀，請節哀。」致意之後，這位婦人仍不死心，繼續追問，「可是好不容易才買到的

50 Rex Harrison（一九〇八～一九九〇），英國影星與舞台劇演員。

51 Julie Andrews（一九三五～），英國影星、歌星與舞台劇演員。

票，怎麼不請個親戚來看，多可惜呀！」

「因為今天所有的親戚都參加葬禮去了。」

「？」

…………………………

《窈窕淑女》受歡迎的程度，甚至讓人編出了這種頗有紐約詼諧風格的笑話來。雖說是捏造的笑話，不過在紐約那種地方，發生這種事倒也不無可能。

出版拙作的克諾普出版社總編輯史特勞斯先生為我預訂了一張票。他的祕書打電話給該劇的製作人，說是有位知名的日本劇作家來訪，誆稱這位日本劇作家要撰寫一本探討美國戲劇的著作，請製作人無論如何都要勻出一個座位，這才幫我拿到了入場券。《窈窕淑女》長期公演，票房不墜，我抵達紐約的時候聽說還得加價快五十美元才買得到。即使在我離開紐約的十二月份，依然很難買到票，我想差不多要加價三十美元左右。在觀賞這齣音樂劇時，我還不明白為何會造成那麼大的轟動，直到看了幾部其他的音樂劇之後，才了解這部戲果真不同凡響。不單劇本精采和演技精湛，更是每一個最高水準的細節，集結成舞台上的傑出成果。雪歇爾・威登設計的絢爛服裝，重現了伊莉莎白王朝時代的風俗，令人賞心悅目；雷克斯・哈里遜的絕妙演技，確實是其他劇組難望項背。最重要的是，這是一部適合成年人觀賞的音樂劇，不論是喜歡音樂劇的人，或是喜歡舞台劇的人，都可以充分享受到這齣戲的娛樂性。

第一幕　一九一二年的倫敦

第一場　柯芬園，歌劇院外，寒冷的三月夜晚。

第二場　公寓街，接著第一場之後。

第三場　希金斯教授的書房，翌日早晨。

第四場　公寓街，三天後。

第五場　希金斯教授的書房，當天晚間。

第六場　雅士谷馬場附近，六月的午後。

第七場　雅士谷馬場的俱樂部的帳篷下，接著第六場之後。

第八場　希金斯教授宅邸外面，溫布爾大街，當天接近傍晚。

第九場　希金斯教授的書房，六星期後。

第十場　大使館的步道，當天深夜。

第十一場　大使館的舞廳，接著第十場之後。中場休息十五分鐘。

第二幕

第一場　希金斯教授的書房，翌日清晨三點。

第二場　希金斯教授宅邸外面，溫布爾大街，接著第一場之後。

第三場　柯芬園的花卉市場，當天清晨五點。

第四場　希金斯教授宅邸的二樓，當天早上十二點。

第五場　希金斯老夫人宅邸的溫室，當日晚間。
第六場　希金斯教授宅邸外面，溫布爾大街，接著第五場之後。
第七場　希金斯教授的書房，接著第六場之後。

故事是這樣的，希金斯教授是位富有的語言學家，某天看完歌劇後，巧遇一個賣花的少女，並且受到這美麗少女的吸引，不禁燃起雄心壯志，要將這少女培育成一位完美的仕女，於是提議願意義務為少女矯正中下階層用的倫敦土腔。出身下町貧民區的少女伊萊莎．杜立特（茱莉．安德魯斯飾）是個倔強的野丫頭，在矯正的過程中不斷與希金斯教授發生爭執，最後終於改掉那口倫敦土腔，能夠說出正確而優美的英語，蛻變成一位美若天仙的優雅女子。在成功達成任務之後，與蕭伯納的原作相同，希金斯教授愛上了自己親手調教出來的對象，並且決定帶她正式進入社交界，選定在賽馬場的場合介紹這位名媛給上流社會的人士。伊萊莎果真沒有辜負希金斯教授的辛苦，以高雅而精準的英語對答如流。沒想到的是，伊萊莎忽然唐突地提起一個不雅的粗俗話題，所幸不懂底層人物用語的那些上流人士，誤以為她說的是時下年輕人隱晦的暗語，反倒十分佩服，愈發尊敬她了。隨著日子過去，伊萊莎厭倦了自己被當作洋娃娃，甚至被視為偶像，於是拋下了深愛她的教授，離開了希金斯家。還好，在了解事情來龍去脈的希金斯老夫人開導之下，讓她回到因失戀而陷入絕望的希金斯教授身邊，從此過著幸福快樂的日子。

這部戲的配角有各式各樣的人物，包括希金斯教授友人的一個風趣的花花公子，以及託了希金斯教授的福而搖身假扮成紳士的伊萊莎父親等等，不過主角仍是雷克斯．哈里遜飾演的希金斯教授，以及茱莉．安德魯斯飾演的伊萊莎。

這齣音樂劇的第一幕採用快速轉換場景的技巧，把舞台分為左右兩個區塊，透過演員在希金斯教授宅邸外面和書房這兩個場景之間的來回穿梭，表現希金斯教授為伊萊莎矯正土腔的整個過程。這段過程的配曲，都是在教導伊萊莎正確英語時，由希金斯教授演唱的。最後，當徹底改掉了伊萊莎的倫敦土腔，希金斯教授和他的朋友以及伊萊莎一起欣喜演唱。我印象最深的三重唱是〈With a Little Bit of Luck〉這一首，還有方才提到的三個人一起欣喜演唱的〈The Rain in Spain〉[52]（西班牙的雨）。就連無法聽懂矯正過程中文字詼諧表現的我，也能充分享受到這三人為伊萊莎終於改掉土腔而歡天喜地三重唱的美妙樂音，以及所謂音樂劇精髓的戲劇與音樂合而為一時帶來的巔峰效應。這齣音樂劇具有各式各樣的元素，足以讓男女觀眾同時產生共鳴。當那個髒兮兮的粗俗野丫頭——賣花少女伊萊莎，在第一幕的最後為了參加舞會而穿上希金斯教授買給她的晚禮服，從二樓步下樓梯時，已經變身為一位理想的美人，讓觀眾由衷讚嘆，達到了很好的戲劇效果。

順帶一提，雷克斯．哈里遜是英國婦女公認的性感偶像。我們雖然看不懂他什麼地方性

52 此處作者三島由紀夫寫的是〈In the Rain of Spain〉，應是筆誤。

感，不過，他那瀟灑圓熟的風韻、足以與日本的第六代菊五郎媲美的細膩舉止，以及恰如其分的喜劇式演技，無不令我嘖嘖稱奇。他演唱的每一首歌都經過對劇中的角色揣摩，忠實地呈現了希金斯教授的性格，充滿輕蔑不屑的傲氣。就這點而言，這齣音樂劇與《最快樂的傢伙》正好是兩種相反的類型。轉眼間賽馬的季節又將來臨，那些美麗動人的歐美社交名媛，使我想起日本舞台劇裡跑龍套的女演員們，不由得感到絕望。

4《小鎮的新女郎》（*New Girl in Town*）

根據尤金．歐尼爾《安娜克莉絲蒂》的舞台劇改編。

劇本、導演　喬治．阿波特

作詞、作曲　鮑伯．梅里

主演　葛雯．文登[53]　賽爾瑪．麗特[54]

這一部也是二十世紀初，發生在美國一個碼頭小鎮的親情悲劇。故事結構十分單純，老船長有個女兒早年離家出走，沒想到竟在外面成了一個娼妓。如今女兒回來了，但老船長卻不知該如何是好，最後溫柔地歡迎女兒回到家裡。不過，劇中還安排了一個大而化之的大嬸角色名叫瑪菲（賽爾瑪．麗特飾），兼具故事講述人的身分。最後，老船長與瑪菲重修舊好，也答應讓女兒和年輕的男友結婚，有了快樂的結局。

這是一部美國人的懷舊音樂劇，可惜的是，我們外國觀眾對那個特別的時代與特別的風俗，無法同樣湧起懷舊之感。這就好比讓西洋人來看日本鹿鳴館[55]時代的風俗，頂多只覺得有些稀奇罷了。很不幸，我對於這齣音樂劇的印象，只有老酒吧的道具挺有意思，還有飾演豪氣干雲的大嬸的賽爾瑪・麗特，以沙啞的聲音詮釋喜劇式的演技而已。

5《南太平洋》（*South Pacific*）

我曾於一九五二年在紐約看過《南太平洋》。雖然已經不是由原班人馬演出，依然在百老匯長期公演。由於那是我觀賞的第一部音樂劇，其安排合度的完整的趣味性和合理的人性，反倒使我產生了反感。最後，使我留下印象的，只有在耳畔縈繞不去的那首美麗的主題曲〈Bali Ha'i〉而已。我原本沒打算重看這部戲，只是剛好朋友邀我一起去緊鄰紐約的紐澤西州一個叫蘭伯特維爾的地方，說是那裡正逢夏日電影季，沒想到舟車勞頓抵達一看，今晚上演的居然是《南太平洋》，讓我有些失望。每逢夏天，紐約的周邊就會出現許多夏季巡演的劇團，為那些到別墅度假的人們以及週末開車出遊避暑的紐約市民，演出百老匯已經下檔的二輪音樂劇或二

53 Gwen Verdon（一九二五～二〇〇〇），美國音樂劇演員。
54 Thelma Ritter（一九〇五～一九六五），美國影星。
55 於明治時代落成的接待外賓會館。

輪舞台劇。這些夏季巡演的劇團也會到美國各地公演，年輕演員正好能利用這段時間磨練演技，星探也會利用這個機會發掘有才華的演員，可以說是美國戲劇界的年度重要大事。同一時段，距離紐約市區不遠處，也有一些地方演出莎士比亞的作品，稱為莎翁藝術節。此外，紐約市區的中央公園在夏日夜晚，也有由市政府主辦演出的莎士比亞戲劇和音樂劇供民眾免費觀賞，擔任演出的多數是上過大學的人組成的半業餘劇團。中央公園裡有一處面池而建的模仿古莎士比亞時代的劇場，我曾在這裡的星空下，看過某個劇團手持擴音器演出的《馬克白》。當時滿場的觀眾連長椅都不夠坐，便在池畔的草坪鋪上手帕，席地看戲。遇到飛機在上空飛過時，就算對著擴音器大吼，莎士比亞所寫的台詞還是斷斷續續的，聽不分明。那場《馬克白》裡有一幕是從巫婆煉製魔藥的鍋子裡竄升火焰的景象，成了我在中央公園一個夏夜裡留下的美好記憶。

關於《南太平洋》，我們開了兩、三個小時的車，才到達蘭伯特維爾這個不太熱鬧的小鎮，這齣音樂劇就是在這裡上演的。這段車程，我們先在平坦的公路上開了許久，接著穿過森林，之後才遠遠地望見一座綴著燈飾的摩天輪在夏日昏黃的天空下旋轉。車子開過去一看，在帳篷搭成的劇場下方有一處寬敞的停車場，裡面停著數百輛汽車。

這個劇場是有帳篷覆蓋的圓形劇場，和馬戲團的帳篷結構相同，因此稱為音樂馬戲團，場內的座位配置也比照馬戲團觀眾席的方式。從我們的座位看去，坐在舞台邊緣的觀眾，被舞台的燈光照得一清二楚。我那些輕佻的朋友們，根本只全神貫注望著舞台下的觀眾席，一門心思都鋪在一個張腿而坐的裙裝女客身上。帳篷外蟲聲齊鳴，在沒有樂聲的時刻很是擾人。眾所周知，《南太平洋》的舞台設計一定要洋溢著南太平洋濃厚的自然氣氛，因此，只可憐兮兮地站著一、兩棵椰子樹道具的圓形舞台，實在引不起觀眾的聯翩浮想。

不過，在美國占領軍舉辦餘興晚會，演員們穿上勉強張羅來的衣裳跳舞同歡的那一幕，反而因為舞台是圓形的，更能加強歡樂的氣氛。

謝幕的時候，由於舞台上沒有帷幕，早前已經穿過觀眾席走回後台的演員們，只好又循著原路走回來，沿途忙著和觀眾致意。

離開帳篷，鄉村的星夜格外涼爽，讓人忘卻了紐約的悶熱；可是，當坐上汽車，從停車場裡的車海中想辦法鑽出來，排隊等著開上高速公路的這段時間，開車的朋友又急出了一身的汗。

6《亞比拿奇遇記》（Lil Abner）

根據阿爾．喀普的知名連載漫畫改編。

劇本　諾曼．巴拿馬　梅爾溫．法蘭克

作詞　強尼．馬薩

作曲　讓．德．波爾

製作、編舞　邁可．基得

主演　艾蒂・亞當斯[56]　彼得・帕馬[57]

在這群劇組中，在日本最著名的當然是邁可・基得，也就是那部《男孩與玩伴》[58]的編舞家。邁可・基得擁有驚人的精力，他那充滿鮮活的躍動，將人類的能量揮灑到極致的舞蹈，自然是這齣音樂劇最大的賣點，蘆原英了[59]先生在紐約觀賞過之後大力推薦。艾蒂・亞當斯是個身材火辣的音樂劇女演員，而挑主角大梁的亞比拿飾演者彼得・帕馬，則是個剛入行的天真青年，就和漫畫裡的亞比拿一模一樣。彼得・帕馬原本是個美國大兵，由於在歌唱比賽中脫穎而出，立刻被延攬為音樂劇的主角。《亞比拿奇遇記》從舞台設計到服裝設計完全採用漫畫風格，和《小熊維尼》一樣。故事是這樣的，有個生活落後但十分寧靜的小鎮，由於沒有任何有用的特產，某一天竟被指定為原子彈試爆的實驗用地。鎮民為了保住家園，想方設法地找出有用的東西，可是家家戶戶送來的盡是一些掃把、水桶之類不值錢的日常用品。這時，亞比拿的父母出現了，他們帶來兒子亞比拿，並且解釋他之所以能夠長得高頭大馬，靠的全都是這個鎮上採來的藥草，吃下以後立刻見效。鎮民找來矮小的男人做實驗，果然吃下藥草之後立即變得魁梧高壯，力大如牛。這件事立刻引起了政府和資本家們的關注，於是政府和狡猾的資本家開始展開明爭暗鬥，也把離開家鄉的純真的亞比拿捲入這場角力之中。愛國的亞比拿一度被資本家當成白老鼠來實驗，身陷險境，最後終於在女友和鎮民的協助之下，逮捕了那個壞心的資本家，大家總算得以回到了重新恢復寧靜的故鄉。在這個故事中，充斥著諸多對社會的諷刺，甚至有一個場面是舞台上站滿了健美先生，暗諷他們吃下藥草馬上變成高大的男人之後，從此只在意自己的體格，對女人不屑一顧。幸好最後解決了所有的問題，亞比拿也和一度拋棄的女友結了婚，大家從此過著幸福快樂的日子。

然而，比故事情節更精采的是第二幕結尾抓婿大會的芭蕾舞場面。這個小鎮自古以來就有女人抓婿的習俗，但凡被捉住的男人，就得和那個女人結婚，於是只見拚命逃離醜女人的男人，以及緊追不捨的醜女人在狹小的舞台上又跑又跳，展現驚人的跳躍群舞。那短短數分鐘的芭蕾，讓舞台上的所有演員大汗淋漓，而台下的觀眾也看得提心吊膽，滿手是汗。

7《西城故事》（*West Side Story*）

原作　傑洛姆・羅賓斯

劇本　亞瑟・勞倫茲

音樂　李奧納多・班恩史坦

56 Edie Adams（一九二七～二〇〇八），美國舞台劇演員、電視電影明星以及企業家。又，作者三島由紀夫將此名拼音為「エディト・アダムス」，亦即「Edit Adams」，應是筆誤。

57 Peter Palmer（一九三一～），美國男中音、舞台劇演員。

58 Guys and Dolls，一九五五年上映的美國喜劇電影。

59（一九〇七～一九八一），日本音樂與舞蹈評論家。

作詞　史奇普恩・桑塔姆

編舞　傑洛姆・羅賓斯（紐約市芭蕾舞團編舞家）

Act I（第一幕）

Prologue: The months before（序曲：幾個月前）

5:00 P.M. ………the street（街上）

5:00 P.M. ………a back-yard（後院）

6:00 P.M. ………the bridal shop（婚紗禮服店）

10:00 P.M. ………the gym（體育館）

11:00 P.M. ………a back alley（後街）

midnight ………the drugstore（藥房）

The next day（翌日）

5:00 P.M. ………the bridal shop（婚紗禮服店）

6:30 P.M. to 9:00 P.M. ………the neighbor-hood（鄰宅）

9:00 P.M. ………under the highway（高速公路下）

Act II（第二幕）

9:15 P.M. ………the bedroom（臥房）

10:00 P.M. ……… another alley（另一條小巷）
11:30 P.M. ……… the bedroom（臥房）
11:40 P.M. ……… the drugstore（藥房）
11:50 P.M. ……… the cellar（地下室）
midnight ……… the street（街上）

前面介紹的音樂劇，都是已經公演已久的舊品，這部《西城故事》則在一九五七年秋日藝術季首度公演，算是剛出爐我就前往觀賞的新鮮貨。這齣音樂劇此前頗受好評，在華盛頓試演時，許多評論家特地從紐約前往，觀賞後大讚劇壇誕生了一部傑作。我有位朋友專程到華盛頓觀看，同樣讚賞這齣戲為音樂劇開創了一個全新的局面。所謂西區，指的是紐約市曼哈頓以西的地區。紐約分為曼哈頓區、布魯克林區、皇后區及布朗克斯區，曼哈頓區位於紐約市的中心，除了百老匯大道是斜向縱貫紐約的中央地帶，其他的街道分布都如棋盤狀整齊劃一。這地區以經過中央公園的第五大道為界，分為東西兩部分，在西邊上城一百多街的那個區塊是黑人聚居的哈林區，而靠近第一百街這邊，則是近來稱為西班牙哈林區的波多黎各人聚居地。這地方可謂罪犯的淵藪，居民被指稱幹下種種惡行，並且這裡也是少年幫派（juvenile deliquent）的巢穴。《西城故事》便是描述這些少年幫派之間的鬥爭和糾葛。傑洛姆．羅賓斯是沿用《羅密歐與茱麗葉》的梗概改編成現代的故事，可我看不出有任何理由必須採用這種改寫的策略。

不過，站在現代人的視角，諸如從前蒙特鳩家族和卡帕萊特家族[60]之間的不合，看來未免幼稚；但對照現今流氓幫派的拚鬥，卻又如出一轍。在這個故事裡，現代的羅密歐是紐約少年幫派裡的一名要員，而現代的茱麗葉則與波多黎各的不良幫派有所關聯。雙方人馬發生了一場衝突火併，結果羅密歐被殺身亡，茱麗葉並沒有死，這齣音樂劇就在茱麗葉的悲痛欲絕中落幕。紐約的建築物多半老舊，在這部音樂劇裡，正是以市區老舊樓房的晦暗氛圍，作為這群西城少年幫派的生活背景。在此先提出這部戲的缺點，本劇導演兼編舞家的傑洛姆．羅賓斯過於強勢，他的編舞成為這齣音樂劇的核心，以致於劇情顯得十分薄弱。相較於少年幫派打群架的震撼威力，羅密歐與茱麗葉的浪漫場面太過司空見慣。人們都稱讚李奧納多．班恩史坦譜寫的那支羅密歐的獨唱曲，但我卻覺得索然無味。

這部戲首先以冗長拖沓的古典曲調揭開了序幕，但結尾卻突然換成了倫巴音樂。序幕一開始就是兩派不良少年相互鬥毆，那強大的震撼力，使人見識到十來歲少年們打鬥時的狠勁，台下的觀眾頓時爆以熱烈的掌聲。這段編舞經過巧妙的系統化，相當具有真實性，連每一週就有一個人被打斷手指的橋段也讓人信以為真。至於無人不知的羅密歐與茱麗葉在陽台上的那場戲，在這齣劇裡，陽台變成了架在老舊樓房外的逃生鐵梯，在昏暗背景中的赤色鐵梯，顯得格外寂寥，宛如暗示著現代羅密歐與茱麗葉可憐而脆弱的愛情。但是，到了第二幕描繪茱麗葉對於自己和羅密歐兩人愛情的幻想場面，卻和很多音樂劇的幻想場面極為相似。那種充斥著達利[61]風格的舞台背景，與精神分析式的愛情妄想所發出的腐酸臭氣，直衝鼻腔。到頭來，只有

第一幕序曲之後舞台上全都是女人的場面，以及第二幕舞台上全都是男人的場面，儘管偏離主題，但都相當出眾，別具巧思。尤其是後者由那群不良少年合唱的〈Gee Officer Krupke〉是全劇中最出色的一首歌，演唱時有一個少年取來警帽戴上，並向那位警察辯稱他們這群不良少年生了病，不但是心理性的疾病，也是社會性的疾病，所以他們這群不良少年是無罪的。歌詞裡借用社會學家分析少年犯罪的口吻，形成一種有趣的反諷。另外，在第二幕第四場藥房的場面中，那群不良少年企圖強姦少女時所跳的舞蹈非常寫實，是我前所未見。總而言之，這部戲套用《羅密歐與茱麗葉》的主題，並且予以重新包裝之後再度面市，可惜沒能達到預計的成果，成了最大的敗筆。我的看法是，倒不如把社會性觀點再稍微擴大一點，不要讓現代的羅密歐和茱麗葉這對少年少女，捲入不良幫派的鬥爭之中，而是描寫他們死於社會之惡的沉重壓力之下，應該更能說服觀眾吧。

《紐約時報》的評論認為，《西城故事》喚醒了懶惰貪睡的百老滙，我覺得這個評論有些誇大了。

不可否認，這部音樂劇的結尾，不是羅密歐與茱麗葉由於誤信消息而導致雙雙死亡的結局，而是以只有羅密歐死去、茱麗葉參加葬禮作為最後一幕，從而大為減弱了戲劇結束時應有

60 羅密歐屬於蒙特鳩家族，茱麗葉屬於卡帕萊特家族。

61 薩爾瓦多・達利（Salvador Dalí，一九〇四～一九八九），西班牙加泰羅尼亞畫家，屬於超現實主義畫派。

的高潮。

順便一提，門票是央託CBS電視台的朋友才買到的，同樣又是費了好一番功夫。

此外，那個紐約少年幫派的老大是由才華洋溢的年輕舞者米奇．卡林飾演，現代羅密歐的湯尼由萊利．卡特飾演，至於波多黎各少年幫派的老大伯納多由肯．羅伊飾演，而他妹妹現代茱麗葉的瑪麗亞則由卡洛．羅倫斯飾演。

8《牙買加》（*Jamaica*）

劇本　E．Y．哈波葛　弗萊德．薩帝

作曲　哈洛德．亞蘭

作詞　E．Y．哈波葛

製作　羅伯特．路易斯

編舞　傑克．柯爾

主演　蓮納．荷恩[62]　里卡多．蒙特爾班[63]

牙買加是西印度群島之一，屬於英國的殖民地[64]。這齣音樂劇上演的時段，正當許多觀光客利用即將到來的冬日旅遊旺季，飛往西印度群島享受南方暖陽的時節，恰好可以撫慰一些無法出遠門的人們對於陽光的渴望。不僅如此，這部戲也透過描繪這些島民瘋狂地憧憬大都會紐約，從而滿足紐約人自傲的心態。女主角蓮納・荷恩是位以美貌聞名的黑人女星，其白人血統使她的五官長相和白人一樣，但又擁有一身性感的小麥色肌膚。蓮納・荷恩曾出演幾部好萊塢電影，稱得上是個知名的音樂劇演員，只因為和白人指揮結婚，竟然被迫離開好萊塢，所幸來到紐約後，依然聲望不墜。在好萊塢，黑人與白人不得通婚，譬如貝拉方提[65]也因為娶了白人女子而收到了許多威脅信。那些威脅信裡的文字，都是諸如過去那個大時代的陳腐思想，好比「玷汙白人女子的黑人要被處以私刑」云云。在種族問題方面，紐約是最進步的都市，在這裡幾乎不會發生種族歧視，所以遭到好萊塢抵制的男女影歌星，紛紛將紐約的舞台視為他們的精神原鄉。然而，像約瑟芬・貝克[66]那樣的知名歌星，也曾經由於紐約的高級旅館和高級餐廳不接待黑人顧客，心靈受到很大的傷害。我不清楚美國種族歧視的情況有多麼嚴重，但至少東海

---

62 Lena Horne（一九一七～二〇一二），美國歌手、舞者及影星，亦是第一代好萊塢黑人女星，其後成為美國民權運動的重要人物之一。

63 Ricardo Montalbán（一九二〇～二〇〇九），墨西哥演員。

64 牙買加於一八六六年成為英國直轄的殖民地，直到一九六二年才宣告獨立，因此作者三島由紀夫撰寫本文的一九五八年當時，牙買加仍屬於英國殖民地。

65 Harry Belafonte（一九二七～），美國歌星、影星與社會運動家，出生於美國紐約，父親是馬丁尼克人（位於加勒比海，一九四六年後成為法國的海外省，一九八二年起成為法國的海外大區），母親是牙買加人。

66 Josephine Baker（一九〇六～一九七五），非裔美國歌星與舞者，之後移居法國。

岸對待黑人比西海岸來得寬容，這是事實。單就《牙買加》來看，劇中起用了很多黑人舞者，其健美的肉體揮灑出來的爆發力，呈現出非常好的舞台效果。我很遺憾日本的舞台劇無法請到黑人演出。

此外，擔任男主角的里卡多．蒙特爾班是墨西哥出生的白人，前陣子在電影《櫻花戀》裡飾演歌舞伎演員並且跳了《鏡獅子》[67]的舞碼。這回劇組看中他拉丁血統的異國風情，因此請他演出牙買加土著的漁夫。

在我看過的許多音樂劇當中，《牙買加》最是接近日本戲劇的風格。《紐約時報》的評論認為，一部完美的中間音樂劇誕生了。換言之，這齣音樂劇既不過度高級，也不過度低級，努力達到最具娛樂性的成效，並且成功了。然而實際上，這部戲的內容根本乏善可陳，用來殺時間倒是個不錯的選擇。

故事大綱很簡單，牙買加的女裁縫師沙瓦娜（蓮納．荷恩飾）一心嚮往紐約，成天把「真想去紐約」這句話掛在嘴邊。漁夫葛力（里卡多．蒙特爾班飾）愛著沙瓦娜，但沙瓦娜說，除非兩人一起去紐約，否則不願結婚，葛力只好為了沙瓦娜的願望而努力賺錢。接下來就是一連串的事件：出現了一個裝腔作勢的黑人情敵用前往紐約為釣餌來勾搭沙瓦娜啦、沙瓦娜有個老成的弟弟啦、英國總督也出現啦、加勒比海突然又捲起了颶風啦、颶風導致沙瓦娜的弟弟下落不明啦等等，還有一幕是描述葛力騙沙瓦娜要帶她去紐約，結果謊言遭到拆穿，竟在兩人纏綿悱惻之際被沙瓦娜推下海去，總之，就是各種各樣胡鬧的豪華歌舞劇場面堆砌在一起。最後，沙瓦娜終於覺醒過來，發現這個島嶼才是最美麗的，終於和葛力在一起。這時，舞台再次響起序曲那首〈沙瓦娜〉的樂音，全劇就在合唱聲中落幕了。從頭至尾，沙瓦娜三句不離紐約，而葛力則老是講捕魚的事。

這部戲在描述對美國生活的憧憬之際，也不忘對此給予諷刺。「That's life that's life / all money is controlled by wife……」，這段歌詞尤其讓美國的中年觀眾聽得露出微笑。這齣劇最有名的是蕾娜・霍爾唱的那首〈Push the Button〉。蕾娜・霍爾原本望著寧靜的西印度群島的風光，綿綿地獨自唱出對紐約的憧憬，忽然間曲調一轉，變成激昂的〈Push the Button〉大合唱，歌詞充滿對機械式生活的諷刺——在紐約，只要按下按鈕，什麼都會從機器裡掉出來；只要按下按鈕，不管是牛奶啦、藥啦、甜點啦、香菸啦、嬰孩啦，什麼都會從機器裡掉出來。

9《三便士歌劇》（*The Three Penny Opera*）

最後，再介紹一部外百老匯的音樂劇。這部戲已經連演三年，非常賣座，那就是日本人耳熟能詳的《三便士歌劇》。由布萊希特[68]的原作與克特・威爾的音樂共同打造出來這部音樂劇

67 全名為《春興鏡獅子》，俗稱《鏡獅子》，歌舞伎與日本舞踊的舞碼之一。

68 Bertolt Brecht（一八九八～一九五六），德國詩人與劇作家，創辦柏林人劇團，建立史詩劇場理論，《三便士歌劇》為其代表作之一。

已經改編成電影[69]，男主角是勞倫斯．奧利佛[70]，日本也已經上映。我是在格林威治村一家叫琉斯劇院的小劇場欣賞的。地點雖然偏遠，但是感覺很舒適。觀眾席分為一、二樓，總共容納兩百五十人左右。這個關於乞丐小偷的故事，可以追溯到十八世紀的《乞丐歌劇》[71]，在這個古舊的小劇場裡上演，再適合不過了。舞台形式就像把日本的能樂舞台切成一半，另一半伸向觀眾席，帷幕沿著邊緣垂掛。舞台右側的演奏區可以容納五、六名編制的小樂團。舞台設計也很簡單，場面更動時不換幕。幸好原本擔任主角麥基（亦即刀手梅克）的老班底史考特．梅里爾再次回來飾演，讓我得以看到他那頗具十八世紀倫敦後街美男子的魅力。所有參與本劇的演員都沒有什麼名氣，但我看得非常享受。

故事情節大家都曉得，就是麥基的英雄傳。麥基度過了重重危難，他愚弄了警官，沒把社會秩序放在眼裡，所有的女人都愛他，就算被關進監獄也會誆騙女人助他越獄。他和每一個女人都許下婚約的諾言，但和妻子一見面就吵架。到最後，他被吊上了絞刑台，就在即將絞首的那一刻，一個丑角使者從觀眾席上騎著一匹可笑的馬及時趕到，宣讀英國國王的赦免文，救了麥基一命，接著就在大合唱中落幕。傑利．歐巴克飾演的街頭歌手兼任旁白，唱出哀傷的主題曲，一幕幕介紹麥基放浪的一生。整齣劇看下來，我沒有聽到任何優美的聲音，每個演員的聲音都是沙啞的，這在音樂劇領域來說實屬罕見，不過，就是這種聲音沙啞的男女演員，才能把十八世紀的乞丐社會詮釋得淋漓盡致。

（一九五八年一月・發表雜誌不詳）

69 片名為 *The Beggar's Opera*，英國電影，一九五三年上映。

70 Laurence Kerr Olivier, Baron Olivier（一九〇七～一九八九），英國影星、導演和製片。

71 劇名為 *The Beggar's Opera*，一七二八年於英國倫敦首次公演。

跋

近來堀田善衛[72]先生大作《思考印度》廣受好評，拙作亦應取名為《遊玩美國》，如此一來，恰可成為勤勉文學家與怠惰文人之最佳對照。旅人之錯誤見聞與杜撰知識，散見於拙作各處，深恐讀者諸君信以為真，認定書中所寫皆為美國新知。然而，敝人生於日本、長於日本，縱對他國知識誤解連篇，基於旅人獨有之特權，望請視為毫無惡念之「善意誤解者」。附記一事，由於付梓倉促，部分原稿乃以速記為底本。

（一九五八年五月・《畫卷記旅》・講談社）

72（一九一八～一九九八），日本小說家與評論家。

眺望世界的旅人

我患有嚴重的近視，但作為一個旅行者，卻習慣遠眺察看這世界。我從北美到南美，由南美至歐洲，歷經了五個月的旅程，返國靜思之後，我質疑自己對於各國的現實生活到底體會到什麼樣的程度。比如，我特意採取遠眺的角度觀察像希臘這樣的國家，於是只看到了古希臘。換言之，我採用荷爾德林（德國作家，《許佩利翁》的作者）[1]的精神態度來觀察希臘。

這種時間維度的遠眺，同樣適用於空間維度。我待在國外的時候，總覺得現實的日本與自己距離得很遙遠。當我取道歐洲返國的途中，在羅馬機場聽一個美國人轉述國際勞動節的示威抗議爆發了流血衝突的事件登上了歐洲報紙的頭條新聞時，那種切身的感受並不亞於聽到了鬩牆的家醜。

位於遠西的日本

有個法國人說了一件事，我覺得很有意思。他說，日本並非位於遠東，而是在遠西。他還說，中華民國就是遠東的起點。歐洲的地理位置比多數日本人以為的更加遙遠；而從歐洲的觀點來看，遠西要比遠東遙遠得多。撇開個人的好惡不談，對於今後的日本而言，勢必要正視北美大陸的存在；而對於歐洲來說，日本則站在美國的那一方。儘管日本的菁英階層引進了不少歐洲的思考模式，但是日本民眾似乎更願意接受經過美國化的西歐文明，我覺得這沒什麼不妥。

在旅途中，一名日本的工程師向我表示，在技術領域上，日本與美國相差懸殊，就算直接引進美國的技術也無法立刻運用，但如果向法國和德國學習技術，就能現學現用。這也就是最近有愈來愈多的工程師前往法德兩國視察的原因。

正如文學以及繪畫，工業技術亦與該國的風土思潮有著密切的關聯，美國的技術就與日本的環境條件扞格不入，這是天經地義的；可是，反觀歐洲與日本的精神文明，同樣呈現鮮明的對比。我懷疑，這兩種精神文明，往後能繼續在日本菁英階層的腦袋裡和平共存嗎？難道美國的物質文明，不正是促使這兩種精神文明結合的插銷嗎？我們在深刻理解美國的物質文明的同時，就無法攝取歐洲文化的精髓嗎？因為從某種意義上說，當美國文化承襲歐洲文化的時候，是不顧歐洲文化的風土特質，強行承襲下來的，在這樣的過程中，它相對要失去某些微妙的東西，但這也擺脫了歐洲本身積累已久的眾多因襲。

同樣是反美主義，在法國和日本卻有很大的差異。法國的反美主義厭惡的是，美國試圖模仿歐洲，卻弄出了一套四不像的蹩腳文化。

1 Johann Christian Friedrich Hölderlin（一七七〇～一八四三），德國古典浪漫派詩人，作品以詩歌為主，另著有書信體小說《許佩利翁》（*Hyperion*）。

贏家與輸家

聽說生活在巴西的日本僑民之間形成了勝負押注的對立，主要是由於某個猶太商人的造假導致的。這名商人在上海持有大量的日圓，一聽聞日本打了敗仗，立刻思考該如何在拋掉手上的日圓，趁機大撈一筆。於是，他製作了一部可疑的新聞電影，內容是日軍代表在日本的戰艦上要美國代表遞交降書的畫面（另有一說，他只是出示了一張可疑的相片）。據說他把這部電影帶到巴西放映，於是，日本就成了戰勝國，太陽旗高掛在軍艦的桅桿上迎風飄揚。一旦日本贏得勝仗，日圓必然會大幅升值，部分日本僑民因此賤價拋出巴西的克魯塞羅貨幣[2]與他交換了日圓，至於認為日本已經戰敗的一方，依然到處散布日本已然吃下敗仗的消息。對於手中握有大量日圓的人來說，他們為了保住自己的利益，不得不支持日本戰勝的虛構事實。在這樣利害關係相互對立的態勢中，其實押在勝注上的人都明知日本已然戰敗，而這也招來某些無恥的右翼分子虛構日本的勝利，試圖從中撈取漁翁之利，他們甚至在聖保羅的郊外設置據點，發行報紙宣揚日本戰勝（那裡現在已經是一家普通的日本餐館，我曾經在那裡用過餐）。

有人說，兩方的對峙情況之所以愈演愈烈，主要是戰爭期間，巴西政府刻意邊緣化日本僑民所導致的。換句話說，巴西政府禁止日本僑民說日語，也只能收聽巴西國內的新聞廣播。第一代移民巴西的日本僑民，完全不會說巴西語（葡萄牙語）和英語，自然要被阻絕視聽，這就是導致他們不相信日本戰敗的原因。

大眾的觸角

對於上述傳播的功過，我不得不做了很多思考。任何國家的知識階層向來具有獨立思考的精神，他們不完全相信新聞報導，只有一般民眾信以為真。然而，一旦遇到緊急狀態，一般民眾的直覺往往比知識菁英來得準確，很快就看穿隱藏在新聞報導之下的真實事態。他們從日常生活的角度，如螞蟻般感知到洪水湧至那樣，靜默地用觸角來探測現實的境況，這就是所謂事實的 demagogue（煽動者）的由來。第二次世界大戰將敗之時，日本民眾抵死不肯相信自己的國家會輸掉這場戰爭，儘管他們已嗅到了戰敗的氣息。這樣的情況，在日本的歷史上已經發生過很多次，而這也是民間流傳的童謠被視為政治變革前兆的理由所在。

然而，上一段提到的巴西事件卻恰巧相反。正如那些被巴西政府阻絕視聽的日本僑民，他們理應使用探知消息的觸角，但現實生活上卻受到重重的限制。他們無奈地處在「相信」與「不相信」的拉扯狀態中。因為在巴西的日本菁英僑民基於「知識」，已經知道日本戰敗的事實了。

2 巴西於一九四二至一九六七年間的貨幣稱為「巴西克魯賽羅」（Brazilian Cruzeiro，簡寫為 BRC）。

這件事情剛好與現在日本看待俄羅斯蘇維埃聯邦的態度相仿。現今，日本民眾根本沒有能力判斷共產主義國家的優劣，處於相當危險的狀況下；那麼，知識階層的情況又是如何？部分日本左派知識分子的「知識」，正如巴西日本僑界知識菁英對於日本「戰敗」的認知，我對於他們能否正確理解蘇聯，仍然抱持質疑。可以確定的是，在美國的占領下，日本民眾已如同生活在美國與西歐的社會體制裡。

三等船艙

我想起在前往舊金山的船程上看到的光景，船內的頭等客艙和三等客艙強烈地反映出美國與亞洲乘客受到的待遇。

有一種說法，美國遊輪不如日本遊輪那樣善待三等客艙的乘客，並非因為美國人不入住三等客艙，而是它的空間的確逼仄得可憐。尤其船身劇烈顛簸的時候，嘔吐物到處噴濺，還充斥著體臭、鼻涕、嘈雜的歌聲和吶喊以及蒜頭的臭味，我們只要往前靠近，「亞洲人的慘狀」立即映入眼簾。

在船上，有要去留學的日本男女學生，有要從寄宿家庭前途似錦地被送往美國俄亥俄州就讀高中的青少年，有曾和吉岡隆德[3]選手在奧運會中爭霸，並且出示當時英姿照片給同船乘客觀看的菲律賓人，有菲律賓的職業畫家，以及文靜的中國青年。有趣的是，相較於頭等客艙裡多數都是中老年的美國人，三等客艙則多半是年輕小伙子。

他們都是到美國留學的。換言之，這些曾經向外輸出「古代文明」的東方人民，這次是為了輸入「近代文明」而遠渡重洋的。就此看來，「近代文明」引進的還不夠多，就算過度地引進，也不會停止下來。最近，由於日本戰敗的緣故，我們再次經歷著如明治時期積極迎向文明開化的時代，問題是，日本的胃腸消化機能不佳，很可能沒怎麼吸收就排泄了，而我們多虧這樣的機會，反而不得不囫圇吞棗似地吃些新鮮的東西。

相較之下，中華民國的胃囊何其巨大，又何其堅韌啊！

這時候，中共想必已經被近代文明消融得無影無蹤了吧。在那以後，經過「近代文明」的洗禮卻依然毫髮無傷的中華民國正張開大口，等候著吞下不斷引進的新鮮事物了。

＊

我永遠記得，有個中國留學生教我這首流離顛沛、悲調盈溢的歌曲，那是描寫新疆佳木斯沙漠風光的民謠。

3（一九〇九～一九八四），日本田徑短跑選手，於一九三五年六月十五日創下十秒三的一百公尺短跑世界紀錄。

那裏來的　駱駝客呀
沙里洪巴　嘿唷嘿
馬沙來的　駱駝客呀
沙里洪巴　嘿唷嘿

（一九五二年六月八日．《朝日週刊》）

日本的行情

——說日語也通

人們常說，只要出國就會激起愛國的情操，但我覺得未必都是如此。一個從來不懂日本有多麼美好的日本人，不可能一到外國就變得茅塞頓開。那些身在海外的民眾，嘴巴嚷著「很想念生魚片啊」、「好想喝碗味噌湯呀」，其實只反映出膚淺的鄉愁罷了。

如果你滿心以為，到了外國就會被問及日本的各種事物，那就大錯特錯了。實際上，每個國家的人民光是要弄懂本國的事都昏頭轉向了，哪還有餘力像日本人這樣具有強烈的好奇心呢？倘若在某個演講會上，有個中學生向講者提問：「老師，您如何看待哲學家沙特呢？」這個場景肯定就在日本。

最令我驚訝的是，法國人對待事物的冷漠，這種唯我獨尊的文化優越感和支那[1]非常相似。德國人「Deutschland über alles」[2]的精神態度與法國人相比，顯得天真樸實多了。黛敏郎[3]先生曾提過，有個巴黎的知識分子甚至問過他「東京有沒有電車？」這個說法與上述「您如何看待哲學家沙特呢？」恰巧形成強烈的對比。

訪遊美國的期間，我在各地聽到許多美國人誇讚日本到幾近肉麻程度的溢美之詞，甚至有人露出像打棒球不慎擊破鄰家窗戶時誠惶誠恐的表情說：「我們美國向日本投擲原子彈，請原諒啊！」但這些話語多半可以嗅出幾分政治味，無法打動人心。不過，也由此可見美國人不善於巧言令色的正直。我在美國遇見的那些知識菁英，居然沒有任何人讀過亞瑟．威廉翻譯的《源氏物語》一書，不禁讓我愕然又沮喪。

在希臘，我有一段愉快的回憶。

那件事發生在我搭巴士從雅典前往德爾菲的途中。由於巴士機件故障，數度走走停停，這時候同車的老伯帶我走鄉間小路當成踏青，還認識了兩個可愛的小學生。他們都在學習英語，於是得意洋洋地以英語與我交談。其中一名小學生開心地嚷著問我：

「聽說您是從日本來的呀？」

「您見過古橋[4]嗎？」

「還沒呢。」

「古橋好厲害喲，我們非常尊敬他喔！」

比起聽到外國的知識分子說：「我非常崇仰創作出《源氏物語》的日本。」這些希臘學童的天真率直更使我心情快活。古希臘向來尊敬優勝的運動選手，孩子們自然受到這種遺風的薰陶。這段對話讓我高興得彷彿日本隊參加古希臘的游泳比賽（儘管古希臘應該沒有游泳比賽的項目），還贏得了勝利呢。這種竭盡全力在運動比賽中取得勝利的榮光，確實風靡整個世界，使許多孩童為之著迷，讓我好生羨慕。事實上，我們從事精神勞動的人，也應該抱持這種態

1 亦即中國。

2 意指「德意志高於一切」，出自〈德意志之歌〉（*Das Deutschlandlied*）的第一段歌詞。德國選取第三段作為現行國歌。

3 （一九二九～一九九七），日本作曲家，日本古典與現代音樂界的重要人物。

4 古橋廣之進（一九二八～二〇〇九），日本游泳選手及教練，曾多次刷新世界紀錄，並數度出賽奧運會。

度，要比別人跳得更快、跑得更快，否則就不該苟活於世了。

巴西的國民很開朗，沒有種族偏見，我切身感受到他們的熱情。

在嘉年華會上，巴西人歡快勁舞經過我們的桌前時，伸出兩根手指把自己的眼角往上挪頂，一面熱情地連聲歡呼著「Sino! Sino!」[5]，並且湊上前來要向我們握手。

——我到國外旅行期間，並沒有特別想念日本。反而被外國城市的景觀威容深深懾服，不由得和那些於文明開化期間的留洋者一樣，詛咒著日本社會的醜態。不過，當我在巴黎那間鎮日陰暗的民宿住了一個月以後發現，一個城市縱使外觀多麼華麗體面，若是住起來不舒服也是枉然。兩相對照之下，我由衷感到日本的居住環境要舒適得多了。更何況住在日本還有一個最美好的優點，那就是不論上什麼地方，都可以直接用日語盡情交談。

（一九五三年三月二十五日．改版增刊．原標題〈說日語也通〉）

5 此處原文為「シノ！シノ！」，譯音為「Sino! Sino!」，應為當時外國人用於稱呼「支那」（即中國）的一種讀法。此處或在描述歐美人士不擅辨識亞洲人的面孔，誤將日本人認成中國人了。

南半球盡頭的國度

Carioca（意指巴西里約熱內盧人）認為……每個Paulista（意指巴西聖保羅人）都為故鄉感到自豪，但他們的內心深處始終懷抱著這樣的願望——但願自己能死在里約。

——約翰．岡瑟[1]

夢想的國度

我在紀行文中已經數度提及，里約熱內盧是個綺麗如詩的城市，在此不再贅述。倘若能幸運地在二月下旬參加他們的嘉年華會，想必里約的情景將使我更加終生難忘。一、二月正值巴西的盛夏，最美的季節是在五月的秋天。從秋天到七、八月的冬天，許多歐洲的藝術家都會來此避暑，順便表演，賺點外快。一到這個季節，多半有歐洲歌劇、芭蕾舞、音樂和戲劇的演出，甚至在阿根廷的布宜諾斯艾利斯也欣賞得到，只是門票貴得離譜。

巴西的物價向來很高，在南美洲的國家之中，可說名列前茅。有種說法，巴西是落後的農業國家，儘管里約熱內盧和聖保羅市區還矗立著很多高樓大廈，但它們僅止是試圖重振，實則敗退的象徵而已。也就是說，他們沒有把進口的鋼鐵用在工業建設上，卻轉而用於造蓋高樓大廈。從泛美國化的角度來看，巴西扮演著跑龍套的角色，就這點而言，它與阿根廷形成強烈的對比。第二次世界大戰期間，巴西在美國的慫恿下加入了戰局，因此，戰後獲得美國資金的豐裕援助。

不過，巴西人民卻沒有因此擁戴美國。就本質而言，他們的文化根源自於歐洲，與北美洲的文化難以融合。

里約熱內盧（葡萄牙語意指「一月的河流」）這個城市充斥著新舊並存，既有科比意建築風格的十二層新建大廈，也有前殖民地時期饒富雅趣的樓房，卻又與巴西特有的南宗畫風似的岩山和熱帶植物奇妙地融合在一起。我已經數度提及，巴西在殖民時期遺留下來的馬賽克磚鋪道路非常漂亮，而面向海洋的古老建築，亦彷彿與其往昔繁盛的宗主國歐洲遙相呼應。當我望見露台和古樸的建築物立面，沐浴著夕陽和搖曳的椰影之際，那種感觸格外深刻。

那地方有許多旅館，以位於科帕卡瓦納海岸的科帕卡瓦納宮殿飯店最為豪華，巴西人對它讚譽有加，稱之為Copacabana Hotel Palácio，據說連那位阿里汗王子[2]也曾在這裡下榻。當時，住宿費用以黑市匯率計算就高達十美元，如果經過正式匯兌管道肯定更貴一些。第二名的高級旅館是位於市區歌劇院附近的塞拉得旅館，只要支付五美元（這裡指的是黑市價格），就可住到比較好的房間。

此外，這裡多半是義大利餐館，因此所謂的巴西傳統菜餚，除了用豬耳、豬尾、豬皮和內

1 John Gunther（一九〇一～一九七〇），美國新聞記者與作家。

2 Aly Khan / Prince Ali Salman Aga Khan（一九一一～一九六〇），伊斯蘭教伊斯瑪儀教派教主之子、巴基斯坦外交官，為世界知名大富豪，曾與美國知名紅星麗塔・海華斯（Rita Haywort，一九一八～一九八七）結婚。

臟等豬雜，以及黑豆一起燉煮至軟爛的「巴西燉菜」[3]以外，其他沒什麼值得品嘗的。不過，以椰子樹的嫩芯調拌的沙拉，嘗起來很像芋頭莖的味道，堪稱希罕的美味。令我印象深刻的還有碼頭旁魚市場樓上的鮮魚餐館，尤其那道辣味鱈魚更讓我難以忘懷。店家的廚師多半是義大利人，他們頻頻問我「好吃嗎？」如果我回答「好吃」，他們馬上端出另一盤相同分量的餐食為我加菜，問題是每一盤菜餚本來就堆得像座小山了，再加上一倍根本吃不完。

里約的駐外領事館（即現今的大使館）與巴黎的大使館不同，可能是來巴西的日本國民不多，館員們覺得稀奇而比較親切。那些駐外館處的服務態度與前去該國造訪的日本旅客數目恰成反比，較少人去的地方相對友善多了。

從矗立在駝背山上那尊巨大的耶穌基督雕像腳下，可以俯瞰里約市街和海岸線的全景，堪稱是絕佳的景色。山下有平坦的車道一路向上延伸。

里約的海岸線，特別是從飛機上俯視里約沿岸的萬千燈光，更是美不勝收。

科帕卡瓦納海岸是里約首屈一指fashionable的區域。那些高級住宅和旅館高樓的背景是雄偉的岩山，建築物門前的車道停滿了一輛輛高級轎車，隔著那條用馬賽克磚鋪設的濱海堤道，再過去就是純白的沙灘了。可這麼詩情畫意的海岸，偶爾有大鯊魚出沒，再加上大西洋的波濤洶湧，因此泳客不多。放眼所及，這融合了人工與自然粗獷之美，正是里約熱內盧最大的魅力所在。

相反的自卑感

要前往聖保羅市，可搭乘飛機或乘坐巴士，大約是從東京到大阪的距離。火車班次經常誤點，所以我敬謝不敏。由於巴西的鐵路鋪設停滯不前，因而促成航空業的發展迅速，鐵路網的發展也就落後下來了。而且巴西的國土面積遼闊，恰恰比美國本土面積稍大一些，光是搭飛機沿著亞馬遜河流域（那裡有一家名為亞馬遜族女戰士的高級旅館）來回，就得有花掉大把鈔票的心理準備。

聖保羅是個現代化的城市，自稱是「紐約之妹」，摩天高樓四處拔地而起。現任總統似乎以破壞為樂，急於拆掉歷史性的老建築，建立現代化的新都市，因此這裡看不到像里約熱內盧那樣新舊交錯的渾然之美。我並不覺得這是個有特色的都市，頂多只是個洋溢著新興國家活力的城市而已。

我住在一家美式風格的新穎旅館，住宿費很便宜。我常去有播放音樂的義大利餐館用餐。此外，如果上電影院沒穿西服和打領帶，就會被趕到三樓的座位；可只要身穿西服和打領帶，就會被視為紳士並帶往貴賓席。依我看來，巴西人於盛夏時節還穿西服打領帶，無疑是殖民地

3 依照前文描述，這道菜的葡萄牙語應為「Feijoada」，日語音譯有「フェジョアーダ」、「フェイジョアーダ」、「フェジョアダ」等三種，作者三島由紀夫寫為發音相近、其他人不曾用過的拼法「ヘジョアーダ」，應是筆誤。

時期遺留下來的自卑感的顯現。

聖保羅近郊有個著名的毒蛇園，也有植物園。

聖保羅的市民時常自己開車到桑托斯海岸游泳。那裡等於是大眾海水浴場，而且水深平淺，波平浪靜。我第一次看到火焰樹，就是在這處海邊的小公園。

一直以來，我很想觀看蜂鳥的飛姿。那次，我終於在多羅間俊彥先生的宅院裡如願以償，看到蜂鳥了。那地方從前是東久邇宮盛厚王的府邸，位於比聖保羅更遠的林斯，兩地距離約莫從東京到大阪。我之所以得以一償夙願，是因為在聖保羅的郊外很容易發現蜂鳥的蹤跡。

想看到真正的巴西，就得深入內地不可。林斯位於內地的入口，亦是日本移民的據點，但這地方卻沒有鋪設柏油路、沒有電力、沒有瓦斯，連基本的自來水都沒有，在在足以道出這個國家在文化上的嚴重失衡。當旅人在咖啡種植園的村落看見牧童帥氣的身影，總是忍不住想模仿牧童手槍插在腰間，騎馬到深山野地巡遊的豪情。事實上，巴士還有廣大的蠻荒之地尚未開墾，聽說一些富有的日本移民會乘坐自家飛機，從荒原之地飛掠而過，俯瞰下方的山林比劃著說：「從那座山谷到那邊的森林，我全買下了。」姑且不論日本移民的成敗與否，聽說有些創業成功的富豪擁有自己的咖啡園、自己的機場和好幾架私人專機，還為員工設置了教會、電影院以及學校，甚至有人為了招待總統到自家舉辦日式牛肉火鍋的派對，特別增闢了一座機場呢。

（一九五三年四月五日．《文藝春秋》增刊）

外遊日記

一九五七年八月十五日（星期四）

我和克洛佛德小姐（克諾普出版社行銷部）約了一點在阿爾岡昆飯店共進午餐。那家飯店位於西四十四街，劇壇人士似乎經常約在那裡見面。

下午五點，克諾普出版社總編輯史斯特勞斯夫婦親自開車帶我兜風一個小時，然後載我去帕切斯[1]。帕切斯是聞名的豪宅區，克諾普社長的公館就坐落於該地，我受邀參加今夜的晚宴。

古樹蒼鬱，向晚的夏陽斜照在整齊的寬廣草坪。這裏已經屬於克諾普公館的宅地了。我們穿過林間，在一條碎石子路下了車，一幢英式建築映入眼簾。前庭是一片方形的草坪，四邊圍繞著七彩的花壇。管家領著我們穿過屋子，請我們到庭院入座。雖然早前有人提醒過我，千萬別被克諾普社長衣著的配色給嚇到，但是當他現身的那一刻，我還是大吃了一驚。這位紅光滿面的老先生身材不高，雪白的翹鬍子緊貼在兩頰上，單排金屬扣的深藍色西服外套，搭配的居然是豔粉紅色長褲，看起來既像輕歌劇中的國王，也像威士忌酒標上的人物。

克諾普社長的姪女約瑟芬夫婦也來了，大家開始享用餐前酒。克諾普社長說：

「敝社出版過三本能樂的書，第一本是費諾羅沙[2]寫的（我沒有把握自己有沒有記錯），第二本是衛雷大臣的，第三本就是你的《近代能樂集》了。」

我們一行六人前往附近的世紀鄉村俱樂部共進晚餐。這是一家著名的俱樂部，創立於一八九八年。我非常盼望日本也能開設一家鄉村俱樂部。日本的高爾夫球俱樂部一家開過一家，實在沒有道理對那些不打高爾夫球的人置之不理。

晚餐是自助式的，各自到院子帳篷下成排的餐桌上夾取餐食，再端進餐廳裡面品嘗。用過餐後，眾人移步到院子草坪的椅子上坐著喝餐後酒。克諾普社長拿出了雪茄，大家都婉謝，只有我取了一根。

克諾普社長的面貌和體形，都完全吻合一般人對嗜抽雪茄者的既定印象。他稱讚道：「我們真是有志一同！我所認識的作家，喜歡抽雪茄的人真是少之又少。」

淡淡的月影，映在妝點著黃色燈飾的泳池畔；老樹底下濕潤的草叢，傳來嗡集的蟋蟀聲。臨去前，我在俱樂部的門口看見紅色的小燈在黑暗中閃爍。原來是俱樂部的服務生們接過顧客的轎車款式與車牌號碼資料後，就著紅色手電筒的光線尋車，然後把車子開到門口交給等候的顧客。

八月十七日（星期六）

我昨天應邀前往富裕的年輕小說家詹姆斯．麥瑞爾[3]位於紐澤西州首府翠登的宅邸，晚上

1 依照上下文描述，該處地名應為「Purchase」，日語音譯為「パーチェス」，但作者三島由紀夫寫為「パーチェズ」（Purchaz），應是筆誤。

2 Ernest Francisco Fenollosa（一八五三～一九〇八），美國的東洋美術史家與哲學家，致力於將日本美術介紹至歐美。

3 James Merrill（一九二六～一九九五），美國詩人與小說家。

就住在這裡。這個濱海的古老城市還保留著許多十九世紀的建築，晚間一過七點，路上就沒人往來，麥瑞爾家前方的遊艇碼頭隱沒在黑暗之中，只剩下左邊磚造的肥皂工廠還亮著燻黑了的燈光。

今日是個大晴天。中午，我們到附近一家高壯的葡萄牙女人經營的餐館隨意吃了熱狗，店裡沒什麼客人。飯後我們應邀搭乘吉米一位朋友的遊艇。

遊艇的主人是位出身富豪之家、不愁吃穿的中年男子，他的夫人是小說家。目前最讓這對夫妻煩心的是「cat-problem」。因為他們打算在星期一駕這艘遊艇去紐約，正在找個細心的人代為照料家裡那十幾隻貓。

遊艇從平靜的海口駛向港灣。吉米和我在討論小說中的敘述與對話這兩部分的比例，我們兩人都不喜歡對話小說（conversation novel）。吉米向我提及某位歐洲評論家（名字我忘了）曾說過一段美麗的比喻：「小說的對話應該像浪濤一樣慢慢湧升，到了最高點瞬時衝奔下來拍濺而出的飛沫。」這段話裡的浪濤，指的當然是小說裡的敘述部分。

遊艇逐漸靠近碼頭。擁有遊艇的人總會羨慕另一艘更豪華的遊艇，好比男爵總希望自己能成為伯爵一樣。碼頭泊著一艘極盡奢華的大遊艇，我們繞過它駛了進來，這情景宛如一個咬著手指的小女孩仰頭看著身穿一襲晚禮服的母親，膩在母親身邊打轉似的。那艘遊艇掛的是巴拿馬船籍。巴拿馬的稅金便宜，很多美國人把自己的遊艇登記為巴拿馬船籍。

我們在四點以前回到吉米家，爬到屋頂上睡午覺。樓頂有個房間鋪設黑白相間的方格地板，還擺了一架黑鋼琴，吉米從六點半起在這個房間舉辦一場雞尾酒會。這場酒會的氣氛很輕鬆，像是朋友在避暑別墅裡聚一聚，連主人吉米都光著腳丫。席間，一位歇斯底里的伯爵夫人把一只鑲嵌工藝的小木蛋——看來應該是來自日本箱根的工藝品——全部拆散了，結果沒有任何一個人有辦法將它恢復原狀。區區一顆小木蛋，居然把一屋子客人都弄得神經衰弱了。

八月二十八日　波多黎各

好一段日子沒像今天這樣感覺到踏上旅途的興奮了。從紐約飛行大約六個小時以後，飛機降落在一座位於椰林間的機場，接著換搭接駁車前往康達多海濱旅館，途中必須穿過貧民區。這裡的貧民區，就像在南方烈日下被曬得凋萎的向日葵那枯褐色的殘骸。

波多黎各堪稱赤貧。這裡是久負盛名的紐約諸多窮凶惡極犯罪的原產地。但是，當一對並肩坐在旅社陽台上的黑人老夫婦，默然地望著這輛載有聖胡安機場旅客的接駁車經過時，我在他們的臉上看到了一股莊嚴。在那猶如打磨後的黑檀木雕似的面孔上，閃耀著經過雕琢、經過深化後的粗野和低俗。

南方的貧窮，不同於都會裡那種寒酸的貧窮，具有某種高貴的氣質。南方的貧窮不是遭逢失敗所造成的，而是從一開始就放棄和服從，因而帶有一種自然界的親和力。在這裡，不論是高貴或貧窮，都像種種罕見的水果，只是各具不同的滋味和不同的香氣，但都擁有同樣的資格可以獻給太陽和大海。我這種比喻，或許會惹怒社會科學研究者吧……

我在紐約見過許多波多黎各人，有的長得不好看，有的長得很漂亮，還有相當多住在紐約的波多黎各人完全不諳英語。他們的外貌，按照與黑人或西班牙人混血的程度而有所差異，比方有些人膚色黝黑但五官分明，有些人看起來就像是黑人等等，唯一共同的特徵是眼神深邃銳利、髮色烏黑且是濃密的自然捲。但是，如果以為他們是由於貧窮才犯罪，那就錯了。他們已經遠赴寒冷的大都會，然而亞熱帶的毒辣太陽依舊不肯放過，迢迢趕來，迫使他們在這個難以適應、諸多不同的異鄉犯下了南方式的罪行，譬如西班牙式的決鬥啦、拿匕首捅上一刀來解決問題啦、惡漢作風的偷竊或詐騙啦……，總之，統統都和精神分析科醫師所認同的紐約人應有的精神生活相距甚遠，這一切全都是太陽唆使的犯罪。

——我在康達多海濱旅館裡，獨自享用了自助晚餐之後，來到面海的外凸大露台。露台的一部分形成柱廊環繞的圓形羅馬式中庭，從二樓可以直接走過去。這裡只有我一人。中庭中央的噴泉隨著海風飄擺，遇上強烈的海風吹來，噴泉就像失了魂似的一歪而倒，潑濕了周圍的馬賽克瓷磚地板。從廊上的柱子間，可以眺望椰子樹和壯麗夕照下的大西洋。椰子樹、大洋的夕照、隨著海風搖曳的噴泉……當這一連串景象呈現在我的眼前時，說不清是什麼理由，總之我由衷感到這裡就是我真正的故鄉。

八月二十九日

透過克諾普社長的介紹，在這裡的國立公園工作的佛利歐・馬雷羅・努涅斯先生為我導覽古老的埃爾莫羅防禦堡壘。

這座十五世紀的古堡像一隻伸向海洋的大蝸牛，肩負起為加勒比海扼守海門的重任。我們進入當年那些文人革命家被監禁的大牢，將走道盡頭的木門往兩旁推開的剎那，燦爛的海景立時在眼前鋪展開來。前景是黑暗的牢房，背景是從拱門望出去的大海和島嶼的風光，宛如一幅哥德時代的細膩畫作那般美麗。

海面上浮著一座左右較長的山羊島，其中一端有一棟希臘廢墟般的建築，在陽光照射下顯得別有風味。聽說那裡從前是一間精神病院。

我離開牢房，沿著可以俯瞰大海的蛋黃色城牆邊信步而行。那邊有個石板鋪設的廣場，昔日用來運送大砲那條寬敞的石板坡道起點就在這裡，連古老的砲身也安放在此，只是生鏽的鐵管砲身上沾滿了髒汙的海鳥糞便。城堡的一個角落凸出了瞭望小塔。我勉強擠進塔裡，從槍眼窺看大海，感覺自己彷彿是十五世紀的衛兵。

從旅館出門的時候，天色已是明暗不定，這時候變得更為黯淡，還捲起一陣怪風，把長在石板縫裡的夏草吹得偃倒；然而海上的另一邊卻是豔陽晴朗，照得海面閃耀著湛藍的光芒。

突然間，下起了傾盆大雨。馬雷羅．努涅斯先生和我衝進舊塔裡躲雨。古堡在雨中驀然甦醒過來。空蕩蕩的城牆，以及運送大砲的坡道，原本在烈日的曝曬下奄奄一息，此刻紛紛恢復了生氣。大量的水柱，從古堡的每一條雨水溝槽循著蛋黃色的城牆如瀑布一般傾洩而下，運送大砲的坡道也成了雨水嘩嘩沖落的斜面。在這片黑雲罩頂、海盜橫行的海域，我得以身歷其境地見證了雨水是如何從這座十五世紀的古堡流向大海。蓄積在廣場上的水灘分成一道道水流，從不同的排水口朝大海奔騰而去。在這短暫的時間裡，古堡發揮了所有的功能，重新活出了生命。

……雲層迅速移動，一小道雲隙瞬間擴大成一片藍天，刺眼的太陽又探出頭來了。雨停了，古堡又變回西班牙掠奪者們的古老遺跡，不過是在強烈日光無言的照射下，一座龐大的蛋黃色廢墟罷了。

九月十五日（星期日）

墨西哥市。獨立紀念日前夕。

我拖著高燒未退的身軀，倚在巴梅爾旅館一室的窗畔，望著獨立紀念日前夕的市中心街景。旅館前方公園裡的獨立紀念像、水柱擎天的噴泉和大理石拱門，全都亮起了色彩繽紛的燈飾。煙火和爆竹聲四起，每一盞路燈都綁上了紅白綠的國旗，更遠一些的大樓和樹木，也都妝點著國旗三色的照明飾品。許多學生坐在敞篷車上，揚起紙喇叭吹得震天價響，聲勢十分浩大。孩子們頭戴彩色的紙帽或壞人面具，興高采烈地跑向前去。一群裝扮得花枝招展的鄉下人手牽手，站在街邊猶豫不決、小心翼翼地想要穿越馬路。隨處可見賣墨西哥薄餅的攤販。

九月十六日（星期一）

早晨，我推開旅館客房的窗戶，被窗下這一大片氾濫的彩色洪水給嚇了一大跳。在盛裝打扮墨西哥各地傳統服飾的群眾當中，最顯眼的就是紅色了。紅色在這個國家也和日本的戰國時代一樣，屬於男性的顏色。在公園濃綠的樹蔭下，人們身上衣裳的繽紛，還有賣氣球的人手中像泡泡似的一串串顏色，再加上水果攤前那鮮嫩欲滴的色彩，全都讓人目不暇給。街上還有非常多穿上制服的士兵穿梭往來。墨西哥帽的攤商擺滿一頂頂光澤閃泛的寬邊帽，果汁小販搾出一杯杯暖色調的果汁。街道兩旁的椅子排得毫無空隙，上面早已坐滿了等候觀賞大遊行的人群。

在這紛紜雜沓的中間是空無一物的灰色馬路，它拒絕一切色彩，猶如一道冰冷的河川流動而去。大遊行還得等上一個小時才會開始，在那之前，這條灰色的河川始終悄然無言，與兩岸的七彩歡宴恰成對比。這景象宛如人類武裝起自我的理智，拒絕一時的情感波動，只為了迎接即將到來的感動巔峰。再過不久，遊行隊伍就要來了。那無可匹敵的色彩、那無可比擬的音樂，即將淹沒這道灰色的河面。就因為明白這一點，人們此刻才會容許這道灰色空間的存在；如同人們為了享受那無與倫比的陶醉，允許理性先行介入一樣。……這才是墨西哥。如果我們不是為了終將出現的酩酊與陶醉預留通道，保持理智直到老去，否則又何必在這藍天、綠地和夢幻般的豐富色彩之下，堅持下去呢？

——我和人約好了要在大使館的窗前觀賞遊行，該準備出門了。

十一月二日（星期六）

雨又下了一整天，時下時停，但氣溫倒是很暖和。下午一點半起床，三點以後去現代藝術博物館觀賞一八九六年至一九五六年間的德國電影系列，今天放映的是《卡里加里博士的小屋》。

我下榻的格萊斯頓旅館前面開始動工興建西格拉姆大廈，聽說等它面向公園大道的前庭完工以後，會有水池和花壇。不愧是西格拉姆威士忌公司的產業，連建築外觀也是威士忌的顏色。

從五十二街再往上一個街區，穿過麥迪遜大道和第五大道，右手邊就是現代藝術博物館。我在門口購買入場券，但是沒有附帶電影票給我，之後才曉得原來只需憑這張入場券，就可以免費進入位於地下樓層的電影院，不過持有預約票的人優先進場，我必須在入口稍等一下才能進去。《卡里加里博士的小屋》是一部奇拔的影片，時至今日看來依然覺得獨特而新穎。走出電影院時，忽然遇到了切茲的經紀人朋友山姆。原來山姆也來看這部電影。

山姆這個年輕人的前額有些稀疏，眼鏡底下那雙目光炯炯有神，精力充沛，加上從前是普林斯頓的足球運動員，想必很有力氣，但性情善良又溫和。我想，遲早我會聽從切茲的建議，聘請山姆當我的經紀人。

我把山姆帶到格萊斯頓旅館的雞尾酒吧，在晚飯前喝一杯餐前酒。在紐約這個城市，很難找到可供稍做聊談的場所。我們從博物館一路走回旅館，沿途連一間咖啡廳都沒有。話說回來，東京的咖啡廳又嫌太多了。

山姆聊起舞台劇《朱門孽種》[4]的內幕。這部戲最近剛剛首演，引發不少爭議。該劇內容改編自一本暢銷小說，故事內容則是根據發生在一九二〇年代初期，李奧波和羅布這兩個年輕人聯手犯下的知名凶殺案所寫成的。李奧波是個才華洋溢的青年，深受尼采超人思惟的影響，甚至確信自己就是超人，他在同為富家子弟的學友羅布慫恿之下，合力殺害了一名無冤無仇的少年，企圖完成一樁完美犯罪，但後來警方從一些細枝末節發現了是他們兩人犯下的重案。這起事件當中的凶手和被害人都是上流階級的子弟，也沒有任何動機迫使李奧波和羅布犯案，因而在當時的社會掀起極大的震撼。

原著小說的作者很喜歡戲劇，親自動手改寫成劇本，可惜寫得很失敗，遭到製作人退稿，並且另請高明操刀。這件事導致製作人和原著作者發生齟齬，據傳在波士頓試演的第一個晚上，作者寄了一把詛咒的短劍給製作人。禍不單行的是，當天晚上謝幕時，舞台裝置居然發生故障，以致於無法降下布幕，正當後台人員忙得焦頭爛額之際，領銜主角又和導演發生激烈的

4 美國記者梅爾·拉凡（Meyer Levin，一九〇五~一九八一）將一樁發生於一九二四年美國芝加哥的富家子弟謀殺案寫成小說《朱門孽種》（*Compulsion*），並於一九五七年親自改編成舞台劇演出，之後又由二十世紀福斯影片公司改拍為同名電影於一九五九年上映。由於作者三島由紀夫本篇日記寫於一九五七年十一月二日，可以確定此處描述的是舞台劇。

爭執，甚至演變成雙方互毆，甚至引發所有人員在後台打成了一團的群架事件。

十一月六日（星期三）

孟冬時節，陽光普照，真是乾爽宜人的一天。一時十五分，我前往哈佛俱樂部赴約，新方向書房的副社長勞克林夫人邀我共進午餐。這家出版社的社長勞克林先生是知名的鋼鐵巨擘，創立了這家超逸脫俗的文學出版社，交由熱愛文學的夫人掌持。一次偶然的機會，勞克林夫人讀了《假面的告白》的原稿，非常喜歡，於是開始洽談出版事宜，今天就是雙方見面的午餐會。該出版社的麥可連格總編輯原先就屬意出版這本書，可以說水到渠成的時機終於到臨。算來，韋瑟比先生執筆完成翻譯，已是六、七年前的事了。

哈佛俱樂部是老派作風的英式俱樂部，嚴格地遵守男女有別，我首先必須進入純男士的俱樂部，在一群派頭十足的哈佛畢業紳士們之間，找到麥可連格總編輯之後，再由他帶我從一扇小門走到隔壁那棟男女可以自由交誼的俱樂部，介紹我和在那裡等候的勞克林夫人認識。勞克林夫人身形頎長，落落大方，眼睛不算大，是位知性又文雅大方的中年女士，讓人備感親切。

我們吃了一頓簡單的午餐。麥可連格總編輯提起了安格斯．威森[5]和克里斯多福．伊舍伍在讀過《假面的告白》原稿之後，向出版社捎來了親切的薦書信函。

傍晚六點半，我應邀與凱斯一起去G先生家共進晚餐。G先生是著名的舞台設計師，也和亞瑟．米勒[6]素有交情，但自從受到赤色整肅事件的牽連以後，就不再有人找他合作，成了半隱退的狀態。最近他恰巧聽說凱斯製作的《近代能樂集》即將上演，於是主動提出加入陣容，可是凱斯根本無意把舞台設計交給他負責，因為他那種現實主義的套路已經過時了。所以，可以預期今晚的這頓飯恐怕不會吃得太愉快。

G先生的學院和書房位於舊公寓的一樓，地下室是餐廳和臥房。一進門，旁邊有個小教室，裡面擺了幾張椅子，目前應該是G先生主要的收入來源。

他先帶我們到書房參觀，凱斯一進去就躺上了沙發床，像個大學生似地兩腿一攤，嘴裡叼著菸斗，這模樣恰和年約四十的G先生那種散發出德國風格的憂鬱與情感枯竭的類型，形成鮮明的對比。G先生讓我們參觀學院牆上掛得滿滿的照片和舞台設計舊作。G先生最具代表性的作品是《金童》首演時的舞台設計。不過那張照片已經舊得發黃，並沒有帶給我們太大的感動。

我與凱斯事前商量過了，我們可以盡量講些社交辭令，但是絕不能說出任何一句承諾。

G夫人告知晚餐已經準備好了，我們圍坐在地下餐廳的圓桌旁。餐桌正中央擺著一大盤沙拉，驚人的分量幾乎不亞於一整桶飼草。

G夫人這個人引起了我的興趣。這位教授夫人屬於削瘦嬌小、眼神犀利的類型，她隨意紮

---

5 Angus Wilson（一九一三～一九九一），英國小說家。

6 Arthur Miller（一九一五～二〇〇五），美籍猶太裔劇作家。

起頭髮，穿著華麗的圍裙，即使露出微笑，也不是發自內心的笑容。臉上滿是疲憊的G先生，和渾身是刺的G夫人，這對夫婦坐在一起，看起來就像斯特林堡[7]劇作裡的夫婦一樣，陰鬱的自尊心和強迫的意識形態，就是人們看待這對夫婦的印象。兩人一面熱情地招呼，一面拿銳利的眼神打量賓客。

沙拉是每個人自行拿桌上的調味料摻拌後享用，因為我是日本人，G夫人頻頻建議我淋上醬油，讓我不知該做何回應。香料燉飯煮成了難吃的鍋巴粥，那條魚根本讓人難以下嚥。夫人的積極勸餐使人備感壓力，而且採取傳統的西方作風，自己先嘗一口，不停讚美「好吃、好吃」，還要她丈夫幫腔，同樣連聲大讚「好吃、好吃」，形同強逼賓客非有同感不可。吃這頓飯，讓我暗自叫苦不迭，幸虧事前已打過招呼，告知我稍後要去劇場，因此再捱上二十幾分鐘就可以告辭了。原本夫人只顧稱讚自己做的飯菜美味，沒有加入我們的對話，有時甚至唐突地打斷她丈夫，要求幫忙遞個調味料；但此時，我們的談話恰巧告一段落，她趕忙逮住了這個時機，語氣冰冷地提出建議：

「好了，三島先生還得趕去別的地方，閒聊到此為止，開始談正事吧！」

軟弱的G先生噤口不語，凱斯和我也交換了個眼神，沒再作聲，只有夫人滔滔不絕地叨念丈夫後續的預定行程：

「他很快就要出差到波多黎各的大學演講，麻煩在他出發前給個答覆！」

「我想，差不多要等到您先生出差回來的時候，才能夠做出明確的結論。」凱斯這樣回答。可是，夫人非常不滿意這個回答，面色駭人地沉默了片刻，然後說道：

「預定於耶誕節上演的戲，怎麼到現在工作都還沒分配妥當，這未免太奇怪了吧？」

——回程的路上，凱斯很開心地開著他那輛福斯轎車送我去市立中心，因為多虧必須送我去劇場，他才得以及早逃離虎口。我們兩人在車上聊了很多關於G夫人的傳聞。凱斯從方向盤抬起一隻手，張開五指在空中抓了一把，擠出猙面獠牙的鬼臉低吼一聲，說道：

「那女人是一頭母老虎哩！」

十一月二十三日（星期六）　紐約

我和節目製作人之一、個性大而化之的切茲約好一起吃午餐。到了切茲家，遇見借住在那裡的一個年輕人，名叫布萊恩。這個出生於阿根廷的年輕人性情爽朗，說是昨晚和他分租公寓的朋友（很多人在紐約為了節省生活開銷，會與朋友合租公寓的一個房間）帶女朋友回來過夜，他被攆了出去，走投無路之下，只好到切茲家來借宿。

吃過午餐，我們三人去中央公園散步。樹木全都枯了，大量的鴿子也換上冬日的顏色，羽色像寒冬的天空。中央公園南側的溜冰場正在灑水凍結冰面，噴向灰色天空上的水柱猶如銳利的刀刃。入口處左右兩邊排著長長的人龍，孩子們在等著開放的時間。

7 August Strindberg（一八四九～一九一二），瑞典作家與劇作家，享有現代戲劇之父的美譽。

公園裡可以看到許多人在遛狗。步道左右兩邊同時走來容貌醜怪的老婦人，手裡都牽著比自己的長相不知漂亮多少倍的狗。那些狗在路中央一見到同伴，立刻打起了拳擊般的嬉鬧。老婦人則站著聊個沒完，話題似乎都圍繞著自家的狗。

附近有一座人造的假山丘，上面蓋了一處水泥造的六角堂式建築，乍看像一棟時髦的靈骨塔，其實是老人家的樂園，也就是免費供應暖氣的棋房。推門而入，暖氣和菸氣讓人呼吸困難。有些在煙幕中顯得灰濛貧瘠的老人在玩跳棋和西洋棋，陷入長考的面孔布滿明顯的皺紋；也有些老人只是進來取暖，一動不動地呆坐在窗邊的長椅上，簡直像死了似的。在這個陰森森的娛樂空間裡，唯一鮮豔的色彩只有跳棋和西洋棋的紅白棋子而已。

離開那裡，我們走去動物園，撲鼻而來的是非洲獅那股強烈的盛夏氣息。從動物園出來以後，我們沿著枯樹下走了一陣子，向兜售的手推車攤販買了三袋帶殼花生。歇在地面的鴿子依舊妨礙人們通行，兩、三隻狗拚命追逐鴿子和松鼠。放眼望去，從猶如一幅蕾絲般的枯木林間，可以瞥見中央公園東面那片灰褐色的摩天大樓群沐浴在和煦的陽光下。

一大片烏雲罩了過來，清雪盈盈飄落。這塵埃似的細雪是今年的第一場雪。

切茲向我示範把花生擱在掌心餵食松鼠，我也跟著模仿起來。起初警惕的松鼠一步步靠近，終於從我手上叼走一粒花生，迅即逃出一、兩公尺遠才停住，雙手捧起那粒花生啃了好半晌。我的掌心只覺得像被輕輕蓋了個章似的。在紛飛的雪中，這隻齧齒目動物細密又白皙的門牙顯得格外分明。

我們三人玩興大發，都把各人手中那袋花生全餵光了。最後，我甚至學起松鼠的動作，蹲下來兩手捏捧著一粒花生，用門牙開始啃起來了，看得布萊恩和切茲哈哈大笑，重溫大學時代的無憂無慮。

離開公園，我們冒著雪，高興地沿著人行道跑了起來。不久，來到廣場旅館前的廣場，看到白雪覆蓋在那座騎馬大青銅像上。

布萊恩道別離去，我則到切茲家。我們燒旺了火爐，喝著雪莉酒聊天。電話響了，布萊恩在電話裡說：「我分租公寓夥伴的女友說，還要再住一晚，所以今天我還是被攆出來了，你再收留我一個晚上吧！」

十一月二十四日（星期日）

昨晚，我到位於紐約郊區利瓦帝爾的親戚T．G家暫住。下午獨自出門散步。

哈德遜河畔的初冬陽光，感覺比紐約市內更加燦爛。豐沛的河面上，白色的油輪彷似在岸邊那片蕾絲般的枯林間穿行而過。對岸的紐澤西州的枯林，同樣是一片朦朧的灰綠色。

我踢著落葉，步下河邊斜坡的小徑。乾白色的林木全都是同一種橡樹，下緣的枝條稀疏。站在斜坡下，可以窺見掩映在林間的柵欄大道。從這裡繼續沿著岸邊走，就可以瞰視到六條鐵軌和赤褐色的河水。

不能再循著河邊走下去了，我於是掉頭往回爬。

這一帶色澤鮮豔的泥土屬於黏土質，完全被掩蓋在橡樹的枯葉底下。我往下看，開始西斜的陽光恰巧從另一邊低低地照在這堆枯葉塚上。定睛一瞧，一堆堆的落葉，宛如插著無數只美麗的瑪瑙色的梳子。那其實是從枝椏上垂直落下，插入枯葉塚的好幾枚葉片，而從後方透射過來的陽光，將它照出了如此眩目的色彩。看得更仔細些，其中一片落葉甚至映出了它背後一枝枯草的纖細身影。

我在柵欄大道上走了一段路，從二三二街的路口爬上左側的坡道，眼前景象頓時一變，大量的汽車在眼前的高速公路上飛快奔馳，高級輪胎和高級路面的疾速接觸，發出了像裙襬摩擦的綷縩聲。我等了又等，看來是沒有機會穿越這條馬路了，於是開始思索該如何沿著這條高速公路回到T．G的公寓。

十二月十日（星期二）——在紐約看過最差的一齣舞台劇——

天空飄著濛濛的冷雨，再加上從華盛頓廣場颳來的風，使得第五大道的尾端分外凍寒。我偶然在報紙的廣告欄上，看到一家名為皇家劇院的外百老匯小劇場即將上演雨果的《呂意．布拉斯》[8]，那裡離我的住處不遠，於是打算走去買預售票。

曼哈頓所有的街道都以第五大道為界，分為東西兩部分，只有第四街例外。所謂的東四街，是指位於百老匯大道以東的街道，而且，百老匯大道延伸到這一帶平民區的路段，很明顯偏向東邊，因此，要從華盛頓廣場走到百老匯大道，必須走上一大段路。我頂著寒風細雨步行，走了又走，還是只見建築物的灰色巨塊沿街林立；但是愈接近目的地，眼前的景物又轉換成一棟棟倉庫，以及偏僻而蕭條的商店街。我不由得心生狐疑：這種地方真有劇場嗎？

好不容易總算發現了一棟看起來像辦公室的建築物，外觀已被煤煙燻得灰黑了。我找到入口，推門進去，一股霉味迎面撲來。裡面昏昏暗暗的，不像有人的感覺，接著才聽到二樓傳來了說話聲。我踏著嘎吱作響的老樓梯爬上二樓，經過吊掛外套的地方，看到一扇大門敞開，走進去就是劇場了。劇場擺著一百二、三十張椅子，面積不大，仍有一個設備完善的舞台，天花板還掛著三盞水晶吊燈，裝潢成巴洛克風格，堪稱一間古意盎然的小劇場。舞台上擺設了奶油色的明亮布景，一個中年女子站在觀眾席間，大聲地指揮著什麼。

中年女子一發現我進來，便轉身邁著大步走了過來，問我有何貴幹。一聽到我回答是來買預售票的，她立刻喜形於色，嚷嚷著「太好了！」這還是我頭一遭買票時受人歡呼「太好了！」。

票價相當便宜，所有的座席都是一美元七十分。真不敢相信紐約竟有這麼便宜的舞台劇。而且我只買了一張票，對方居然頻頻道謝。

事實上，這位中年女子一開始根本不相信我是來買票的。她不停地問：「歡迎您來……可是您怎麼會找上這裡呢？」我只好回答她：「因為我還沒看過雨果的劇作。」

---

8 *Ruy Blas*，法國文豪雨果於一八三八年創作的戲劇作品。

買好票準備打道回府時，我預祝他們演出成功，但內心不禁對他們感到同情。

十二月十九日（星期四）

八點半，我到皇家劇院觀賞《呂意．布拉斯》。在可容納一百二十人的小劇場裡，觀眾還不到二十個，稀稀落落的。我猜，只有我一個是自掏腰包來看戲的吧。帷幔揭開，道具和服裝都很簡陋，主角呂意．布拉斯是個毫不起眼、陰沉又老成的年輕人，倒是飾演王妃的女演員賈桂琳．貝爾多蘭雖然有些年紀，算得上是位風韻猶存的美人。

隨著劇情的發展，記得是那位飾演達爾巴伯爵的演員，帶了一本書出現，在舞台上到處走位時手中不停地翻掀書頁。由於他太過頻繁瞄看書頁，讓我對這項小道具有些起疑，原來他公然拿著劇本誦讀台詞！大概是臨時找來代演的角色吧。

最後一幕的悲劇也無法掀起高潮。我真不懂他們為何要演這齣戲，更不明白自己為何要來看這樣的舞台劇。事後問了別人才知道，皇家劇院早就是一家臭名遠揚的小劇場了，不管演什麼都沒有票房。大概是窮神在這間有古色古香吊燈和巴洛克風格裝潢的小劇場裡落了腳吧。

一九五八年一月八日（星期三）

羅馬，可以說是旅行歐洲的日本人必須經過的海關。有的人從這裡進入歐洲，有的人從這裡返回日本。……這已經是我第二次把遊歷各國的最後幾天旅程，留在羅馬度過了。是的，我依然記得自己將硬幣投進特雷維噴泉，那濺迸而起的水珠在月下漾著藍光的情景。兩趟長達半年的海外旅行[9]，我一樣是在羅馬這塊土地劃下句點，依依離情，使得這個城市在我眼中分外美麗。

一九五二年五月，羅馬連日都是晴空萬里的好天氣；而這趟旅程的最後一天，儘管時值一月，仍然和當年的五月同樣豔陽高照。大概是因為情緒激動，我八點半就醒了。到旅館櫃臺結帳後，我出門去SAS航空公司確認機位，被告知我的預防注射證明書有問題。讓人操心的事總是一樁接一樁。回旅館的路上，我順道去相當於銀座的御幸大街的孔多蒂街，進了一家名叫古馳的名店，買了非常多條領帶，再步行到人來人往的科爾索大道，走到盡頭便是那座恰足以反映羅馬人喜好庸俗龐大的範例——維克托．伊曼紐爾二世國家紀念碑。這裡是向羅馬這個城市道別最適合的地點。

我踏上寬大的階梯，伊曼紐爾二世騎乘的那匹青銅馬抬起肥碩前腿的馬蹄，就在我的頭頂上。愈往上爬，風勢愈發強勁冷冽。我進入神殿風格的紀念堂，從頂樓極目眺向羅馬的四面八

9 作者三島由紀夫曾周遊世界三次，第一次是一九五一年十二月起，以《朝日新聞社》通訊員身分周遊北美、南美與歐洲，歷時半年；第二次是一九五七年七月起，受到美國克諾普出版社的邀約，造訪美國紐約、墨西哥、西印度群島、美國南部與歐洲，同樣歷時半年；第三次是一九六〇年十一月起，與妻子結伴旅遊美國、歐洲、埃及、香港，前後約三個月。

方，望見羅馬競技場、市集廣場，以及卡比托利歐博物館。我繞回正面，往科爾索大道的方向看去。廣場上有一輛輛亮著燈的小轎車，更遠處的黃褐色的樓房擋住陽光，使科爾索大道顯得既窄又暗。

回到地中海旅館，在吃過午餐、整理完行李之後，我還有一些時間，於是站在窗前眺望加富爾路。這一帶旅館林立，也是全羅馬最沒有風情的地區，眼前就有闔上的百葉窗和土黃色牆壁的旅館，殺風景地遮住了我的視線。雖是如此，但看著左手邊那座現代化終點站盡頭的那一道古城牆、前方那兩棵絲柏、窗下那家招牌寫著TABACCHI的香菸鋪、不顯眼的皮包店等等，不禁頗為傷感，想起這長達半年的旅程，就要在今天結束了。對面那家六層樓旅館屋頂上的天空，方才還是蔚藍的，此刻卻逐漸摻了一抹淺灰。下午四點的羅馬，天邊依然連一朵雲都不見蹤影。

晚霞還沒映在一節接一節的市區電車車頂上，但乍現即逝的光亮卻規律地射入我的眼底。從電車的車窗可以瞥見一位女乘客蓬鬆秀髮下方的脖頸。當那位義大利婦人乘電車去購物的回程，我已經搭上飛機了。這讓我聯想到，一個人的生或死，也許不過是其存在或不存在於某個地點的延伸看法而已。

夕陽透出了紅通通的色調，終點站盡頭的遙遠山頂，也在落日的映照下，帶著枯玫瑰般的顏色。

一月九日（星期四）

為何我已經坐了一整天的飛機，卻一點也不覺得難受呢？離開雅典以後，從機上可以望見近東地區某個不知名港口的萬家燈火，以及青色的燈塔。那座燈塔，彬彬有禮地安靜離席，把自己的座位讓給了在港灣蔓延的黑暗。這是近東風貌的一個美麗月夜。

又看到陸地了。燈光慢慢零星出現，尤其山裡的那一、兩盞燈更是格外分明。片刻之後，這些光亮同樣朝後奔離，取代出現的是壯闊的夜山英姿。當飛機從狀似分水嶺的屋脊上飛越而過時，可以看見屋頂上的積雪，宛如在月光下攤展開來的一張巨大的白熊毛皮。

（一九五八年四月、五月、六月、七月、九月、十一月．《新潮》．原標題〈日記〉）

嘆見紐約

一　某種類型的紐約女子

Ａ君已經抵達紐約，等待著下週一的會晤。這段時間沒人陪他，加上熟識的朋友都去鄉間避暑了，他一個人不曉得該如何打發週六的空檔。還好，他買到了舞台劇的票，口袋裡也還揣著三百美元，正好趁機來一趟冒險之旅。

散場時已過了十一點，時代廣場依然人聲鼎沸。由於附近的劇場幾乎同時散場，從劇場門口通往時代廣場的路上擠得摩肩擦踵，人們的衣著打扮皆體面上流，一邊聊著方才那齣戲劇，從昏暗的小巷朝著金光四射的時代廣場走去。

這個時段很難招到計程車。Ａ君猶豫著該安分老實地搭上計程車回旅館，還是在這一帶蹓躂一下。

就在此時，走出劇場的人群當中，有一位年約二十四或五、嬌小微胖、身穿一襲黑洋裝的女郎向Ａ君問道：

「請問是在這裡招計程車嗎？」

眾所周知，紐約在夏季期間有許多外地遊客造訪，因此這樣的問話沒什麼好奇怪的。就算鄉下來的美國人找上一個初來乍到的日本人問路，也不是什麼稀奇事。Ａ君於是轉身回答：

「這個嘛，我也是昨天才到的，不太清楚。」

女郎嫣然一笑，說道：

「哦，這樣呀？您是日本人吧。我去過日本，認得出來呢。」

日本人在外國，如果一見面就被問「您是日本人嗎？」會覺得很開心，只是少有外國人如此詢問。A君不禁露出微笑起來，說道：

「是嗎？妳去過日本的什麼地方？」

「東京和京都。」

「妳是哪裡人？」

「我是俄亥俄州人喲。」

兩個人就這麼聊談著並肩而行。A君不時打量身旁的女子，看來大抵是鄉下人，但品味還算不差，聳挺的胸部亦是天生就有的。A君周遊美國各地，已經習慣了陌生人也會像舊識老友般熱絡交談，認為這女郎未必是歡場女子，可能只是一個來大都會觀光的外地人，孤伶伶地度過週六的夜晚。

他們沒走多久就決定找個地方喝茶。那女郎和A君都不曉得哪裡有合適的店家，便往東走向百老匯大道。原本正要進入一家明亮的甜甜圈店鋪，女郎又說想坐在有冷氣的店裡，於是兩人繼續找了一陣子，最後走進巷子裡一家光線昏暗的酒吧，終於在店裡一隅的幽暗的情人座落了座。A君點用蘇格蘭威士忌摻蘇打水，女郎要了伏特加摻七喜汽水。A君先付了酒錢給服務生。

「讓您破費了，真有紳士風範。和美國時下的年輕人一起上酒吧，他們總希望由女人付錢，真是糟糕哪！……哎，坐在吧台前的那些人齊齊地盯著您瞧，您甭理睬，他們全是些傻瓜！」

A君重又端詳起這女郎的長相，美中不足的是眼尾有些細紋，況且整個人散發著一股被生活壓得喘不過氣的疲累感。

「我是個護士喲！」不待A君發問，女郎逕自解釋，「這回是和醫院裡的同事利用休假結伴來紐約玩的，第一天跟著大家一起走，活像一群瞧新鮮的觀光客，真讓人受不了，而且那樣的行程一點也不浪漫嘛。」

那女郎忽然牽起A君的手。

「哇，您的手真美！這是一雙貴族的手，您想必是貴族；不不不，您肯定是位貴族！」

她隨後聊起了小說的話題，說自己非常喜歡一部名為《埃及人》的小說，可惜後來被翻拍成了一齣無趣的電影，算是糟蹋了原著云云。

女郎的伏特加很快就見底，A君為她續了一杯。女郎感激的眼神在A君的手上逡巡，並在不知不覺間把身子貼得更近了。

第二杯伏特加送上桌了。A君付了款，正要收起錢包，那女郎對錢包大表讚賞，並要求讓她瞧一瞧。

「喲，真好看！這是日本貨？對了，您帶著日本的錢幣嗎？」

「我沒帶。」

「唉，沒意思。我把從日本帶回來的錢幣做成項鍊，當作紀念品喔。大家都說該換回美金才好，可我覺得那是個很好的紀念呢。」

看來，女郎開始有了醉意，眼周微微地泛紅。

「我的臉變紅了？哎呀，真的變紅了？討厭死了。」她掏出提包裡的化妝鏡照了一眼，接著繼續稱讚A君。

「您在日本一定是位有錢的大爺，住在氣派的大房子裡吧？哪像我們過著無聊的小日子，乏味極了，還不如搬去某顆行星上住！」

「住到那種地方去，不害怕嗎？」

「我才不怕呢！」女郎嘟起嘴巴，撫著A君的大腿說道，「我朋友還說想上金星呢。」

A君忽然想看看紐約的天空。他眺向窗外，最高卻只能望見對面大廈的三樓；可即便能看到天空，在滿街霓虹燈光的映照下，怕是連顆小星星的影子也甭想瞧見了。

女郎的第二杯伏特加又喝完了。A君剛要再次續杯，卻被女郎攔住了，只見她端起A君那杯半剩的威士忌蘇打啜了一口，杯緣留下了模糊的唇印。

「我們換家店繼續喝。我住的旅館附近有一家不錯的酒吧。」

兩人搭上計程車，去到了相當遠的上城區。他們在一個街口下了車，女郎挽起A君的手臂，說是散步一小段路去酒吧。

時間早過午夜十二點了，路上光線很暗。那女郎唱起《卡門》裡的哈巴涅拉舞曲，A君也跟著一起唱。路旁有一段階梯通往地下室，邊上圍著鐵柵欄。台階的盡頭一片漆黑，什麼都看不見。女郎倏然停下了腳步。

「啊，我的絲襪鬆了，得停下來拉一拉，在這裡等我一下，不可以走掉喔！一定要在這裡等我，馬上就好！」

女郎說著，朝A君拋了個媚眼，快步下了漆黑的階梯。

A君倚在鐵柵欄上，點起一支菸。他略一深思，打算逃回去，但又想再多留一陣子，看清楚這個女郎的真面目。正在猶豫時，女郎已經走上來說了聲「讓您久等了」，雙手拍了拍身上那件緊身裙的下襬。

當兩人坐在第二間酒吧的情人座裡時，女郎已經摟住了A君，而A君也在醉意之下給了她今晚的第一個吻。那是一個極度熾熱而不顧一切的親吻。女郎全身緊貼著A君，解開前襟，若隱若現地露出了乳房。她有一雙有些下垂的巨乳，看起來像是刻意往上束擠出來的。

即便在卿卿我我的時候，女郎依然仔細察看隔鄰的情人座，「您認識剛剛入座的那個女人嗎？那是一位名叫J．L的知名女星喔，她可是個大花痴呢！」

女郎又露出了大腿給A君看，接著，突然把手探進了他的褲袋裡。

「妳在做什麼？」

「人家是在找手帕嘛。」

接著，女郎說了一個有關日本人肉體的猥褻笑話。

在這家酒吧，女郎才喝沒多久就說要結帳，讓侍者把帳單拿來，仔細核對之後，由A君付了酒錢。這種情況重複出現了兩次後，A君問道：

「等一下再一塊付不就行了？」

「那怎麼行！這家酒吧經常趁客人喝醉沒留神時，在帳單上動手腳呢。」

A君忽然覺得很掃興。看來，這女郎終歸是個隨處可見的妓女罷了。既然是妓女，前輩X先生曾教過他更為安全且簡便的方法和妓女應對。一整晚始終泰然自若的A君，這時竟怯場了。

「今晚我要一個人回旅館。和女友約好了明天從白天就要在一起纏綿了。」

A君的女友確實人在紐約，不過明天並沒有約會。女郎聽了以後，居然沒有抓著他不放。

「哦，那今天晚上得儲備精力才行呢。謝謝您的招待囉。」

於是，他們出了酒吧，搭上計程車。能夠平安脫身的這股刺激，比起醉意更讓A君感到醺然的滿足。他緊摟住女郎的腰枝。

「我送妳回旅館吧。」

「沒關係，我送您吧。讓您招待了一整晚，實在過意不去。」

兩個人爭執了一會兒，最後仍是由女郎把A君送回旅館的門前。兩人吻別之後，A君說要付這段路的車資，女郎使勁地把他的手推回去，意思應該是讓他「別那麼客氣」。

A君站在旅館前，久久目送著女郎那輛計程車駛離。他走進旅館，在大廳櫃臺取了鑰匙。燈火通明的深夜大廳，更顯得人影杳然的冷清。A君進了電梯，房間在十二樓。

他忽然想起什麼，從外套的內袋掏出錢包一看，三百美元已經不翼而飛了。

二　盛大的感恩節派對

一位記者朋友要B君務必把十一月最後一個星期四，也就是感恩節之夜的時段預留下來。那位美國記者沒講太多細節，只說是當晚將舉行像《荒山之夜》[1]那樣一年一度的魔鬼盛宴。

到了那天，B君受邀共進一頓較晚的午餐。那是大家一同吃火雞慶祝感恩節的家庭宴會。席間，他仍心神不寧地掛記著晚上的那場活動，好不容易才從盛情款待中溜出來，於晚間近八點左右和那位記者會合，一起搭地鐵前往哈林區，在一四五街附近出了站。

天空下著雨。儘管雨大風強，卻異樣地暖和，實在不像是紐約的初冬。從地鐵車站往下走一小段，冒著大雨走上一座老舊的天橋，再步下迴旋式的陰暗階梯，來到天橋下的大馬路上，只見路口的斜對角一片萬頭鑽動，猶如一座黑壓壓的山。再朝前望去，人群的前方是一片刺眼的光亮，分不清是哀嚎或是吶喊的尖叫聲此起彼落，聽得B君膽戰心驚，還以為目睹了凶殺案的現場呢。

穿越馬路湊近一看，以「黑山」來形容這群人真是再貼切不過了。許多哈林區的黑人連傘也沒撐，蜂聚包圍著「搖滾天地」舞廳的門前。每當有汽車停在門前，他們便會吹起口哨，或縱聲大笑，或尖聲叫嚷。後來我才知道，由於舞廳的票價昂貴，那些黑人無法入場。從他們的肩縫中可以瞥見此刻恰巧有輛高級轎車停在門口，一對身材格外高挑、身穿晚禮服的男女正在下車。群眾又吹起了口哨。穿著晚禮服的女士回過頭來瞪了一眼，目光十分凌厲。

——B君雖然覺得有些不對勁，仍是隨著記者穿過人群，朝門口走去。很多警察正在大聲吆喝著指揮交通。進了舞廳，有一個像劇場那樣的售票處，兩人在那裡買了票進場。舞廳裡面很大，三側都架高成古典式樣的夾層樓面，格局近似於東京新橋的佛羅里達舞廳，但面積足有五倍大。舞池同樣擠滿了人，和聚集在廣場的群眾一樣三五成群，單手拿著啤酒罐談笑。爵士樂隊正在後方的舞台上演奏，前方還延伸出像脫衣舞俱樂部那樣的台道。氤氳的菸草氣味直達天花板，人們宛如置身於金色的濁霧之中。後來B君聽聞，這一晚舞廳裡的人數超過了五千人。

一對客人進場了。一位高達一百八十公分的壯碩女士由身穿燕尾服的高大男士護送步入，沿途向一個個陌生的舞客拋以媚笑，攝影班的閃光燈此起彼落，她立刻駐足並且搔首弄姿，還

---

1 交響詩《荒山之夜》（*Night on Bald Mountain*），由俄羅斯作曲家穆索斯基（Modest Petrovich Mussorgsky，一八三九～一八八一）依照俄羅斯的民間傳說，於一八六七年六月二十三日譜成的管弦樂曲，內容描繪在六月二十四日的聖約翰節前一晚，妖魔鬼怪們群聚在基輔附近的荒山上狂歡慶祝的情景。

擠出尖細的嗓音，使勁甩動著裙襬。當這位女士靠近過來時，B君朝她仔細打量，這才發現那位高達一百八十公分的壯碩女士有個偌大的喉結，而濃妝底下也露出了剃刮之後的鬍青。B君總算恍然大悟，舞池裡的女士看來不同尋常的原因是：這些貌似女士的人們根本是男性。

B君不明白的是，雖然絕大多數的美國人身形高大，但矮小的男子也不算少，為何偏偏都由這些高壯的大漢來穿上女裝呢？在近處端詳時可以發現，那種濃豔的妝容反倒凸顯出男性面部的骨架，怪誕的樣貌格外駭人。不幸之幸是，這群壯碩的女士聚在一起優雅地交談時，不忘把玩著手中那柄偌大的鴕鳥羽扇，這一幕恰如老邁又醜陋的幾位貴婦在社交場合裡聊談的情景，儼然成為一幅出色的諷刺漫畫。

B君環視周遭，看到有巨大的黑人女士（其實是男士）全身上下圍裹著阿拉伯樣式的絲綢服飾，真像女的奧泰羅[2]；還有人戴上古怪的假髮、插上色彩俗豔的櫻花枝，扮成日本的名妓；甚至還有一對分別假扮成王族的國王與王妃。這時候，又有來客尖聲吵嚷著入場了。任憑B君上下打量，這一位怎麼看都像個女人。她是帶有黑人血統的脫衣舞孃，琥珀色的肌膚只裹著綴有銀色蝴蝶和抹胸的網紗緊身衣，下身曳著銀紙做的長裙。她在此起彼落的閃光燈中舞動著穠纖合度的美麗軀體，B君愈看愈覺得她或許是男人。

其中也有人穿的是完全男性化的女裝。一個相貌魁偉的黑人穿上氣勢凜然的燕尾服，戴著一頂白色的長假髮，長達五公尺的薄紗從肩膀垂落下來，由兩個黑人童僕拎捧著長紗，前方還有一個黑人童僕沿路灑著香水。看到有人以這般聲勢浩大的方式入場，實在讓人忍俊不禁。

另外，還有一位臃腫肥胖的女士披著貂皮或絨鼠皮的奢華大衣。

看著看著，B君腦中愈來愈混亂，一片茫然。他頻頻向記者問道：

「那個是男的嗎？還是女的？」

「那個是男的！」

「那個是女的！」

就連原先十分篤定的記者，也開始對自己的答案沒有把握了。雖有超過一半的舞客是正常的男士攜著正常的女士前來，但也有扮成男裝的女士，以及略施脂粉的男裝美少年，還有像前面提到的比一般白人打扮得更女性化的男子，再加上舞池裡充斥著黑人、白人和帶有黑人血統者，甚至可以看到穿著女人的晚禮服、其隆起的胸部幾可以假亂真的男人，而他身旁則站著一位同樣穿著晚禮服、卻動過隆乳手術的女人，這情況簡直教人腦筋錯亂。

B君由於精神上的疲勞不堪，加上場內蒸悶的熱氣，已經想要打道回府了。可是那位記者不讓他回去，告訴他：

「你等到十點半嘛。接下來有一場選美比賽，不看就可惜囉！」

2 歌劇《奧泰羅》（*Otello*）的主角，義大利作曲家威爾第（Giuseppe Fortunino Francesco Verdi，一八一三～一九〇一）於一八八七年完成的作品，改編自莎士比亞的同名戲劇《奧賽羅》（*Othello*）。奧泰羅是摩爾人，即膚色較深的穆斯林。

好不容易總算熬到了十點半，嘹亮的號角聲響起。B君和記者奔上夾層樓面，粗魯地闖進別人的包廂，站在包廂主人的背後俯瞰著下方的延伸台道。女裝的選美比賽開始了。一個個「佳麗」依序走出主舞台，配合著音樂在延伸舞台上走起臺步，最後走到尾端再步下舞池，消失在舞客之中。

每一位與賽者都在延伸台道上爭奇鬥豔，有人帥氣地卸下薄紗或脫去外套，也有人表演起脫衣舞。有一位的貂皮大衣下襬被客人揪住了，倏然恢復了男性本色，揚起拳頭怒罵一聲混帳，舞客頓時哄堂大笑。當然還有乍看之下的國色天香現身，這時人們便會吹起口哨並報以熱烈的鼓掌。當中有一些頗為自戀的男子，或身穿金色的鬥牛服飾，或裸著半身扮成足球員，不過在場的舞客對這些傢伙只冷眼看待。其實，男人穿男裝才是天經地義的，可在這裡反倒視之為滑稽，實在莫名其妙。

舞客醉了，與賽者也醉了，步履蹣跚。比賽在連串的爆笑聲中結束，時間已過十一點了。最後選出了第一名和第二名，獎盃頒發給了一位身穿黑色晚禮服的肥胖女子（其實是男人）。

舞客一個兩個地離開，舞池漸漸顯得空蕩。依照規定，舞廳在十二點前必須打烊。

B君舒了一口氣，走出舞廳，打在臉上的雨絲帶來了涼意。一位穿著紅色晚禮服的高壯女子在小雨中一把撩起了下襬，在奔跑中跳過一灘水，並以低沉的嗓音叫喚朋友：

「Let's take bus!」（咱們搭巴士吧！）

這景象把B君嚇了一跳。看來這位高壯的「女子」打算以這身裝扮搭巴士回家。

B君當天晚上左思右想之後，做出了以下的結論：紐約這個大都市，若是每年不像這樣發洩一回，根本無法繼續正常運作下去。想通了以後，B君這才得以呼呼大睡。

三 一個關於收費的故事

美國的旅遊指南有時會提供錯誤的資訊。書裡寫說，美國的大都市相當便利，可以儘管跑進藥妝店借用洗手間。不過，C君非常清楚，藥妝店並沒有廁所出借的服務。

一個冬日的下午，C君因工作上的需要，前去拜訪了一家美國人開設的事務所。要事談完之後，雙方聊得正起勁，C君忽然間有了便意。假若當時他借用了事務所的洗手間，就不會有後續的麻煩了，可是他有不便借用的理由。那家事務所是租下公寓作為辦公室，因此屋內雖有廁所，但C君必須經過一個面識的漂亮女祕書的桌前，才能推開廁所的門片。如果是小解倒也罷了，問題是身為一位日本紳士，他實在無法忍受自己在別人的事務所裡，況且是在漂亮的女祕書面前，久久待在洗手間裡不出來。

於是，C君笑容滿面地向他們道了「再見」，離開事務所，搭電梯下樓，來到大廈外的冬日天空下。此刻，他腦中第一個浮現的念頭是，自己該上哪裡去解決這個重要的緊急問題。

他不停地走著，映入眼簾的只有水果店、古董鋪、文具店、餐館和銀行。時間是下午四點，銀行早已打烊，況且他並不餓，也不好意思向餐館借用，再加上這附近並沒有百貨公司。

C君就這麼漫無目標地走了四個街區，總算找到一家自助餐廳，終於可以安心了。

他一進餐廳立刻點了一杯紅茶，隨口敷衍服務生的接待，眼睛已在搜尋洗手間的門了。好不容易才發現「洗手間請上二樓」的箭頭指示。

他踏著骯髒的階梯往上走。上到二樓，就看到一道門扉有著「MEN」的字樣。他急急推門而入，不料門扉竟一動不動。仔細一瞧，原來門上有個投幣器，必須擱進一枚五分錢的硬幣，門片才會開啟。C君探遍了身上的口袋，很幸運地找到了一枚五分硬幣，欣喜地心想這下沒問題了。他把五分硬幣投入孔裡，門扉就咔嗒一聲打開了。

一踏進門內，他頓時嚇了一跳，因為逼仄的洗手間裡竟擠著四、五個男人。C君不曉得他們在排隊等候，一眼瞥見旁邊並列的兩道門中有一處是敞開的，以為那間沒人使用，二話不說就衝進去。可惜他沒能成功。因為敞開的門裡蹲著一個邋遢的老頭，他猛然抬起那張憋氣使勁的駭人面容，惡狠狠地瞪著C君。

C君大吃一驚，跳了出來，在一旁目睹一切的四、五名男子都低聲笑了。

滿臉通紅的C君忙亂地拉開那道裝有五分錢投幣器的門扉，逃了出來，瞬時感到自己十分可悲。這時，他陡然想起離這裡四個街區處有一家廣場旅館。

在紐約，喜歡住華爾道夫旅館的都是些暴發戶，真正的富豪和上流人士都住廣場旅館。C君只是個沒錢的觀光客，至今還不曾踏入廣場旅館一步。

C君對於在自助餐廳上廁所已經不抱任何希望了，打算到廣場旅館挽回自己的名譽。

氣。

他近乎神速地飛快穿越四個街區，直到推開廣場旅館優雅的旋轉門那一刻，終於舒了一口氣。

在眼前呈現開來的是廣場旅館正值雞尾酒時段的金碧輝煌的門廳，以及周圍置滿燭臺形燈光的中央大宴會廳。制服泛著金光的侍者忙碌地穿梭其間，而身著晚禮服的紳士和淑女的步伐則像是踏著小步舞曲似的。這些人看起來彷彿都不具有排泄功能。

首先映入他眼裡的是右方一處化妝室的標示，也就是女用洗手間。按理說，旁邊或對面一定設有男用洗手間，可是他並沒有看到。

C君瘋狂地踩著旅館一樓的厚地毯兜來轉去。眼前所見盡是金碧輝煌與高貴優雅，他根本不知道該上哪才好。若是請教別人洗手間在什麼地方，想必也不會有人理睬。

他完全不知所措，只得又轉回門廳，細細打量。這時，一位紳士忽然從深紫色的布幔後方現身，只見那位紳士把小費遞給了探出頭來送客的一個老侍者。C君心想「一定是這裡了！」可怎麼也找不到「男用洗手間」的標示。等他細眼審視之後，赫然發現布幔上方掛著一幅偌小的玻璃畫，畫的是一個胖墩墩的紳士躺在安樂椅裡吸雪茄的圖案。

這結果令C君火冒三丈。所有的人類都應該是平等的，為何獨獨女士的洗手間得以大大方方地掛著化妝室的標示，布幔也半掩半揭，而男士的洗手間卻只能這樣躲躲藏藏的呢？不過，此時的C君再也無暇思索了，他極力保持鎮定地掀起深紫色的布幔走進去。老侍者一看到他的神情，大約早已心中有數了，趕緊殷勤地為他打開裡面的廁門，這景況讓他備感滑稽。

——C君終於解決了燃眉之急，從容地站在鏡前梳理頭髮，享受著老侍者為他刷去衣上塵屑的尊榮，再依照一流旅館不成文的規定，在老侍者滿是皺紋的蒼白手掌裡，擱下二十五分的銀幣。然後，他轉身再次賞覽那燭臺燈光輝煌的宴會廳，思忖著或許有機會舊地重遊，這才悠然推開廣場旅館的大門，走向了凍冷的戶外。

（一九五八年五月．《ＡＬＬ讀物》）

紐約聞記

這趟旅行，我幾乎沒有看電影。我心想，回日本即可看到，而且最近美國電影很快就在日本上映，反倒是比日本還靠近美國的夏威夷，新片上映往往遲了半年之久。

我把看電影的時間省下來，去了一趟好萊塢。作家克里斯多福．伊舍伍先生定居在洛杉磯撰寫劇本，他帶我去參觀二十世紀福斯影片公司的片場，可惜攝影棚內空蕩蕩的，於是他又帶我到距離很遠的一處大水池，讓我觀看電影劇組正在拍攝潛水艇的場面。工作人員拿著水管朝浮出水面的潛艇指揮塔噴灑猛烈的水柱，在這炎熱的午後增添了不少涼意。一個演員從指揮塔露出頭來，不知在說些什麼。我只看到這一幕而已。其實我向來覺得電影的拍攝過程單調又無聊，因此自己的小說被改拍成電影的時候，也很少去片場旁觀。

克里斯多福說，他打算把《約翰．克里斯朵夫》這部小說改編成電影，目前正在撰寫劇本。總而言之，這個老爹很有才華，與我意趣相投。去年秋天，他原本預計造訪日本一個星期的……

或許因為我大半的時間都待在紐約，所以對看電影沒什麼興趣。紐約是一個驚世駭俗的城市，就算哪天有隻河馬躺在街頭睡覺，路人也不會多瞧幾眼。我就曾親自撞見這樣的情況。某日，我的美國好友邀我到家裡坐坐，我打算買件玩具給他的小孩，於是前往五十七街著名的FAO施瓦茲玩具店選購。那家店平時就客滿為患，店員忙不過來，我只好倚在貨架前等候店員把玩具包裝妥當。這時，我突然看到了亨利．方達[1]。他是位身形清瘦的紳士，即便穿著樸素的大衣、頭上也沒戴帽子，想必任何人都不會認錯的。不過，他的肌膚已經呈現明顯的老態，臉上還有刮過又冒出來的鬍渣，布著血絲的兩隻眼睛有些混濁。儘管不如銀幕裡那般年輕，他仍然給人精悍的印象。亨利．方達四處打量，同樣在物色玩具。令我驚訝的是，這家店的女性顧客不少，卻沒有人回頭看他，也沒有任何一位婦人奔相走告。這情形若發生在日本，但凡有明星從身旁經過，婦人總要以連那位明星都聽得一清二楚的聲量，雀躍地告訴身邊的人：「瞧，那是亨利．方達呢！」但是，我可以確定現場還是有人注意到他。我覺得這個現象很有意思，留神注視了好半晌。兩天後，我在《紐約時報》上看到亨利．方達目前為即將在百老匯上演的舞台劇而暫住紐約的消息。

百老匯的戲劇圈向來看不起好萊塢，但基於票房的考量，他們還是經常邀請恰值戲約空檔的明星擔綱演出，吸引影迷購票入場。去年秋季，他們邀請安妮．巴克斯特[2]擔任《奇妙的平方根》（*The Square Root of Wonderful*[3]）這部舞台劇新作的女主角，可惜只是劇名新奇而已，加上女主角是個花瓶女星，沒有演技可言，整齣劇惡評如潮，不到一個月的時間就下檔了。這說明即使由當紅的電影明星主演，也未必就是票房的萬靈丹。

---

1 Henry Fonda（一九〇五～一九八二），美國舞台劇演員與影星。

2 Anne Baxter（一九二三～一九八五），美國影星。

3 美國作家卡森．麥克勒斯（Carson McCullers，一九一七～一九六七）撰寫的劇本，於一九五八年公演。又，作者三島由紀夫此處的劇名原文少寫了定冠詞「the」。

相反地，由已故美國小說家托馬斯．沃爾夫[4]的自傳體小說《天使，望故鄉》（*Look Homeward, Angel*）改編成的舞台劇卻大受好評，場場客滿，有些觀眾去年十二月預訂到今年五月的門票，依然非常興奮。這部舞台劇賣座之高，有很大程度是來自於飾演主角，即年輕時的托馬斯的安東尼．柏金斯[5]所創造出來的。

然而，我對於他在舞台上的表現不以為然。他的面孔特別小，身材瘦高像長頸鹿，手長腳長的，但肢體協調不佳，一臉灰撲撲的表情。事實上，他確實很適合扮演這個傻乎乎的鄉下少年的角色，但卻沒有表現出主角少年時代在土氣中透顯出來的藝術家特質。他確實很賣力演出，甚至演到動容處還淚流滿面，但就是缺少一股真正打動人心的力量。他還稱不上實力派的演員。會讓我這樣認為的原因是，在該片中扮演母親的喬．范．弗利特[6]（她曾經在電影《伊甸園之東》飾演詹姆士．迪恩的母親）甚至可與日本的歌舞伎名角尾上菊五郎相提並論，其精湛的演技向來備受讚譽，以致於使得同劇演員安東尼．柏金斯的演技相形見絀。

而且，這部舞台劇的劇本很普通，並非精采之作，我勉強挑出一段大概是從原著摘錄下來的對話，給予這段美麗的台詞所營造出來的影像一些掌聲。

「女人：你很喜歡火車吧？

男人：嗯，只要把耳朵貼在鐵軌上，彷彿就可以聽見那些陌生的小鎮熱鬧的喧囂，還有人們日常的交談與舉動呢……」

當觀眾在看帕特．布恩[7]主演的電影《四月薔薇處處開》[8]時，倒還能保持理智；但當他們觀看貓王艾維斯・普利斯萊主演的電影《監獄搖滾》[9]時，那種痴迷和狂熱實在令我咋舌。

單是字幕上出現貓王的名字，便響起了尖叫和熱烈的掌聲；等他唱起第一首曲子，又是一陣尖叫和鼓掌；然後是他入獄後時被剃成光頭的那一幕，戲院裡又是一片尖叫。到這裡我還能夠理解，可是當貓王飾演的角色功成名就之後變得心高氣傲，摯友為勸他回頭而出拳擊倒他的鏡頭，竟又博得了滿堂彩？接著，這一拳打中了他的咽喉，他被送到醫院，當醫生表情沉重、低聲告訴他：「你這輩子再也不能唱歌了。」居然又傳來了尖叫和拍手聲，讓我大為錯愕。日後，我去參加美國人的派對時，經常把這件事說給大家聽，眾人無不聽得捧腹大笑，甚至有個紐約的知識分子促狹地說：「只有你最後說的這場戲的鼓掌，我也深表同意。」

（一九五五年五月・《大銀幕》）

---

4 Thomas Clayton Wolfe（一九〇〇～一九三八），美國小說家，《天使，望故鄉》為其一九二九年作品。
5 Anthony Perkins（一九三二～一九九二），美國舞台劇演員與歌星。
6 "Jo" Van Fleet（本名 Catherine Josephine Van Fleet，一九一五～一九九六），美國舞台劇演員與影星。
7 "Pat" Boone（本名 Charles Eugene Boone，一九三四～），美國歌星、演員與作家。
8 *April Love*，美國歌舞片，一九五七年上映。
9 *Jailhouse Rock*，美國歌舞片，一九五七年上映。

紐約餐館指南

每個人都說美國菜難吃得很，我對於這種眾口鑠金的說法向來抱持懷疑，不以為然；但我敢斷言，墨西哥菜真的難以下嚥，至少不合日本人的口味。若要在墨西哥長期生活，那又另當別論了。

在美國菜當中，你若看到Institution food的字眼，可要特別睜大眼睛。我敢向天發誓，這絕對是難吃至極。這個詞語應該譯為「公家機構的膳食」。換句話說，亦即受邀出國的日本學者到那家大學附設餐廳吃到的餐食、得到財團補助出國的人到該財團專屬餐廳吃到的餐食、接受政府招待出國的人到各地政府單位或民間機構的員工餐廳吃到的餐食，這就是所謂的Institution food。那些從日本被派到美國的人員，不管上哪裡都只能吃到這種食物，難怪他們會齊聲批評「美國菜難吃得要命」。

此外，一般自助餐廳和Automat投幣自助連鎖餐廳[1]的餐食，我敢向天地神明發誓，真的難以下嚥。不過這些餐館收費最便宜，所以也不好百般挑剔，只能安慰自己，比起日本的廉價飯館提供的飯菜，這些餐點還算營養豐富。受到攜帶外幣限制的日本旅客，多半只能到那種等級的餐廳用餐，難怪他們要抱怨「美國菜難吃得要命」。除了飯菜難吃，店內又沒什麼像樣的裝潢，真使人搖頭嘆息，來自日本的旅客當然就愈發想念家鄉味了。

儘管如此，在美國有三個城市可以享用到美食：第一是紐約，第二是紐奧良，第三是舊金山。

我曾在某家報紙上寫過，這趟旅程在紐約品嘗到的烤牛肉，那滋味令我難以忘懷。回到日本以後，我吃過兩、三次美味的烤牛肉，只是日本多半採用英式烤法，肉的硬度比較接近牛排；可是我在紐約吃到的烤牛肉，菜譜上寫的是Prime Rib of Beef au Jus，一大片厚肉塊汨汨泌出半透明狀的鮮美肉汁，切下一小片擱進嘴裡，柔嫩得彷彿入口即化。而且那種口感，絕不是像吃罐頭碎牛肉那樣碎成丁狀，而是肉塊與毫不膩口的肉汁均勻地揉合在一起，緩緩地融化開來。原本我以為美國的牛排沒什麼特色可言，所以只點用烤牛肉來吃，想不到這種烹煮方式，居然能讓肉的滋味變得如此鮮美濃醇。躺在大盤子上的巨大肉塊，就這麼一口接一口地吞下肚了。我一度懷疑店家該不會加了某種讓肉變得柔軟的藥物（tenderer[2]），但後來忘了查問。坐落在第五十二街上、介於公園大道和萊辛頓大道之間的阿爾蕭特餐廳（Al Schacht）就是以烤牛肉作為招牌菜，果然擄獲了我的味蕾。還有華爾道夫旅館裡的孔雀廊餐廳，這家的烤牛肉也非常美味。此外，我還到過其他幾家餐館，但會讓我「大為驚豔」的只有這兩家。

紐約有許多餐館都提供一種叫Smorgasbord[3]的前菜，桌上擺滿幾十盤菜餚，讓顧客自行夾取到個人的餐盤裡。這種菜式屬於北歐菜系，可惜做得好吃的餐館並不多。朋友曾帶我去一

1 美國第一家投幣自助餐廳，一九〇二年六月開幕。以食物自動販賣機的理念大幅縮減經營開銷，其後陸續增設分店，成為全美第一家快餐連鎖企業，已於二〇〇五年關閉了最後一家分店。

2 此處應為作者三島由紀夫筆誤。Tenderer意指投標人、償還人，Tenderizer才是嫩精。

3 斯堪地那維亞式自助餐，亦稱為海盜菜，由此演變為現今的西式自助餐。

家館子品嘗，味道還不錯，可惜我忘記店名了。

紐約的義大利餐廳同樣多不勝數。我原本不太喜歡吃義大利菜，總覺得只有到當地，才能嘗到義大利麵最道地的風味。況且也唯有在義大利，才能享用得到二十幾道豐盛多采的antipasto[4]的豪華桌邊服務，所以我在紐約實在提不起興致。不過，朋友經常邀我到一家位於第五十二街上、介於萊辛頓大道和第三大道之間的「瑪利亞」義大利餐廳用餐。我記得這裡只要花上四美元左右，就能享用到從antipasto開始上菜的完整套餐，每一道菜的分量都很少，類似日本以前的資生堂或風月堂糕餅店那般小巧的分量，完全不像義大利式的擺盤，味道也很清淡，不過，這恰恰適合日本人的口味，但我還不曾在這家餐廳看過其他日本人上門。

我在紐約幾乎沒有吃過德國料理，在夏威夷倒是去過一家號稱提供德國菜的餐館，點了一份eisbein（德國豬腳），服務生竟聽不懂菜名，簡直讓我傻眼。在美國，像這樣只學了一招半式就出來開餐廳的店家很多。

西班牙菜中有很多類似馬賽魚湯的燉菜，我實在吃不來，不過格林威治村那家「海亞萊」價格便宜，東西也好吃。

在紐約也常吃到亞美尼亞菜，我經常去一家看似外行人經營的餐館，掛在門口的招牌上寫的是我看不懂的土耳其文，店內的燈光像日本的研究室，裡面慣常是高朋滿座。老闆不賣酒，我只好自購葡萄酒帶去。那家餐館叫做薩亞得諾瓦（Sayat Nova）。亞美尼里菜全都以羊絞肉為主，比方茄子鑲羊肉、番茄鑲羊肉之類的菜餚，上面澆淋摻了辣椒的醬汁，旁邊擱上一撮炒飯，再配上麵粉做成的大煎餅，這樣的餐食和紅葡萄酒再搭配不過了。另外，還有一種油炸後裹上蜜糖的甜派也很好吃，店家還會送上道地的土耳其咖啡。這家餐館位於格林威治村的布里克街和查爾斯街的交叉口。

另外，紐約的餐廳也常做魚類料理。不過美國中西部的居民和以前的京都人很像，吃魚容易發生食物中毒的觀念一直深植心底，因此從小就沒有吃魚的習慣，有不少人即使後來搬到紐約，依然堅持不吃魚（甚至包括蝦）。依我看來，這些一輩子只吃肉食的人，只嘗到了人生的一半滋味。

位於第三大道的「海王餐廳」空間明亮，卻沒什麼氣氛。我點了一隻焙炙龍蝦，女服務生立即拎來活生生的龍蝦，當面詢問是否滿意，我很欣賞這種周到的服務，所以經常上那裡光顧。這家餐廳的蝦子和生蠔風味絕佳。不過，這裡只有藍點蠔和近海產的兩、三種蠔類，若是單就生蠔做比較，這地方遠比巴黎來得遜色多了。

在珍稀佳餚方面，萊辛頓飯店的地下夜總會「夏威夷廳」提供夏威夷雞尾酒和夏威夷菜，但這些全都不合格。

接下來談談我最重視的法國菜。我沒在這裡看到像日本那家「花樹」等級的法國菜餐廳。如果想找一家價格不菲、服務生能說法語、店內氣氛高雅、菜色也不難吃的高級餐廳，我推薦

4 即義大利文的前菜。

位於東五十二街的「路易與阿曼得」和西四十六街的「香特克雷爾」這兩家，可惜吃起來總覺得比較接近美國菜。我的美食專家朋友說，有家店叫「巴黎斯．布雷司特」（位於第五十街與第九大道交叉口），空間不大，布置簡樸，還有點髒，但那裡卻是全紐約唯一可以品嘗到道地法國菜的餐館，再加上價錢低廉，所以我時常去那裡。店內的氣氛就像巴黎市井小民經常光顧的飯館，裝潢不怎麼講究，完全是憑美味的菜餚吸引顧客上門。

好了，如果還要談到中國菜，恐怕就講不完了，囿於篇幅限制，這部分留待下次的機會慢慢說明。

（一九五八年五月．《Amakara》）

總統大選

離開日本以前，大家都告訴我十一月四日會舉行總統大選，我沒查證就相信了這則訊息。按照行程安排，我當天會在夏威夷，原本打算好好地睡上一天，不理會遠在美國本土的選戰喧囂，可是抵達檀香山之後，就感覺不太對勁了。我向當地旅館的櫃台人員詢問，也問過計程車司機，他們都不知道投票日是哪一天。計程車司機不無挖苦地說：「反正我這種人是out of order，不會去投票。我才不管誰當總統咧！」自從夏威夷成為美國的一州以後[1]，這是該州州民首度享得投票權，沒想到大家都意興闌珊。

我恰巧在十一月八日投票前夕抵達洛杉磯。一走進飯店，裡面鬧哄哄的，櫃台前人滿為患，儘管我已經事先訂房，但是那一夜卻被安排住到對街的蓋洛德旅館，因為這天晚上總統候選人尼克森陣營的人馬要在這家飯店下榻。我一時大意，居然不知道這家國賓飯店是共和黨的競選總部。

投票日前一晚，街道靜悄悄的，除了按規定晚上七點以前不賣酒以外，其他沒什麼不同，只有國賓飯店裡一片鬧騰。我看到有女孩斜背著寫有尼克森名字的布條，有胸前別著義工名牌的中年女士，還有滿臉神氣、年約五十的夫婦以及攝影記者走來走去。我來到街上，印象特別深刻的是那些計程車司機各有支持的對象，其中一個五十出頭的計程車司機說：「我要把這一票投給甘迺迪！他是個有血有淚、真性情的人。不過，他推出政策主張還不到一個月，我得繼續觀察才行！」此外，我在公車上看到了一個中年婦人專注地閱讀一本傳記，書封上印著大大的甘迺迪頭像。

投票當天傍晚，我終於得以住進了國賓飯店。雖然旅人沒有特定的政黨傾向，但我對於前一晚硬是被趕出飯店那件事餘怒未消，因此遷怒到尼克森身上，暗自期盼甘迺迪能夠勝選。

黃昏時刻，計票結果即將分曉。整間國賓飯店上上下下，人人情緒高漲，我在桌前等著晚餐送來，卻遲遲不見沙拉上桌，最後只好放棄晚餐，去觀賞歌劇。等我返回飯店的時候，已經出了號外新聞，上面是斗大的紅色標題「甘迺迪獲勝！」那天晚上，我到該飯店內一間名為椰子球的知名夜總會小酌，裡面沒什麼客人，台上藝人的笑鬧表演顯得格外空虛。

那天晚上，尼克森陣營已在該飯店的大宴會廳裡舉行完預祝勝選的慶祝餐會。我看見一個老人伸手指向貼在走廊的海報上的「勝選」文字，自言自語地說：「也罷，我也不想責備他了。」

街上依然靜悄悄的，沒什麼行人。我沒多留意，不巧走進一家早已打烊的餐館，裡頭只剩一個顧客和調酒師全神貫注於吧台的電視畫面上的最新計票數字，連我走進店裡都不理不睬。整間餐館裡的桌椅都已罩上白布，只有那台電視發出激動的叫喊。

我回到旅館房間，在電視機前坐了下來，愈看愈有意思，結果通宵盯著電視畫面，一整夜都沒睡。甘迺迪幾乎已經篤定當選，尼克森只能寄望於險勝的可能性，但甘迺迪仍以些微的票數一路領先競選對手。

---

1 夏威夷於一九五九年八月二十一日成為美國第五十州。

儘管甘迺迪的故鄉正是加州，這裡可說是他的票倉，可是他在這一州的票數僅僅以「毫釐之差」領先。我盯著電視螢幕上分秒變化的票數。十一月九日凌晨四點，甘迺迪的票數終於衝到三千萬票。我一直等到他以百萬票的差距贏過尼克森，這才上床睡覺。在大選即時開票報導中插播了一則最新消息，幾乎已經確定敗選的尼克森夫婦聯袂出現在鏡頭上。表情五味雜陳的尼克森夫人流下眼淚，尼克森卻像個沒事人似的神清氣爽，微笑著發表了聲明：「我國下一屆總統應該是甘迺迪先生了。無論結果如何，我們美國人民應該團結一致，為自由與和平努力。」看到這個畫面，我覺得尼克森不愧是個老江湖。

十一月九日十點多，電視上出現了當選新任總統的甘迺迪滿臉倦容地向夾道歡呼的民眾揮手致意，並貼心地挽著懷有身孕的美麗夫人，發表當選感言的畫面。我在飯店的走廊，看到胸前別著「支持尼克森」徽章的群眾，依然在飯店裡逗留。他們的步態雖然透著冷傲威風，但較之昨日，今天看起來似乎顯得有些傻。＝於洛杉磯＝

（一九六〇年十一月二十一日・《每日新聞》・原標題〈一個旅人與美國總統大選〉）

口沫横飛

——《近代能樂集》紐約試演記

一九五七年我來紐約的時候，唐納德．基恩先生英譯的《近代能樂集》剛好就在這時由克諾普出版社出版了，並在不久後確定這部舞台劇將在外百老匯公演。我為了留下來看首演，又想盡辦法在紐約待了好一段日子，無奈最後還是垂頭喪氣地返國了。這段經歷之前已經寫過，此處略去，不再詳述。不過在逗留當地的那段期間，我學習到相當多關於紐約劇場的實用知識。譬如即便只在兩百個座席的小劇場公演，也必須耗資一千數百萬日圓；若是在百老匯公演的戲劇，預算甚至動輒高達數億日圓；還有，要籌措到這麼龐大的資金，其過程相當艱辛；……此外，我也見識到了這一切幕後工作，都與劇場相關工會有著密切的關係。

於是，我這趟旅行出發前，心裡明白雖然有機會再度造訪紐約，但最好還是別期待能看到自己的劇作上演，才不會再次嘗到希望落空的滋味。沒想到這回居然真的看到了自己的劇作唯一一次的試演，不得不說非常幸運。

這齣戲是在一處名叫白倉庫的小劇場試演。這個實驗劇場是由一位住在康乃狄克州的女士主持的，這五年以來，每一年的表演季，她總會邀集五位劇作家，於紐約格林威治村的劇場裡個別舉行一次作品試演，每週二下午開演。門票裡大約有七成都是預購五場的套票。今年表演季的戲碼除了我的《近代能樂集》，還有貝克特[1]和尤內斯庫[2]等人的小品之作。據說在這個實驗劇場試演成功的作品，有不少隨後都登上了外百老匯的舞台。在格林威治村眾多小劇場裡，這間麗斯劇場同樣屬於這位康乃狄克州的女士所有，目前晚間時段演出的是，時隔六年重新上演的《三便士歌劇》。

這位名為露西爾・羅特爾的女士非常富有，待在紐約的期間都住在廣場旅館。試演的前一晚，羅特爾女士邀請我們夫婦及唐納德・基恩先生一起去她那裡用餐。我們走過廣場飯店的豪華大廳，搭電梯到七樓，來到七〇一和七〇二室門前。這個兩間連通的大客房，即是羅特爾女士在紐約的居所，裡面擺置了路易時代風格的家具與屏風，看起來非常華麗。

羅特爾女士是個中年婦人，五官樣貌像法國人，感覺比弗朗索瓦絲・羅珊[3]更可愛一點。可以想見，她年輕時必定是個美人，但現在頸戴珍珠項鍊、身穿一襲黑色洋裝的她，從袖口露出的卻是一雙肥嫩嫩的粗胖手臂，令人咋舌。在同年齡的外國女性當中，她的皮膚該算是保養得宜的了。羅特爾女士介紹房裡一個非常年輕、但臉色蒼白的男祕書和我們認識。我注意到這個男祕書似乎態度有點懶散，個性也比較被動，與處事明快的羅特爾女士截然不同。每當羅特爾女士飛快地下達命令，他總是閉起那雙睫毛纖長的眼睛，緩緩地點頭聽命。

羅特爾女士擁有這個國家從事劇場工作的女性特有的處事才華，以及說起話來口若懸河、抑揚頓挫節奏分明的個人特質。她在啜飲餐前酒時，滔滔不絕地提醒我們一些注意事項：今晚的彩排沒有燈光照明和大型道具，如果有任何意見，請儘管向導演直說無妨，但是不要在演員

1 應指薩繆爾・貝克特（Samuel Beckett，一九〇六～一九八九）愛爾蘭裔法國詩人、小說家與劇作家。
2 應指歐仁・尤內斯庫（Eugene Ionesco，一九〇九年～一九九四年），羅馬尼亞裔法國劇作家，作品屬於荒誕派戲劇。
3 Françoise Rosay（一八九一～一九七四），法國女星。

面前提起等等。在下樓用餐之前，她拉開一片窗簾，讓我們欣賞中央公園的夜景。從七樓往下看的中央公園，樹木已成了一片枯林，底下的地面零星亮著幾盞腳燈，看來分外寂寥，其中只有一處特別燈火通明，那地方是滑冰場。微小的人影像一隻隻小蟲子般，在閃耀著亮光的冰面上兜著圈圈，看來很有意思。這感覺好似在暗夜裡偷窺稀疏樹林遠處的一場怪物聚會。

我們在愛德華提安廳享用晚餐。羅特爾女士吩咐服務生把電話機拿來擱在餐桌旁的窗臺上，在用餐期間，她總共打了五通電話。我後來明白了，她和電話之間的關係，就像磁石和鐵一樣密切，不論走到哪裡，電話總是與她形影不離。當她披著貂皮大衣，神氣地走在廣場旅館鋪著厚地毯的走廊上時，我忽然留意到她的身體略微貼近牆壁，定睛一看，原來她已經抓起設置在走廊上的電話機開始與人通話了。

八點半，我們搭乘羅特爾女士的專屬計程車去了麗斯劇場。羅特爾女士的丈夫休威茲薩先生是一位企業家，他為經常在紐約奔波的夫人想了一個絕妙的好主意。他買下一輛昂貴的梅賽德斯──賓士轎車漆成黃色，取得了計程車的營業許可，在車身噴上「二十五美分起跳」的幾個大字，要求司機路易必須隨時在旅館或事務所門口附近待命。因為在紐約只有計程車才能隨處停靠，要是自家轎車就沒有這麼方便了。

坐進車裡，我在司機座椅的背面看到印製精美的鳳尾船廣告單，原來是休威茲薩先生在威尼斯擁有的一艘鳳尾船的圖畫，上面還寫著「如果到威尼斯，請告訴船夫布魯諾是路易介紹來的」。我們打算稍後到威尼斯時去找這艘鳳尾船。

在劇場裡彩排的所有過程，都和日本的文學座劇團的彩排過程沒什麼差別，這裡應該不必詳述了。明天上演的只有《葵夫人》和《班女》這兩齣戲碼而已。由於美國人實在無法精準發出「葵夫人」的日語拼音，羅特爾女士提議把劇名改為《齋藤夫人》，基恩先生深覺不妥，將它改成了《茜夫人》，英文譯為Lady Akane，我認為這是個相當優美的劇名。順帶一提，羅特爾女士之所以想到「齋藤」這個姓名，應該是從紐約一家著名日本料理店的店名聯想而來的。

*

翌日，終於到了試演當天。

這天早上，我雜事纏身，離開旅館趕赴兩點半的開演時，竟忘了買花送給《葵夫人》女主角安・米查姆[4]，於是，我在兩點十分時衝進一家花店訂了一打碩大的白菊，請店家在三點前把鮮花送到後台。後來米查姆女士向我致謝，看來美國的花店果真使命必達。安・米查姆女士自從演出了田納西・威廉斯[5]的劇作《突然之間，去年夏天》[6]以後，立時躍升為領銜主

4 Mary Anne Meacham（一九二五～二〇〇六），美國舞台劇演員、電影與電視女星。
5 Tennessee Williams（一九一一～一九八三），美國作家與劇作家。
6 *Suddenly, Last Summer*，安・米查姆參與一九五八年的公演。

演，目前在外百老匯公演中的《海達．高布樂》[7]同樣廣受好評，甚至被譽為外百老匯的最佳女演員。

來到劇場的觀眾，女士多半穿著毛皮大衣，以年輕人居多，包括《紐約時報》和來自丘園地區的評論家，以及其他正值舞台劇公演期間的女演員和製作人都來共襄盛舉，總而言之，來看戲的以同業居多。《班女》開始上演了。背景只有一片黑幕，前方擺著畫布和畫架。畫家實子穿著黑色的工作服、披著紅外套，披頭散髮地奔了進來。……這齣舞台劇的整體分數，包括導戲和演技在內，頂多只有日本的衛星劇團的表演水準。昨晚沒睡飽的我，在這三十分鐘的單幕劇中頻頻呵欠，還打了兩個小盹。相較之下，《葵夫人》就相當不錯。飾演護士的蘿斯．阿莉克女士雖然演得有點卡通化，仍不失精湛的演技，而飾演光的邁可．卡蘭先生絲毫沒有嘻皮笑臉，成功地詮釋了這個嚴肅的角色。其中，最令人震撼的就是安．米查姆女士了。那件運用了中國服設計元素的黑底綴金和服十分奇特，穿在她身上顯得比昨天更優雅，盤起的金髮和妖豔的妝容更是畫龍點睛，她深沉而柔和的聲音，清晰的發音，詮釋了中年婦人對愛情的執著和嫉妒的表現……，這一切都與我夢想中的六條康子的幻影極度神似。唯一美中不足的是最後一幕，原本葵夫人該從床上摔落地面而亡，卻改成了尖叫一聲後在床上死去，把整齣戲的結局搞砸了。大概是導演擔心飾演葵夫人的女演員會受傷吧。

舞台劇於四點左右落幕，隨後在劇場二樓舉行雞尾酒會。當我赫然發現其中一位觀眾竟是伊藤整[8]先生時，簡直無法形容心中的喜悅。換做是我去到某個外國城市，即便恰好得知有同為日本作家的戲劇舉辦試演，大概也提不起興趣去看吧。

在雞尾酒會上，有位導演找我聊談，說得口沫橫飛，而且正如這句話所形容的，果真從他的嘴角噴出一口白沫到我西裝的袖子上。他連聲道歉也沒有，繼續暢所欲言，一邊講話一邊伸出手指拚命搓抹我袖子上那塊沾到白沫的地方，這舉動令我吃驚不已。我馬上把這件事轉述給伊藤先生聽，伊藤先生很開心地告訴我：

「這位導演居然會伸手搓抹，真有意思呀！換成是日本人遇到同樣的情形，不是道歉，就是佯裝不知吧！」

當天深夜一點，我在旅館電梯裡買到剛出刊的《紐約時報》早報，拿回房裡讀，感覺有些興奮。報導中盡是連篇讚美，我完全沒有預料到會得到這麼高的評價。不過，報上的劇評經常對在百老匯公演的戲劇大肆撻伐，但對於在外百老匯基於熱愛戲劇而演出的作品、或是只舉辦唯一一次的試演，評論家通常會手下留情，這個因素不能不列入考量。

羅特爾女士旋即打來電話道賀，我也向她恭喜演出成功。我想像著在深夜的廣場旅館那間優雅的寢室裡，歡天喜地抱著電話的羅特爾女士那徐娘半老的嘴角口沫四濺的景象。不過，仔

---

7 *Hedda Gabler*，亨利克．易卜生（Henrik Johan Ibsen，一八二八～一九〇六，挪威詩人、劇作家與劇場導演）劇作，安．米查姆參與一九六一年的公演。

8（一九〇五～一九六九），日本詩人、小說家、翻譯家與藝文評論家。

細想想，今天從大清早到深夜，我這張嘴還真是講了一整天沒停過呢。

（一九六一年一月·《聲》）

金字塔和毒品

在並未受人之託下，已經環遊世界三趟的旅人，早已磨成了一個老滑頭，不會事事大驚小怪了。饒是如此，首度造訪的地方仍會覺得新鮮。雖說新鮮，可就算對威尼斯的奇景十分感動，腦子裡還是會先浮現「倒也不必對威尼斯給予溢美之詞」的念頭。

儘管這樣，有幾幕景象至今依然深深地烙印在我的眼底：葡萄牙首都里斯本的絕妙之美、開羅金字塔那奇妙而鮮活的存在感、香港鴉片窟猶如夢魘般的晦暗氛圍……這些都是絢爛的記憶片段。我在這趟旅行中，特別希望自己能夠盡量體會那稍縱即逝的感官享受。

比方金字塔的存在感就相當獨特，令人很不舒服。早前，我已在墨西哥看過階梯式金字塔不祥的樣貌了，但墨西哥的金字塔四周都是叢密的森林，那種程度的陰森我還能夠應付；可是開羅這裡的金字塔卻是在沙漠中拔地而起，並且緊鄰著現代城市，這種裝腔作態的金字塔所散發出來的陰森氣息，不知要可怕多少倍。有人邀我到高爾夫球俱樂部的陽臺上，我不經意間回頭一瞥，望見金字塔宛如重重壓在尤加利樹高聳的樹梢上時，頓時感到那東西「在那裡」。這和半夜起身小解時一打開廁門，赫然驚見鬼怪「在那裡」時的感覺，應該是一樣的吧。

鬼怪還和人長得有三分像，沒那麼恐怖；但是金字塔完全屬於無機質，況且那種存在並非只是埃及的廢墟那種建築型態的單純石塊，而是一種不上不下、令人反感的存在。那種存在會永遠橫亙在人類與精神之間，帶著惡意妨礙人類與精神的親密結合。歐洲所有的遺跡，從最典雅到最低俗的遺跡，統統都含有這種人類與精神的親密結合，唯獨埃及建造了這種令人反感的紀念碑。金字塔雖然是為了某種明確的目的而建造的，但如今看來，它只像是為了「在那裡」，亦即為了存在而存在著。埃及人為了對抗死亡和永恆，似乎發現了單憑人類的力量絕對不夠，還必須加入精神的力量才行，所以才想借助某種巨大存在的力量，共同對抗。於是，人類被埋進了存在之中，唯獨金字塔依舊「在那裡」。

這確實是某種文明的做法，也確實是某種宗教的歸結；然而，那亦的確是讓人頭暈目眩的黑暗文明。直到我遊歷過歐洲以後來到這裡，這才弄清楚，原來歐洲不過是一小塊大陸的特殊文明型態罷了。

不過，我冬天在歐洲旅行時，每天都渴望見到太陽。當我在巴黎和漢堡，看到店家在白天依然沒有關掉霓虹燈時，不禁十分錯愕。早上起來，分不清窗外是晨光還是黃昏的微明，霓虹燈的光線依然燦爛，比夜裡看來還要鮮豔。巴黎的冬季，天空總是一片陰霾，那種凍寒，那種永遠的鼠灰色……，還有到處閃爍著的冷色調的霓虹燈，使我完全無法忍受。我實在很懷疑，為何人們能在那麼陰鬱的冬天活下去？直到此時，我才明白日本這個國家蒙受了太陽的無比恩典。

然而，等我來到埃及，果真見到了輝耀的太陽後，我彷彿看到了從那裡到亞洲，有一種極度黑暗的文明，那是歐洲人過去從來不曾藉助過那股力量的存在學的文明，開始啟動了。

至於將人類快速還原成純粹的「存在」的方法，應該就是毒品了。中國人建造萬里長城的那種令人反感的樣貌，以及同為中國人發明的鴉片——亦即，為了與死亡和永恆對抗，而將人類的肉體改變成純粹的存在的祕密方法，這兩者之間肯定暗中有某種關連。

事實上，即便在埃及，我在開羅南郊遊客稀少的達蘇爾那座半圮的金字塔下，看到了被埋在沙堆中的哈希什[1]原料的草叢。在沙漠吹來的微風中，這種毒品的草葉搖擺著尖銳的身軀。

香港。我第一次看到的中國城市。中國大陸已經明令禁止的古老敗德，也隨著大量難民一起逃到了這裡，苟延殘喘。

在十個警察進入搜捕、穿過那片逼仄小徑迷宮走出來時，只剩下八個警察的那座九龍城寨[2]，我緊盯著前方熟門熟路的領路人的手電筒燈光，隨他穿梭在這片暗街小巷。

深夜時分，家家戶戶已經關上擋雨窗，趕夜工的紡織工廠傳來單調的機械聲，我們沿著臭水溝，在彎彎曲曲的石階小路爬上爬下。猶如高處石室般的屋子二樓的小窗，像在這一片黑中開了一個暗孔。偶爾朝幾處洩出燈光的屋裡看一眼，只見那些在茶館廳堂裡搓麻將的人們凶狠地瞪著我們。路邊，炒蒜頭的氣味催人作嘔。我們走在人跡罕至的暗巷，蒜頭的氣味不再明顯，取而代之的是濃濃的血腥味。人們似乎在這裡私宰豬隻。一個年約五十、穿著黑色中國服的男人，久久倚在某一戶屋子的門邊，黑暗中只看得見他的半邊身影。他目光迷離、眼睛黃濁，臉部皮膚鬆垮垮的像馬糞紙的顏色。這個男人很明顯的是鴉片成癮者。

他真真確確地「在那裡」，就和金字塔的「在那裡」一樣。那張墮落到存在底層的面龐，看起來只像是一個小洞，已經完全失去了臉部的機能，而那相當於我們要立身於社會的憑證。那個洞雖然小，卻很危險，若是朝洞裡探看，肯定會看到整個世界正在往下掉。

可是，那依然表示存在過。它的曾經存在，嘲笑著企圖將人類和精神連結起來的一切歐洲作風的努力。我知道，這種面容仍存在於世界上的每一個角落。當我們忘掉這種面容、兀自過著生活時，也很樂觀地忘記了死亡和永恆、兀自過著生活。畢竟，我們還有很多人事物得應付！

（一九六一年一月二十八日．《每日新聞》．原標題〈金字塔和毒品——沒有感動的旅人〉）

1 Hashish，由印度大麻提煉而成的麻醉藥品。
2 在今日九龍城裡由居民獨立自治的一座圍城，此地犯罪率極高，於一九九三年全數拆除。

旅途之夜

在香港

香港，深夜時分的岩岸邊。我們的車子才剛停下，一個蹲在倉庫前微暗處的中年婦女趕緊站起來，跳上自己的舢舨並高聲招呼我們搭乘。冬夜，水面靜謐，隔著泊在岸邊的無數帆船桅杆朝彼方遠眺，可以望見新落成的大廈燈光，彷彿高高地懸在天際。

這裡是蛋民[1]的聚落。他們使用蛋民獨有的方言，過著與世隔絕的生活。A先生領著B先生和我搭上一艘舢舨，這條小船覆著一頂防水的半圓柱形的篷蓋，內面彩繪著豔青色，並以洋紅色的竹條交錯著綳緊頂篷。篷子裡的小房間鋪著花席子，兩側壁面掛著裝框的家庭照片，以及電影女星的照片，正中央則貼上伊莉莎白女王的肖像。

女船家把我們請進船艙，又拿毛毯蓋在躺在船頭呼呼大睡的兩個小孩臉上，然後搖櫓出發。

啟航之後，漆黑的水上萬物闃靜，人聲寂然。靜靜的水面泊著一艘艘停泊的黑影，舢舨穿梭其間，唯有搖櫓聲嘎吱作響。前方可以看見明亮的小船上蒸氣氤氳。那是一艘賣粥的小船，熱鍋旁圍坐著三個老翁和老媼，默不作聲。一個面孔黧黑的男人呆坐在船舷，木然地望著水面，他的面孔比水還要黑，像座木雕似的一動不動。

經過明亮的賣粥船後，又繼續划了一會兒，朝向船燈綽綽之處靠了過去。我們望見前方有幾艘舢舨串接在一起，那亮晃晃的燈光連艙內都可以看得一清二楚，宛如倏然闖進了別人的屋子裡。

一隊打橫停泊的串接舢舨像三合院似地圍出了一個水上中庭。我們正前方那艘的船尾插著祭祀土地公的紅綠紙旗，幾支粗大的線香裊裊升煙，洗臉盆和琺瑯壺就擱在旁邊。

那艘舢舨的外觀和我們的相同，青色和白色交織的篷蓋內側同樣綳著洋紅色的竹條，不過裡面掛著帶有玫瑰圖案的布簾，而小隔間的牆上也貼著印花布，為這水上夜景展開一幕美麗而可愛的屋內風情。

也有別艘舢舨在隔間門口的牆面，垂掛著式樣花俏的廁紙卷。從正面往裡探瞧，以花布鋪飾的神壇上，總是擺著一面大鏡子，遠遠地，在黑暗中映出了我們搖曳的船影。

鏡子旁邊還有美人掛曆、熱水瓶以及成套的咖啡杯壺等物件。

船家女的年紀都不大，略施脂粉，身穿淺色的中國服，面無表情，彷彿對周遭的一切皆不關心。由於寒冷，也有女子只從被褥下探出頭來，茫然地望向我們。那張帶著妝的扁平臉孔，像個稚幼的孩童。有船家女邀來隔鄰的朋友，拿塊木板擺在膝頭的蓋被上，有一搭沒一搭地玩起了撲克牌。紙牌背面紅金相間的圖紋，在那泛黃而纖瘦的指縫間忽隱又現。即便我們的舢舨碰靠到她們的，發出了呻吟般的悶沉聲響，她們也毫不介意地繼續玩撲克牌，宛如在舞台上演

1 中國的少數民族，也寫作「蜑民」或「但民」，多數分布於福建、廣東沿海與附近的珠江流域，居住在水上。

戲似的。

一艘舢舨上載著船客，垂下了玫瑰印花的布簾，映出了頗堪玩味的身影。船客似乎正要離開。

「花上兩千港幣（合一萬二千日圓）就可以外帶一個人。我有個朋友曾向老鴇一口氣包下六個。」A先生喃喃說道。

……回去吧。一艘舢舨上陡然發出了深夜的雞啼，把我嚇了一大跳。在水面上聽到的雞啼，分外陰森。

聽說，蛋民把小雞關在籠子裡養，直到大得可以吃的時候就把雞抓來灌酒，將整個胃灌得滿滿的，再割斷頸動脈放血，這樣就可以吃到鮮白又肥嫩的雞肉。

在格林威治村

每回到紐約，最讓人思念的就是格林威治村。深夜兩點，我和妻子穿上毛衣，搭上計程車，告訴司機載我們去格林威治村。司機問說：「你們是來國外表演的嗎？」我們不置可否。在他眼裡，我們大概像說相聲的夫妻搭檔吧。

我們在格林威治村信步而行，進了「Duplex」。這裡的二樓是風格獨具的夜總會，這個時段沒有營業，而一樓則比路面低一些，像是地下室，開著一家普通的鋼琴酒吧。裡面和一般的酒吧一樣，東西散亂一地，幾乎找不到站的地方。不過，在美國，再怎麼髒都不至於到不衛生的程度。這種髒亂是人為的，或者應該說是實驗室的那種骯髒。

我的意思是，那不是日常生活中產生的髒汙，而是壞掉的燒瓶和試管散落四處的那種髒亂。

我掏出一元美鈔，拿了兩小瓶啤酒，把找零塞進口袋裡，就著瓶口仰頭灌了一口。當地的那些波希米亞人很快就來找我們搭訕。鋼琴聲戛然而止，一個喝得爛醉的金髮女郎起身，朝那位混有黑人血統的鋼琴師嚷了句什麼，鋼琴師沒有回話，她便找我們說了起來。

「今天晚上我們在這裡為那位鋼琴師舉行一個小小的送別會，你們要不要一起參加？」

「謝謝邀請。」

「那個鋼琴師要去紐約了，今天是最後一晚，這裡以後就要冷清了。你們來瞧瞧，這些是我們送給他的禮物喔！」

她醉醺醺地像翻找鏡臺上的化妝品似地，淘尋著擺在大鋼琴上的各種物件。我把那些禮物的一覽表列在這裡：

一、沒有花的康乃馨花莖；

二、酒芯巧克力的盒子，但只有空盒；

三、傘柄；

四、五枚羊齒葉；
五、舊的軟呢帽，但只有帽簷；
六、標題為《原子能》的科學書籍。
這些物件在布滿塵埃的琴蓋上散亂擺放。目睹此景，我終於確切地感受到自己果真身在格林威治村裡了。
「你們是來外國表演的嗎？」金髮女郎問道。
這回我否認了。那個金髮女郎於是毫無顧忌地詛咒起演員這個行業。
「再沒有比這一行更神經兮兮的了！演員當久了，就會變得誰也不相信，愈來愈討厭每一個人！」
我聽著她沒完沒了的抱怨，忽地想起，昨天從朋友那裡聽來一樁關於某個知名芭蕾舞團的內幕。聽完以後，令我對芭蕾舞團完全幻滅。他告訴我，前一刻還在舞台上飾演英雄的某位壯碩舞者，在落幕之後的慶功宴上抓著他整整發了兩個小時的牢騷，諸如「教練只寵愛B，對我不屑一顧……某某到處說我的壞話……」云云。
洋女人一喝醉就顯老。這個金髮女郎雖然五官姣好，在酩酊大醉之下，凹陷的眼窩裡的皺紋隨著抽搐而泛出淚光。她頻頻以指甲豔紅的手指撥撩髮絲，這動作代表她對自己的頭髮具有迷戀般的執著。
「好羨慕你們可以像這樣到處旅行喔。我也很想逃離這裡，卻怎麼也逃不出去，永遠都逃不出去。從前有個男友說要帶我去日本，後來我和他分手了。反正就算我們沒分手，他也不是一個會遵守承諾的男人……」

我們實在招架不住這種沒完沒了的牢騷，趕緊匆匆離開了「Duplex」。

（一九六一年一月二十九～三十日．《東京新聞》）

美的反面

這趟旅程，我不再刻意尋找「美」了。對於那些名傳遐邇的眾多美景，譬如風景、美術館、建築、名山、大川、湖泊、劇場等等吸引目光的剎那之美，旅人很快就感到厭倦了。早在出發之前，我已懷抱著一個桀驁不馴的夢想，盼望此行能夠邂逅這世上最醜的東西，甚至連「醜陋之美」也稱不上的徹底顛覆美學感受的東西。

然而，再沒有比定義美學意識、美學感受，更困難的事了。美的標準，並非俯拾可得。既然沒有絕對的美，也就沒有絕對的醜。這個道理誰都懂。

可以肯定的是，我們的美學意識在歷史和諸般體系的守護之下，演變成相當精妙的東西。在這層基礎上，繼續灌輸嶄新的知識，予以豐富、增大、拓展，從而促使一個人的審美觀得以遍及廣泛的範疇——從內心深處的肉慾乃至於膚淺的新知。期待能出現讓人眼睛一亮、前所未見的美，無疑必須具備能夠分辨鮮花還是牛糞的美學意識，那更是自我改革的必要條件。但是，新穎的領域，立刻會被消融進舊有的領域裡。令人不舒服的感覺，馬上會被遺忘，成為另一種清澄之美，並於不久之後，同樣遭到人們的厭倦。這個過程和情色的法則十分相似，那是因為我們將自身擁有（我們以為自己擁有）的美學意識，當成一種機轉。這種機轉巧妙地運作，正如腦髓組織那樣，甚至訓練到可以隨機應變，也就是按照對象做出各種的合宜反應。儘管如此，我們還不滿足。於是，人們不得不對美學意識的機轉，設定出另一套完全相反的精巧機轉。那是什麼呢？這種東西哪怕我們掏出幾千把量尺，也永遠量不出這種東西的正確尺寸。這種東西永遠背離我們的美學觀點，其一切細節都能巧妙地躲開美學感受，自始至終維持醜陋的新鮮度。……假使真有這種東西，它究竟是什麼呢？

我這顆清閒的腦袋瓜，已經好久不曾為這等無意義的想法而飽受苦惱了。如果要在這裡創造出這種東西，我腦子裡已浮出一幅概略的草圖了。那是史上所有墮落型態的混合物，那是讓人不舒服的現實，那雖然應該徹底缺乏獨創性，但怎麼試都會變成一件滑稽作品。當美要創造出與其反面之物時，一定要仰賴某個批判性的契機；只要有批判，就必定會誕生出另一種美。於是，我們必須非常小心，以免那種相反的機轉，會出現如前所說的來自批判的必然生產性。況且，如果美捨棄了批判的本質，就會變得極度貧乏，不過這也屬於某種美，一種叫做「老掉牙的美」。

緣此，環遊世界可以說是「美的氾濫」，就像赤腳走在美的泥淖中，我們的腳踝完全陷在美的裡面了。因為這個世界，樣樣皆美。某個看法甚至偏見，創造出美，而這種美又衍生出其他類型的美，形成了美的龐大家族。對許多藝術家而言，如何不掉進美的陷阱，是一個相當淺顯易解的課題——只要不要停下腳步，一直往前走就行了。結果這些藝術家無一例外的，一個接一個都掉進美的陷阱裡了。美，像隻鱷魚張開大嘴，等待下一個獵物自己掉下來，而人們又以提升素養的名義，慢慢咀嚼它吃剩的殘渣。

每一個國家，每一個地方，總有一張暗沉而醜陋的臉孔，從歷史的深淵緩緩浮現，那張臉嘲笑所有的美，巧妙地徹底違背美的機轉。在前一趟旅程中，我暗自抱著這份期待，然而，無論在墨西哥仰望馬雅文化的金字塔時，抑或在海地觀看巫毒教儀式時，映入我眼裡的，只有美而已。

*

美利堅合眾國的一切都很美。這個國家令我佩服的是，儘管到處都受到商業主義的極度支配，卻沒有呈現出獻媚似的美。相較之下，義大利的威尼斯則像個衰老又掉牙的娼婦，穿的是破破爛爛的蕾絲衣裳，全身泡在陰濕的毒氣裡。位於美國加州的迪士尼樂園，就是一個很好的例子。這地方的色彩和巧思，不帶有絲毫使人睹之心酸的馬戲雜耍風貌，而是洋溢著適度的高雅格調的商業藝術氣質，並且包羅了各種層級的感性。在暢銷雜誌的廣告欄上，經常可以看到美國的商業藝術是如何將超現實主義和抽象主義裹上甜美的糖衣。唯有美國，會將現代美學的普遍模式，運用在日常生活的所有面向；或許全世界只有美國的商業藝術，堪稱具有生命的美學模式。郵購對於美學模式的普及與傳播，具有很大的貢獻，無論人們是否稱之為順從主義，藉由這種流通管道，那柔和的、舒服的、合宜的冷調色彩與巧思的美學模式，就此在美國龐大的中產階級間散播開來，甚至影響了家具和廚房設計。只有那些富豪階級，才用得起怪誕而不潔的古董來裝飾屋裡。大至噴氣式飛機、小到電冰箱的機能主義設計，都能讓人感到適得其所的，恐怕也只有美國了。在巴黎，那些仿造巴洛克建築的昏暗廚房裡，居然堂堂擺上一台純白色的電冰箱，簡直和日本的老廚房沒什麼兩樣。

實際上，美國根本沒有任何東西是違反美學的，這是美國的特色。不論我們去到什麼地方，總能適切喚起我們的知覺，讓我們適度入睡。推開旅館的窗子，映入眼簾的景物，沒有任何一樣會讓旅人覺得不快和醜陋而發抖的。就連紐約街上的噪音，也頂多像比較吵的音樂盒而已。即便是可怕的「庸俗感」，在美國也完全找不到蹤跡。

認為摩天樓具有美感，是從我們父祖輩傳承下來的感覺。如今，更具有機能性的現代摩天樓（比如西格拉姆大廈）一棟棟落成，也多虧這近似的高度，才得以掩飾了新舊摩天樓之間的美學模式差異。這時，兩者美學模式的明顯差異不成問題，同樣對人們從下仰望的視線產生威嚇，同樣成功地帶給人們一種極度相像的「具有優勢」的美感。巨大，總是凌駕於一切美學模式之上，這類古代例證在羅馬尤其容易看到。然而，這種巨大容積的單純幾何學型態，已經無法讓我們感受其屬於任何一種美學模式，充其量只是一座存在於該處的建造物，比方開羅的金字塔就是如此。事實上，開羅的金字塔原本具有最徹底違反美學的性質，可是觀光客賞覽風景的美學意識，將它們完完全全地認知成「美」。這是由於金字塔周圍的沙漠、駱駝和椰林造成的影響。……假如這些金字塔坐落於紐約第五大道的正中央，想必它們就會明白自己距離美有多麼遙遠，並且害怕、恐懼、震懾於環繞周身的紐約之美，深感汗顏。

在美學的領域裡，已不存在「會使資產階級感到害怕」的東西了。超現實主義已是古老的神話，抽象主義成為理所當然的美學模式。然而再過不久，想必抽象主義也將成為過去，如同哥德式藝術在中世紀代表的意義一樣。就算在模特兒身上塗抹顏料，然後要他躺上畫布滾動，這種創作方法固然可悲，但很明顯的，人們早已認定在畫布上留下的痕跡就是一種美學。我們再也不能像威廉・布萊克[1]描繪的物質主義代表者《建造金字塔的人》的肖像那樣醜陋，侵犯美學直至骨髓，因為我們目前生活在一個沒有排拒、憎惡和鬥爭的美好的「民主主義時代」，並且延續了近代的博雅教育主義的思惟，使得我們對歷史上任何罕見的美學模式，都能以寬容的態度面對。

香港。在這個著實異樣、令人戰慄的城市裡，我覺得自己終於見到了尋找已久的東西。

我這一生從未看過這樣的東西。遍尋記憶，大概只有兒時看過在招魂社[2]裡表演雜技的廣告招牌上的圖畫，勉強能和它一較高下吧。我幾乎無法形容那些五顏六色有多麼醜陋。那地方的名稱叫 Tiger Balm Garden。

*

虎標萬金油是一種止咳感冒藥的名稱，發明者是胡文虎先生。胡先生從自己的名字當中取了一字作為藥名，並靠這種藥掙來億萬財富，然後獨力耗資十億圓打造了這座園林。這位知名的博愛主義慈善家，不但終生捐贈龐大的金錢以奉獻社會，更免費開放園林讓大眾參觀，期盼達到勸善懲惡的教化功效。這座園林於一九三五年落成。

「虎標萬金油是
居家旅行良藥
救急扶危功效
宏大風行世界」

這是虎標萬金油的廣告詞。接下來這段文字則是花園的英語宣傳譯文：「世上哪裡還能看到比香港虎標萬金油花園更具有典型東方美的景色呢？」

毫無疑問的，這座花園確實致力於追求美的境界。

因此，我認為即便胡先生的動機並非全然單純，但其企圖和方法論，幾乎等於在中國實現了埃利森·坡[3]小說《阿恩海姆樂園》裡面那位主角的願望。埃利森說：

「從我前面那段話，你應該已經猜到，我反對重現鄉村原始風貌的自然之美。因為自然之

1 William Blake（一七五七～一八二七），英國詩人與畫家。

2 明治維新之後，奉祀為國捐軀英靈的神社。東京招魂社於一八七九年改稱為靖國神社，各地的招魂社則改稱為護國神社。

3 此處應是本書作者三島由紀夫的筆誤。後文提到的《阿恩海姆樂園》（*The Domain of Arnheim*，一八四六年出版）的著者是英國小說家愛倫·坡（Edgar Allan Poe，一八〇九～一八四九），三島由紀夫將著者的名字誤植成小說主角的名字。該故事描述一位埃利森先生繼承了一筆龐大的遺產，決定要花用於打造一處風景園林。

美，終究不及加工過後的美。」

埃利森又說：

「我渴望的是寧靜，而不是孤獨的憂鬱。（中略）所以，緊鄰繁華都市、或是離繁華都市不太遠的地方，應該就是最吻合我這個計畫的地點了。」

埃利森還說了以下這段最重要的話：

「在一成不變之中，最忌諱的景觀是遼闊，而最糟糕的遼闊則是一望無際。這和遁隱的情感格格不入。當我們登高山，極目四望，一股遺世之感油然而生；至於有心病者，則會恐懼一望無際如同害怕疫病。」

虎標萬金油花園矗立在香港島中央的斜崖上。這座占地面積達八英畝、以水泥和石塊打造而成的園林，其迂迴的結構不時遮擋了遠眺的視線，遑論一望無際。因此，我必須先為讀者導覽這座奇怪的園林。這座委實奇怪又醜惡、和吸食鴉片者的夢境一樣怪誕的園林，雖然和埃利森抱持相同的美學企圖，但是建造的結果卻是處處違反了美學的原則。

入口處是一道矮胖的白色樓門，兩面銀色的門扉大敞，門柱漆成朱紅色。兩頭水泥白象鎮守在大門的左右兩側。接下來的文章不再對材質逐一贅述，總之，園裡一切奇工異巧全都是水泥打造，並且漆上各種顏色。門匾書有「虎豹別墅」幾個大字，樓門為綠瓦鋪頂，屋簷兩端各有一尊虎豹彼此嘯吼。門樓的第二層有一尊蒼白得可怕的裸身坐佛，佛面朝內。每一個角落都遍布了這種令人毛骨悚然的性感。

從那裡爬上一段漫長的坡道，左手邊出現了禁止遊客進入的三層樓府邸的庭院，陽臺上蹲坐著白象，以及兩個警官的水泥塑像，手裡托著上了刺刀的步槍，宛如在戒護這棟建築。院子裡有青銅製的鹿在嬉戲，灌木都修剪成人偶造型，上面還一一掛著老翁的陶製頭像。幾何構圖的小徑兩旁擺上一盆盆白菊，小徑的盡頭是一座陶製的小亭榭。

爬到坡頂上，迎面是色彩繁多的崖壁，在一片凹凹凸凸的南宗畫風水泥造型上，布滿了神龍、鳳凰、獅子、仙鶴，以及在濤岸上聳肩瞪眼的鷲鷹等等，崖面的中段掛著好幾個小亭子，崖面的下段則是許多不規則的岩棚，上面擺著把枝條調整成奇形怪狀的盆栽。右邊有一處平凡的車庫，裡面停了五、六輛車子，鑲有竹子、松樹、鸚鵡等圖案彩繪玻璃走廊，一路延伸到蓄水不多的池子前。

遊客從這個池子，也就是位於剛才走上來那條漫長坡道右邊的水池，繼續爬上一段石階，總算得以盡情賞覽虎標萬金油花園的奇景。

在仿造白色鐘乳石洞的奇特崖洞裡，設計了複雜的迷宮，我看到工匠正忙著把油漆快要剝落的部位補上白漆，整座園林色彩鮮豔，宛如昨天才剛落成。崖壁上有三座形狀各異的佛堂，每一座佛堂裡有三尊背靠背的佛像，嘴唇和指甲是豔紅，佛裳漆成金黃。繞著迷宮繼續走，沿途的崖洞分別盤踞著黃龍、河馬、犀牛等動物張開鮮紅大口的龐然塑像。經過了永無止境的爬上走下，終於到了最上面，也就是矗立在這座園林中央的虎塔。

虎塔是一座高達一百六十五英呎的六層樓建築，耗資六千三百萬日圓的白色大理石塔，只有假日才開放內部，讓遊客登塔。

虎塔後方的石崖上是一處水泥打造的動物園，斑馬、袋鼠、鴛鴦、白鶴、山羊和大猩猩等動物交互打鬥，在混戰中有一隻嚇人的恐龍昂首抬頭，還有一幕題名為〈黑白爭巢戰〉的黑鼠和白鼠開戰的場面。頭戴綠色頭盔的白鼠司令官高舉著「令」字紅旗，還有一群拎著紅十字醫護提包的老鼠忙著扛擔架運送傷兵。旁邊另有一群莫名其妙的豬身人偶，小豬被按在砧板上剁掉腿腳，流出了逼真的鮮血，而身穿白衣、罩上華麗圍裙的大母豬，正在享用美味的小豬腿。

虎標萬金油花園的遊客就這樣走在彎彎曲曲的通道上，猜想接下來會看到什麼樣的景象，但是絕不會有任何人猜中答案。

其次是身上半裹著黃衣的六祖泥像。這尊古代佛僧的泛黃的胸口肋骨浮凸，據說祂長達二十四年不曾進食。接下來是怪誕到了極致的地獄極樂圖，在捧獻神桃的眾神，以及騎乘龍馬的神將和天仙的腳邊祥雲之下，鋪展出一幅地獄的光景，亦即罪人被打入油鍋地獄、石壓地獄、鐵樹地獄、戳目地獄、血池地獄與銅柱地獄等地方的可怕身影，這裡用了大量的血紅色油漆，以寫實手法描繪出陰森淒慘的圖像；與此同時，這座園林也沒有忘記加入童話風格的設計巧思，寫著「地府刑車」幾個大字的現代汽車滿載著罪人駛了過來。

園林的其中一項特色是一切都是靜止的，這和其他任何一家遊樂園都不一樣。胡文虎先生似乎不喜歡電動設備。在胡先生的庭園裡，所有的景物皆是用水泥固化起來的永恆，每一個激動的瞬間全都像死去一般，在靜止中蒙上塵埃，老虎永遠在吼嘯，罪人永遠在呻吟。在這種奇妙而不朽的死亡氛圍裡，似乎蘊含著胡文虎先生的美學與經濟學的結合。

夕陽餘暉從松林間灑落，把高聳山頂的大紅寶塔照得熠熠發亮。這裡有征戰不息的人偶，這裡有清帝出巡隊伍的人偶。他們前往之處是蕭颯寂寥的華清池。仙女圖浮雕的綠色屏風，以及盤龍圓柱一起形成了奇特的蔭影，侍女們遮舉著桃色布幔，圍住表情有些痴滯的楊貴妃，而閒來無事的楊貴妃正在池裡沐浴著。

這裡的楊貴妃，還有接下來的馬戲團女演員們，以及一群表演摔角的女子，……虎標萬金油花園裡的諸多裸婦，格外引人注目。那是抹上了白色顏料，色澤慘白的水泥裸體，而嘴唇上的豔紅，則固執地強調肉體的存在。誰會想像得到，居然有如此猥褻的裸體呢？這種塑造泥像的方式，強烈地迫使人們極度焦慮地盯視那永不消失的性感，亦即在猥瑣的白色顏料底下的水泥肉體所呈現出來的玲瓏曲線、凸隆乳房，以及柔嫩的下腹。這種心態幾近於姦屍，正如同看似肉體陰影、實則落滿裸像全身的灰塵，與其說這些灰塵是恰巧落在裸像身上，毋寧說根本是汙穢肉體即將潰爛的預兆。或許可以認為，這樣的塑造方法，正是刻意喚醒人們的肉慾，從而制衡水泥塑像那股冷冰冰的感受。這種裸體與任何哲學、任何詩歌、任何精神都毫不相關，只能在卑劣的情慾中給它溫暖。我甚至懷疑，身為慈善家的胡文虎先生，該不會把活生生的女人，一個一個敷上水泥，做成了塑像吧。

馬戲團的那群人偶，和靶場的人偶一樣，排成了三層。胸口掛著玫瑰花環、頭上頂著仙鶴頭飾、兩手戴著桃色手套的女子，坐在頸綁紅圍巾、下繫黃色兜檔布的男子交抱的雙手上。還有一個身穿桃紅緊身衣、纏上葡萄串、頭戴羽毛飾帽的女子，踮起腳尖站在另一個彎腰男子的背上。第二層有許多裸女在跳舞，不過她們的頭都變成了蜥蜴、野狼、兔子和鳥，有個背著龜殼的女子和一個有蜥蜴尾巴的男子共舞。最上面那層，則是來自世界各國的全裸女人，她們以各種姿態席地而坐，而左邊有一群由角鴟、猴子、兔子、豬和山羊組成的樂隊，樂隊前方站著一位手握麥克風的司儀，派頭十足。

女子摔角。這些始終張開血盆大口的裸女們正在打鬥，穿的是色彩鮮豔的藍色、桃色和黃色的胸罩……

始終保持著詭異大笑的布袋和尚通身全黃，體積相當龐大，背景是一片碧綠。巨浪在船形亭子的下方沖拍著崖岸，六十頭土黃色的海獅或嬉戲或捕食。七彩玉帶橋底下有露出背脊的大鱷魚、大螃蟹、睡在河面蓮葉上的白兔、大龜和大蛇……

虎標萬金油花園就是一處充滿如此奇異光景的地方，而我們還沒有全部逛完。

*

儘管這座園林相當令人作嘔，但想必造訪的遊客都會發現，那是由於兒童似的幼稚幻想，和殘酷的現實主義，兩者奇妙結合之後的結果。中國自古對色彩的感受特別鮮活而健康，不摻有一絲一毫的衰弱，只管把映入眼裡的原色混雜在一起。這般露骨炫耀的色彩，以及卑俗的形態樣貌，完全展現了企業家在生活當中所能得到的極致喜悅。胡先生在佯裝奔放不羈的同時，亦成就了這個國家自古至今低俗品味的集大成。

實在很難想像，在中國人長久以來源自於當地風土傳說的幻想，與世界上實用精神的兩相結合之下，竟然大膽地建造了徹底玷汙一切美麗之物的園林。放眼看去盡是水泥塑像，連每一個細節都巧妙地違反了美學。這個例子告訴人們，當幻想被銬上了現實的枷鎖後，依然肆無忌憚地恣意妄行，就會製造出與美學背道而馳的產物。

為什麼跳舞的裸婦上非得冠上一顆蜥蜴的頭部呢？這是來自因果輪迴的想法，並非單純覺得好玩而憑空想像出來的。這座園林裡的每一個角落都充斥著對美學的絕妙惡意，就連最具有童話風格的部分，也被那種惡意給抹得髒黑不堪。不單如此，那是一個連怪誕都無法昇華成抽象的世界，更是一個不合邏輯的人類主體無法到達理性澄明的世界。野獸的咆哮、人類的呻吟、猥褻的裸體，全都固化成水泥的形態，大搖大擺地隱身在現實之中，以致於絕對不可能超越現實。再加上這一片可怕的混沌根本是失敗的，可以說，連混沌之美都被刻意避開了。人們歷經了一個又一個片斷、一種再一種低俗，終究沒有看見任何的統一，也沒有遇上任何的混沌。雖然這些形體都是從歷史和傳說之中擷取出來的，卻絲毫感受不到歷史的氣息，只有剛上過的油漆泛著簇新的光澤。於是，人們在這夢魘般的現實裡所看到的每一張臉，甚至統統稱不上是人臉。

（一九六一年四月．《新潮》）

冬天的威尼斯

此前我曾兩度造訪義大利，卻一次也沒去過威尼斯。原因是我生性叛逆，始終認為「盛名之下，其實難副」。

不過，這趟旅行，我去看了冬天的威尼斯，這才發現自己先入為主的錯誤成見。這地方非常值得一訪。我實在沒有想過，世上竟有如此奇異而獨特的城市。

首先，這地方很頹廢，無可救藥的頹廢。我從未親眼看到如此鮮活而真實的頹廢。

按照義大利人的民族性，即便住在威尼斯的沒落貴族有多麼頹廢，肯定依然讓人覺得他們仍是那麼悠哉、樂觀、不羈又隨意地度過每一個日子。更不用說在這裡做觀光生意的一般民眾，也和其他城市的義大利人一樣開朗、單純、世俗、及時行樂，沒有一絲一毫的頹廢。我這裡指的是建築物。威尼斯的建築物沒把人放在眼裡，逕自深深地沉潛在頹廢之中，正所謂一種活生生的「滅亡」。在這裡，建築物就是一種精神，而人類只是動物。

海水一點一滴地浸蝕著建築物的地基。就我今日所見，浸蝕的狀況相當嚴重，不過畢竟是石塊砌成的地基，就算看起來像是即將倒塌的模樣，肯定還能維持好幾年，甚至好幾十年；不過，看不見的死亡正在緩慢進行，日以繼夜，不停地侵犯著這座城市。建築物毫無招架之力。絕大多數屋宅的一樓已經不勘使用。海水淹沒了一樓的地面，即便想貯放物件，也會從邊緣慢慢腐爛起。

威尼斯的建築物不屬於健全、簡樸的風格，盡是些模仿巴洛克時代或文藝復興時代的過度裝飾，以致於這座城市看起來簡直像個穿著破爛蕾絲、下襬缺損的晚禮服的年邁貴婦，就這麼直挺挺地站著死去。

骯汙的小運河總是漂著垃圾，縱使退潮時捲走，但漲潮時又沖了回來。不管在街上的哪一個角落，總有那股酸臭而病態的汙水氣味，直竄鼻腔。

最有意思的就是運河的交叉路口了。這裡有交通號誌，當有警示笛音響起時，我還以為自己身在東京的十字路口，而不是水道上。鳳尾船船夫高明的划船技術簡直出神入化，只見他毫不費力地搖櫓操縱，長長的船身就這麼輕盈地穿梭在彎彎曲曲、來往繁忙的河面上。根據這裡的交通規則，摩托艇如果在狹窄的水路上遇到鳳尾船，必須關掉引擎，這是為了避免摩托艇掀起的波浪造成輕巧的鳳尾船翻覆，也因此摩托艇在運河上總是走走停停。

選在冬天來到威尼斯，真是再聰明不過了。這個時節幾乎沒有觀光客。這座城市的一切生活，完全受到夏日賺錢旺季的主宰。因此，冬天到威尼斯，不會見到親切的笑臉迎人，只看得到骯髒而憂鬱的背影。夜裡，從旅館的窗口望下去，白天人來人往的教堂前的廣場，竟然已經有一半浸在水裡面了。從高窗灑落的光線，隱約映在浸水的廣場上，這景象給人一種悽愴的感覺。水較淺時，就架上木板，以供深夜裡的寥寥行人踏著木板通行；水較深時，這裡就不再是街道，既不是陸路，也不是水道，而變成一個沒有用處的奇妙場所。

旅館的大門自然也是面河而開的。入口處挖有一道水溝，再圍上厚重的檔水板，防止水淹進大廳裡面。我想像著大廳的豪華地毯浸在水裡的情景，不知該有多美，卻沒有任何一家旅館願意滿足住客的這種幻想。

我永遠忘不了在清晨的霧靄中，循著陸路走向美術館的那段經驗。沿途雖然仔細地跟著地圖走，可是羊腸小徑非常錯綜複雜，不太遠的距離還得渡過七、八座橋，到最後只能憑著直覺前進。每走一步，街道的角度就會改變，一幅小巧而繁雜、被燻黑了的萬花筒美景，便在眼前鋪展開來。最後那座橫跨大運河的大橋，也是一座設有階梯的橋，我總算明白這座城市為何連一輛汽車都看不到了。要是坐在車裡，可就什麼地方都去不成了。

（一九六一年七月．《婦人公論》）

熊野之旅

——日本新名勝導覽

南紀[1]給人感覺是個陽光普照的地方（實際上那裡經常下雨），很適合盛夏時節前往賞遊。

我很納悶自己為何從未去過紀州。我青春期時曾愛慕過同學的姊姊，一位相當冶豔的女子。自從我得知他們家故鄉是紀州以後，心裡一直認定紀州女子個個長得閉月羞花。我喜歡上能樂，後來發現《道成寺》和《熊野》這些知名的劇目都和紀州有淵源；我喜歡上《御伽草子》[2]，後來發現這種源自神佛思想的文藝作品，其信仰中心就在熊野；我喜歡上神仙奇譚，後來發現故事背景多半發生在紀州；還有那神祕的修驗道始祖役行者[3]，以及他的信徒們所尊崇的靈地，也在那智……換句話說，但凡會吸引我的所有東西，全都來自紀州，可以想見那裡一定是美女與神仙的國度。

我原本很害怕這次行程會使我多年來的美夢破滅，所幸這趟紀州之旅，與我夢想中的幾乎完全一樣。

這回旅行名義上是觀光，但我很懷疑那些沒有名氣也沒有歷史淵源的奇景，能否吸引人們前往遊覽。以前，當我跨越美墨邊境，從墨西哥進入德州小鎮艾爾帕索的時候曾問過計程車司機，車窗外那座山勢奇拔而神韻縹緲的大山是什麼名稱，結果司機回答我：

「您問那座山？那叫林肯山。」

回想起當時我聽到答案後的失望，不禁覺得旅行時還是得去相傳已久的名勝風光，以及和歌中曾讚賞過的古蹟美景才好。

古典的美夢與傳統的幻境

再怎麼說，旅行中不能缺少真正的美景，而遊客在出發前也需要先有概念性的心理準備，比方古典的美夢、傳統的幻境與生活中的回憶等等，當我們透過這層概念性的面紗看風景時，才能夠欣賞到它最完整的樣貌。這一次，正是一趟這樣的旅程。

從東京到南紀的交通並不容易。如果乘坐直達的夜間快速列車，那就另當別論；若是搭白天行駛的火車，即便是早上七點四十五分發車的特急班次「響」，在名古屋換車，到達紀伊半島勝浦也已經是傍晚六點半了。我從地圖上察看這條紀勢本線，原以為只要坐在車廂的左側位置，就能一路欣賞車窗外的美麗海景，沒想到實際搭乘時，隧道過了一個又一個，直讓我頭昏眼花。

勝浦是一處擁著靜謐海灣的溫泉鄉，我在旅舍吃過晚飯以後，就去看脫衣舞表演。脫衣舞正是我國古典表演藝術的根源、女性之美的本初，來到紀州就該看這個，可我還真沒看過這樣

1 紀伊半島的西南地區。
2 日本中世紀的大眾文學，多數來自民間故事。
3 役行者（六三四～七〇六），日本咒術師。

有趣的脫衣舞孃表演。其中有個脫衣舞孃長得很漂亮，讓人忍不住想帶她回東京。但要是她真去了東京，想必老闆第一件事就是要她拔掉那顆金門牙，可惜那正是她看起來討人喜愛的賣點。

節目一開始先播放一部掛羊頭賣狗肉的八釐米電影。負責放映的阿姨很在意充當銀幕的那面布幅歪了，於是開口指使客人調整：

「麻煩幫忙把掛軸（！）[4]拉正。」

有個脫衣舞孃和一群語帶大阪腔的醉客一同上演了一齣默契十足的短劇，足以成為「請觀眾上台合演短劇」的最佳示範。東京的高級脫衣舞表演請觀眾上台同歡時，簡直像一場兩性爭奪戰的決鬥，然而這裡的脫衣舞孃在凶巴巴地叱罵醉客時，還不忘滿面嬌笑地跳著舞，從頭到尾都是那麼開朗歡樂。我把這視為是兩性的和諧相處，也是兩性的幽默和解。

雖然只看過脫衣舞就下結論，未免有些過早；但是，與世界同喜的快樂女子的影像，以及與世界為敵的可怕女子（《道成寺》裡的清姬[5]）的影像，這兩者交疊在一起，成為我對紀州女子的印象。

——翌日一早，我搭小艇逛了一趟巡島的航程。晴朗的夏日清晨，海上一片霧霞，奇形怪狀的海岩看起來如幻影一般，再度引誘我進入那片仙境的夢裡。

不過，這趟巡島航程最美的景色其實不是島嶼，而是從海上遙望那智瀑布。聽說即便在日本，像這樣能夠從海上看到瀑布的地方並不多。從勝浦這邊的海面望向妙峰山，右邊山石裸露的一小塊地方，可以看到一條白線。在滿山翠綠之中，嵌著一道象牙般的細線，十分鮮明。

這種景色的特殊之處在於看到了難得一見之物，從而得到了如夢似幻的寶貴經驗。設若身在遠海上的一個船員，竟然清楚地看到了在家裡的妻子踩著織布機上面的白線，他一定是在夢裡吧。同樣地，一般而言，必須進入深山老林才能看到的瀑布，此刻卻從海面上觀賞，這種喜悅彷彿像同時住在兩個世界裡。

射放狩箭的那智瀑布

我忽然非常想去那智。

從勝浦搭計程車三十分鐘左右，就到了那智。這道屬於神境的瀑布水量不太多，也有些歪斜，高一百三十三公尺，寬十三公尺。承蒙神社神官的好意，特別讓我到瀑布底下的深潭觀賞。水沫不斷濺到身上，我抬頭仰望這壯麗的全貌，不由得對古人將這道瀑布視為鬼斧神工，深表同感。

瀑布懸空傾洩而下，水煙蒸騰而起，宛如白煙狩箭朝這裡一齊射放過來，還隱隱約約可以

---

4 掛軸是字畫。此處由於播放電影的阿姨錯用了名詞，令作者三島由紀夫覺得不可思議。

5 故事的主角清姬愛上了一位潛心修行的僧人安珍，不惜一路苦追，最後由愛生恨，化為一條大蛇將安珍纏死，自己也投海自盡。

看見水簾後面的岩壁。水瀑到了中段被凸出的岩石攔阻了去路，化為幾道水柱沿著岩壁向下迸流。我仰頭觀望良久，愈看愈覺得那片閃閃發亮的石英粗面岩壁，彷彿逐漸朝我這邊傾斜，眼看著就要崩塌倒下了。

在瀑布旁邊不停顫抖著的濡濕草叢上，兩、三隻黃粉蝶翩翩飛舞。

在《那智瀑布祈請文覺》這齣戲裡，出現文覺上人在這道瀑布正下方，任由水柱沖淋身軀的祈禱場面。由我在現場看來，那是不可能的，況且只有貴族才能享有在瀑布底下的深潭裡沐浴的特權。因此，文覺上人祈禱的瀑布，應該是大瀑布的下段、從大岩縫間迸流而下的小瀑布。

時至今日，接受瀑布沖淋的修行者依然絡繹不絕。聽說在深夜來到瀑布底下沖淋時，會看到種種幻影。神社的神官告訴我，有個修行者曾經說過：

「我看到有個老人的亡魂向我抱怨，他只穿著一件薄衣就跳進水裡，冷得受不了。」

事實上，真的有個老人在浴衣的袖兜裡裝滿石頭，從這道瀑布跳下來自殺了。神社的神官說當他聽到修行者的轉述時，著實嚇了一大跳。

按照修驗道的習慣，在這道瀑布的前方，以及在必須爬上五百級石階才能抵達的本殿前方，都可以焚燒祈禱文。這裡雖是神社，但維持著神道護摩焚祭的儀式[6]，也就是在神佛前大量焚燒沒有香氣的線香。看來，縱使明治政府頒布了神佛分離政策[7]，仍然沒有摧毀了這地方長久以來的神佛習合[8]與本地垂迹[9]的傳統。

熊野信仰的根源是這地方本殿的那智山熊野權現、新宮的速玉神社，以及本宮的熊野坐神社這三處，也就是所謂的熊野三山。我決定到新宮參拜速玉神社後，於這趟紀州之旅結束前，也要到本宮參拜。如此一來，終於圓滿了我所深愛的中世紀文學。

在盛夏的烈日下攀爬五百級石階絕不輕鬆，就連終於爬完了的小夥子觀光客也抱怨：

「我再也走不動啦！」

神社的長石階其實意味著一種苦行的淨化，豈可讓人輕易登爬。這就好比富士山的車道開通以後，單是「能夠輕鬆登頂」的結果，就代表神聖化的結束、山嶽信仰的死亡了。苦行的盡頭必定有一片絕美的風景在等候。站在熊野權現的社地上，可以隱約望見群山間的東海，讓人想像從那裡升起的太陽是多麼莊嚴。西邊下方是一片令生物學者垂涎的原始林，有各種各樣的亞熱帶動植物生長。

我驅車前往新宮參拜速玉神社，又賞覽了著名的浮島。

接下來要去瀞八丁峽谷。從結論先講，我採用的路線搭車到最靠近峽谷的地方，只有瀞八

6 護摩原本是佛教密宗的儀式，但神道的部分神社也會施行這種儀式。
7 明治政府於一八六八年頒布了《神佛分離令》禁止神佛習合，神道與佛教必須嚴格區分開來。
8 日本各個地方將原本的神祇信仰與佛教信仰混合成一種信仰體系的宗教現象。
9 根據神佛習合的思想，日本各地的眾多神明，其實是各種佛教菩薩的化身。

丁峽谷那一段利用空氣螺旋槳推進船。這樣確實可以節省時間，但是最值得一看的瀞八丁峽谷可就遊興大減了。

其實還是應該花上好幾個小時，從新宮搭上空氣螺旋槳推進船，慢慢划入瀞八丁峽谷才好。我這種方式簡直像是一齣劇只看了結尾部分，而且這段結尾僅僅十幾分鐘就結束了。

充滿大正情懷的空氣螺旋槳推進船

無知的我，原以為空氣螺旋槳推進船就是水翼艇。後來才知道，這是為了方便在淺水裡行船，發明了在船尾裝上用汽車舊引擎改裝成的螺旋槳推進器。這種螺旋槳推進器的原理不是拍打水，而是藉由擾動空氣產生的動力使船前進。由於它發動時的噪音很吵，因此又有聾耳船的別稱。空氣螺旋槳推進船的搭船處後方就是速玉神社，神社裡從早到晚都像有一百萬隻蜜蜂嗡嗡作響。此外，熊野川沿岸的學校，所有校舍的窗戶都必須裝置隔音設備。

不過，這種粗陋但討人喜歡的發明，相當具有大正年間的風情。那是滑稽而露骨的機械化，不是現代那種包含各式聰明功能的機械化，也不是將機械巧妙地隱藏在內、外觀用好點子包裹起來裝飾的機械化。這種船就像往昔有支大喇叭的留聲機那樣的趣味。

在充滿刺激的兩小時行車途中，不時與滿載木材的卡車或巴士錯身而過，也幾度看到像吵擾的豉蟲似的空氣螺旋槳推進船，行駛在峽谷裡悠然流淌的熊野川上。從前的熊野川水流清澄，就算是釣魚生手一個晚上也能釣到七、八公斤重的香魚，但自從上游蓋了好幾座水壩以後，就變成卡其色的濁水了。

偶爾可以看到高空纜車運送木材到對岸的景象。幾根木材捆成一束，在河面的高空上非常緩慢地移動，那慢悠悠的模樣，讓人看得幾乎要睡著了。那種緩慢的時間單位，是植物萌芽、成長、砍伐、運送的時間單位，是絕對無法在東京找得到的時間單位。

翻過好幾座山，再穿過往返需收費三百圓的顛簸林道，終於來到了玉置口。我在這裡坐上了可搭載二十幾人的空氣螺旋槳推進船。搭乘這種船的優點是，由於螺旋槳推進器的聲音太吵，所以船家不會播放討厭的流行歌曲唱片。

我搭上了下午四點的最後一班船。船身和荒涼的河岸靠得很近，一陣子過後，划進了上瀞的狹窄峽谷。太陽已經開始落到懸崖峭壁的最高處了。

突然間，南宗畫作裡的風景，竟然真實地映入眼簾，這幅影像深深地震撼了我。身在濃稠灰青色的河面，以及左右夾道的怪奇巨岩之間，我再次感覺到自己即將前往一處仙境。這些綿延不絕的巨岩，分不清是人類的加工還是自然的斧鑿，我不禁想起愛倫·坡的小說《阿恩海姆樂園》裡描述的情景。這奇特的岩壁，讓人感到這裡應該不是終點，而是某一種起點。在蜿蜒水道的遠方，異樣的峽口正在等待著人們進入。聳立在夕照中的蒼黑岩山的裂縫裡，遲開的山杜鵑星星點點地綻著朱紅。

然而，現實總是貧瘠得可憐。在距離兩公里遠的上瀞峽谷過了最後一個彎道後，迎面凜然出現的卻是蓋在崖上的便宜旅舍，是架著篷子的下船處，是來露營的朋友親切地向正要下船的年輕遊客問了聲「帶這麼多行李呀？」是種種其他的其他……

於是，我放棄了仙境之夢的念頭，但回程船上的一個少女撫慰了我的心。那個時髦的少女站在船舷，面帶憤意地望著風景，嘴邊啣著一枝燈籠草，頂端的鮮紅花萼幾乎遮住了她小巧的嘴唇，這美麗的一幕令我為之神往。燈籠草和少女那透著憤意的嘴角，真是太相襯了。舟車勞頓，似乎讓她疲倦了。她戴著薔薇色的棉帽，穿著鬆垮垮的藍白横紋T恤，相當搶眼。

——從玉置口同樣又坐上車，由宮井沿著十津川往深山開去。在請川繼續靠左走，於大塔川再往上爬一里左右，就到了今晚住宿的川湯溫泉。

甚至有「附設泳池的祕境」

再沒有比這裡更能消除旅途疲勞的地方了。住客可以在旅舍前面的河裡游泳，覺得冷了就去浸泡岸邊的露天浴池。河灘往下挖一點，就有熱泉湧出來，所以只要靠著岸邊游泳，連河水都是溫的。

熱泉的源頭在河的對岸，把雞蛋擱進鐵網子裡，沿著淺灘送到對岸，擺在熱泉湧出來的地方，接著隨意游泳嬉戲二十分鐘左右，再折去把蛋拿回來，熟度適宜的溫泉蛋就煮好了。

這裡既沒有霓虹燈，也沒有擴音播放的流行歌曲。來這裡校外教學的少女們開心地在河裡玩耍，爬上岸後又去泡熱泉，時間就這樣在不知不覺中流逝，晚上來臨，山中的夜空滿天繁星。

提到觀光勝地，就讓我想到位於大都市周邊的觀光區總是開滿了小鋼珠店、酒吧和特產店，多得像成群的蒼蠅聚集出一片黑壓壓。這一片黑又讓我回想起黑人共和國海地骯髒的市場。我走在海地的市場裡，心裡狐疑為何這裡賣的東西總是黑乎乎的，湊近一看，原來食材上滿滿的都是蒼蠅。不過，比起一家家酒吧和特產店的那種蒼蠅，另外還有一種蒼蠅是怎麼都揮趕不去的。那種蒼蠅會發出聲音，名叫擴音器。如此想來，這趟旅程從頭至尾都沒有聽到那種噪音。比起擴音器播放的流行歌，空氣螺旋槳推進船簡直是可愛的蜜蜂。

——在川湯睡了一夜，隔天早上我去參拜了熊野本宮，接著搭車一路前往奈良縣的五条市，在車上搖晃了五個鐘頭。為了開發電力修築出來的這條道路，直向縱貫和歌山縣與奈良縣，取代了在戰爭期間被迫中斷的五条到新宮之間的鐵路興建計畫。這條路越過許多座山，又經過很多個水壩，並且穿過在水壩回饋金的挹注下、已不再是祕境的祕境。

其中一處曾經是人跡罕至的祕境，是位於兩縣交界的十津川的一個部落。這裡蓋了一座摩登的兒童游泳池，套著紅色泳圈的孩子在藍色的水裡嬉鬧。我在這裡看到了多姿多采的「附設泳池的祕境」。

（一九六四年八月二十八日．《朝日週刊》）

英國紀行

我很想看英國的海。

不論從哪個角度看都可以，我想在英吉利海峽的一隅，碰觸這個海洋民族的靈魂。

大海就像一面鏡子，任何國家或民族的臨海，最能準確地反映出這個國家或民族的靈魂。環繞在日本周圍的海洋所呈現出來的各種樣態，就是我們民族精神各種面向的準確映照。

抵達倫敦以後，一連好幾天都是晴朗無比，但之後就變成陰霾又寒冷的天氣，而我想看的，正是在灰濛天空下的大海。沒想到英國的天氣和英國人一樣生性諷刺，就在我要去布萊頓的那個星期天，竟是好久不見的放晴日，太陽當空照。

布萊頓是一處位於倫敦以南六十英里的濱海避暑勝地，並以攝政王[1]的行宮坐落於此而聞名。這座行宮具有驚世駭俗的低俗之美，其充滿中國風格的外型，來自於可能是全西歐最徹底採用中國風俗畫的輪廓，而這座行宮奇妙的和諧之感，則是運用了視覺陷阱[2]的繪畫技法，關於這點我打算日後另闢專文論述。

現在該專注於描敘這片大海。

海岸就在這座攝政風格建築的圓形立面前方。儘管今天是週日，凍寒的春風還是打消了遊客前來賞覽的念頭。

聽說天氣好的日子，從這裡可以遠眺對岸法國的迪耶普一帶，可惜今天的海面一片灰濛，什麼都看不清楚，映入眼簾的，只有仿照行宮建蓋的銀色洋蔥狀的穹頂建築。放眼望去，連一艘船影都瞧不著。

走了一會兒，來到一片碎石子海灘。浪頭並不高，但由於灘上都是碎石子，使得浪潮退去時會發出尖利刺耳的碰撞聲，猶如一群幽靈拖著鐵鏈離去時的軋然作響。

方才在薩塞克斯低緩山丘的上空望見的近似西斯萊[3]畫作裡的白雲，已經被一陣風吹散了，藍天只剩寥寥幾抹雲絮，灰藍色的海面，土黃色的浪潮，將海鷗身上的純白襯得更加耀眼。我暗自思忖，這片深紫皺綢錦緞的海色波光似曾見過，後來才想起宮殿裡常見的路易十四風格座椅的面料，就是這種質感。

風，已不再那麼冷。船影，依然不見。

我來到海邊了。愛海的奇妙天性，令此刻的我備感幸福。我邁開步伐，走向沙灘。所謂的沙，其實是很小的紅石礫。來到這裡，浪幅寬，水也深，白色的浪沫消退時已聽不到可怕的軋然作響了。英國的紅色小石礫被浪沫沾濕泛黑，即將崩落的波濤像在浪頭戴上一頂白亮的王冠。就在這一剎那，我從浪頭下那片平滑的灰色陰影中，窺見了英國憂鬱的靈魂。那是從國王憂鬱的內心，所能窺見的靈魂。……天空中的太陽，正溫柔和煦地照耀著這個福利國家。

我在倫敦和一位舊識見了面，這位美國作家說了這番挖苦的話：「倫敦已死。這三十五年

---

1 即後來的英王喬治四世（George IV，一七六二～一八三〇）。

2 文藝復興時期畫家廣泛應用的立體作畫技巧。

3 Alfred Sisley（一八三九～一八九九），法國畫家，法國印象派創始人之一，擅長風景畫。

來，倫敦沒有創造出任何東西。」事實上，並不是只有英國這個國家死了，在邁向福利國家之際面臨文化性的死亡，已是世界各國的現代趨勢。當所有國家提升且均衡生活水準、從而無法創造藝術的此時，我感覺在這種世界性「藝術之死」的背後，有一股逃出生天的力量華麗地復活了。

——隔天，塞克爾和沃伯格出版社選在倫敦劇場街正中央的藝術劇場俱樂部，為我舉行了雞尾酒會[4]，我國駐英大使島先生也特地蒞臨。幾天前，就在同一個地點，我出席了李察·卓平先生的《蒼蠅》[5]（亦即以詹姆士·龐德系列作品的書封設計而聲名大噪的畫家，首度撰寫的小說處女作）的新書發表會。卓平先生喝了威士忌後醉得很厲害，忽然把餐巾扔到地上，拿起事先準備好的講稿，每讀完一張就隨手一扔，那種旁若無人的致詞方式很有意思。真希望我的新書發表會上，也能洋溢著這種波希米亞式的氛圍。

英國作家的服裝穿著相當自由，與近來日本作家聚會時幾乎讓人以為是哪家公司在開董事會的嚴肅正裝，形成了鮮明的對照。那種源自蘇活廣場的波希米亞風格的美好時代已經消失了，但是色彩濃烈嚇人、搭配卻很隨便的衣著傳統，卻保留了下來。

在我的新書發表會上，也來了身穿牛仔褲的一群人，包括一個莫名其妙、金色長髮遮住了半張臉、名為蘇珊娜的少女，還有穿著水手條紋衫、蓄著一臉鬍鬚、身形魁梧的詩人。我請教了其中一位名叫西斯考特·威廉的年輕作家：

「像這種作家的聚會……」

話還沒說完，他立刻打斷我：

「作家？別開玩笑了，這一屋子人全都是罪犯哩！真正的作家，只有我和那一位巴特拉而已。」

他指了指那位身穿水手條紋衫的詩人，又說：

「我想去日本，你能幫我找份工作嗎？我可以在日本的學校教些英國文學之類的。不過，話先說在前頭，我可是個法西斯主義者喔！」

雞尾酒會結束後，我和《鄉村姑娘》的作者埃德娜．奧布賴恩[6]一同用了餐。這位女作家具有愛爾蘭人典型的溫柔感性，並且散發著家庭主婦的感覺。她告訴我：

「剛才真把我嚇了一大跳。我走進會場時，突然被一位穿著皮上衣的男人抓住，他還對我說：『等酒會結束就一起走吧！』那個人到底是什麼來頭？看起來有點像演員。太可怕了！」

*

4 應指塞克爾和沃伯格出版社（Secker & Warburg）於一九六九年出版三島由紀夫作品《禁色》（*Forbidden Colors*，由Alfred H. Marks翻譯）英文翻譯版時舉辦的新書發表會。

5 Richard Wasey Chopping（一九一七～二〇〇八），英國插畫家與作家，其小說《蒼蠅》（*The Fly*）為塞克爾和沃伯格出版社於一九六五年出版的作品。

6 Edna O'Brien（一九三〇～），愛爾蘭作家，《鄉村姑娘》（*The Country Girls*，一九六〇年出版）為其小說處女作。

倫敦不引人注目的一隅，有一棟樓房名為克萊院。我正在那棟建築昏暗的地下體育館運動時，天窗突然間電光一閃，春雷轟隆作響。

這裡叫做「拉維爾先生的體育館」，是倫敦少數專營健身體育館的其中一家。拉維爾先生早前當船員，接著成為職業摔角選手，目前經營體育館，往後準備寫小說。他是一位相貌堂堂、身材魁梧的人物，也是一個經常大聲唱著流行歌曲、性格非常開朗的男子漢。體育館分成兩塊區域，一區是柔道場，另一區則是健身房。柔道場那邊有位英國教練，他穿的道服領子上繡著歪歪斜斜的「木村教練」的漢字名字；至於健身房這裡也有個高壯的男會員是警察。如果走到夾層樓面的扶手處往下看，可以同時看到這兩塊區域的全貌。拉維爾先生總是中氣十足地吼唱著流行歌，利用夾層樓面在兩塊區域之間來回巡視，不時和會員聊上幾句。

拉維爾先生現在出去吃午餐，柔道場和健身房都沒有會員來，只剩下我一個。

上了簇新銀漆的槓鈴和啞鈴躺在綠色地毯上，不安地反射出窗外的閃電。當我夾雜在白人之中健身時，曾為自己琥珀色的肌肉感到自豪；可是就在閃電的剎那，我看到自己正在練習彎舉動作而神經質地隆起的上臂肌肉，在鏡子裡忽然變得和雷電的閃光一樣蒼白。我從小就討厭雷聲，而且祖母也再三叮囑我雷電交加時千萬不要靠近金屬的東西，所以此刻身邊全是金屬物件，甚至手裡就握著金屬，著實有些不放心。

自從我固定來這家體育館健身之後，幾乎沒看過耀眼的陽光從那扇鋼筋鑲嵌毛玻璃的大天窗射進室內，這時閃電第一次照亮了那扇天窗。雷聲愈來愈近，偌大的雨點打在天窗上，還有幾滴雨沿著髒汙的玻璃裂縫滴落到綠色地毯上。我沒帶傘，一面擔心著等下該怎麼回旅館，一面注視著雨點正在地毯表面滴出墨黑的濕漬。

「哈囉！」一個會員的招呼聲從夾層傳來，讓我稍微壯了膽。他自稱是《時尚》雜誌的攝影師，他說的英語我還聽得懂。其他會員講的都是倫敦土腔，還夾著許多俗語，我完全聽不懂他們在講什麼。

——提到語言，到目前為止我所見過的作家、出版商與記者，一律使用相當清晰而易懂的英語。包括我們在內，這群相關職業者由於使用相同的語言，在不自覺間組成了某種獨特的階級。相較起來，下層階級、上流或裝作上流所說的英語，依舊十分難懂。那些自以為上流的英國人故意裝出的結巴，與簡直像患了中風似的英語，實在令我不敢恭維。我經常會仔細打量這種人的面孔，心裡懷疑他是否生病了。

關於各種語言上的冒險，我的想法已刊載在《星期泰晤士報》和《衛報》上的採訪報導，並在BBC的電視訪談中說過對於《葉隱》的觀點。這些主題，我在日本已經談過了。自從《泰晤士報》週日版刊出我那篇採訪報導之後，旅館那些服務生原本冷淡的態度在一天之內完全轉變，上餐廳時，也會有不認識的紳士過來問我：「聽說您徹夜工作，下午兩點才起床吃早餐，是真的嗎？」我不禁為媒體報導發揮的驚人功效感到吃驚。不過，有位女作家向我發了牢騷：「英國報紙光會奉承你們這些外國作家，對我們這些本國作家卻總是置之不理。」

這趟英國行最大的收穫，該算是拜訪住在薩福克郡的作家安格斯．威爾遜[7]了。承蒙威爾遜先生的熱情招待，並讓我有幸聆聽他旁徵博引、極具詼諧的聊談。他告訴我，這一帶到了夏天，夜鶯總會整夜啼鳴，吵得人們非得關上窗戶才行。隱居山間的威爾遜先生是英國短篇小說界首屈一指的名家，也是日本文學的愛好者，對於近來於英國出版的安部公房先生小說《砂丘之女》大表讚賞。事實上，不單是威爾遜先生，諸多評論家對這部小說同樣齊聲讚揚，使我與有榮焉。

威爾遜先生沒有對我提起艱澀的文學論，但告訴我不少有意思的事情。譬如，按照英國的傳統，男士和女士在晚餐後會分開來談天，而且在維多利亞時代，男士們總是把酒言歡兩、三個小時，直到酩酊大醉才會回到女士們的身邊，不過現在的男士們不敢那麼做了，至多喝個三十分鐘就得回到女士們的身邊。還有，在威爾遜先生小時候，英國中產階級家庭習慣在餐盤裡留下一些食物給窮人。此外，英國演員和日本明治時代的歌舞伎演員一樣，在十九世紀後期社會地位忽然大幅提升，因而以貴族自居，但此一演員世代的最後一位代表人物約翰．吉爾古德[8]，在新型態的戲劇裡已經找不到自己的定位了。

——時至今日，在英國喝午茶的時候，為你斟茶的人還是會慎重其事地詢問：「Milk first? Tea first?」

在同一只茶杯裡，先倒茶還是先倒牛奶，味道應該不會改變；可是，如果說哪種先倒都無所謂，便會衍生出不合邏輯的各派論點，但不論是從前或者現在，英國同樣絕不允許這種模糊地帶的存在。這使我聯想到，諸如這種「隨便哪一種都無所謂」的思惟，等同於輕言放棄了生活，乃至於放棄了面向更廣的文化。

（一九六九年四月九日～十日．《每日新聞》．原標題〈續倫敦通訊〉）

7 Angus Wilson（一九一三～一九九一），英國小說家與文學評論家。

8 John Gielgud（一九〇四～二〇〇〇），英國演員、導演與製片。

印度通訊

印度的一切都沒有掩飾。所有的一切全都攤顯在外，迫使人們非得「面對」不可，包括生與死，以及知名的貧困。

我最先造訪的城市是孟買，那是個美麗的地方。連髒汙的市容，也流露著一股無法形容的美，哪怕在街頭隨便擷取一景都能入畫。站在旅館門口，即可望見壯麗的海門。昔日英國女王和總督乘船靠岸，便是從那裡踏上了印度這塊土地。來自阿拉伯海的海風颳過灰色的矮竹叢，岱赭色的門樓像極了凱旋門，門樓四周滿是披著繽紛沙麗的婦女、頭頂貨物的婦女、皮膚黝黑的乞丐、穿著白制服的水手，這些人交織成一幅色彩豐富的人物畫。但我所說的「畫」，不僅僅是畫中有人而已。

紐約街頭的人群，只是站立或走路；可是在這裡，人們不單是站立或走路，有步行的人、有駐足的人、有蹲下的人、有躺臥的人、有吃香蕉的人、有蹦跳的小孩、有坐在高台上的老人，再加上白色的聖牛、加上狗、加上鳥籠裡的鸚鵡、加上蒼蠅、加上濃綠的樹木，還加上人們身上的穆斯林紅頭巾與漂亮的沙麗。這些要素全部加總起來，成為動態的渾然一體，合力做出每個瞬間剛一畫完，迅即變化為下一幅的「具有生命」的畫作。

依此推論，若要為「具有生命」做出一個最佳的可視性定義，或許就是當場架上畫框，這一幕就立刻變成一幅畫了。如果不值得入畫，也就代表並沒有真正活著。

或許印度是全世界擁有最多美女的國家。我這裡用了「或許」，只是表示謙遜的用詞，若按我主觀的看法，這裡絕對是世界擁有最多美女的國家。日本有句話叫「珍寶藏僻壤」，但我在這裡的大城小鎮，都遇上了宛如天仙下凡的優雅美女。近年來，但凡文字敏感度較高的大眾文學作家，幾乎都不用「美得令人屏息」這種形容了，可是我曾幾度在旅館的大廳、在社交界人士雲集的劇場、在舊德里的骯髒小巷，甚至在牛車上，看過好幾位擁有一雙如深潭般美眸的絕世美女，即便以一千零一夜故事裡的誇大修辭法來形容她們的美，也絕對恰如其分。

我在孟買見到那位跳著印度舞蹈的姑娘時，真想把她立刻帶回日本。這個姑娘讓我想起歌德《東方詩集》裡的抒情氛圍。

她露出沙麗外的那雙優雅細長的胳膊之美，她那與手腳的瞬間舞動恰為相反方向的眸光流轉。每往前踏一步，便在這短促的分秒間倏然扭頭向旁又轉回正面，這望似多餘的動作，使她的肢體在剎那間，同時呈現出嚴密的紀律與蝴蝶的逍遙。不僅如此，當披著一身天藍沙麗的女子，靜靜地出現在旅館的寬敞大廳時，我不由得想像那位阿斯帕齊婭[1]，應該就是像這樣的女子吧。

……因此，當你身在印度，就會立刻面對「生」，絕對不容逃避。

接著，你同樣被迫面對「死」。

聖河恆河勾出一弧完美新月形的西岸，那地方就是聖地瓦拉納西的浴場。在這裡沐浴可以滌去一切罪愆，虔誠的印度教徒尤其喜歡在日出時刻頂禮膜拜，站在此地可以望見對岸人們禮

1 Aspasia（四七〇BC～四〇〇BC），古希臘人，以美貌與聰慧著稱。

拜朝日的身影。近旁就是火葬的場所。根據印度教信仰，人們死後立刻回歸為五種元素（空氣、土、水、火、乙醚）而後轉世，這裡便是教徒晝夜舉行公開火葬的地點。火化後的骨灰集中一處，交託聖河帶走。

死者若是三歲以下的幼童，屍體不能火化，而要沉入河底。為因應這種風習，河邊亦有出售沉重石塊的小販。

印度教很重視獻祭的儀式，從前在齋浦爾必須以大量的活人獻祭，現在一般改用公山羊作為祭品。孟加拉省的夏克提[2]信仰相當興盛，崇敬嗜血的迦梨女神，因此加爾各答著名的迦梨女神廟每天都要獻祭三、四十頭公山羊，在特別的祭日則要獻祭四百頭，而這樣的獻祭儀式，是在大眾的面前舉行。世界上或許只有這裡是公然舉行獻祭儀式的。

祭台上被套了頸枷的小公羊哀嚎不停，一刀剁下，羊頭落地，……從那裡可以窺見本該由人類親自面對的血跡斑斑的人性真相，但卻被現代生活隱藏在打著衛生名義的厚重面具之下了。

每當我想到這個國家的佛教衰滅，便會想到一種定律：所謂經過去蕪存菁、以及哲學性的體系化，從而獲得了普遍性的宗教，這塊土地的「自然」的根源力量必定會逐漸棄之而去。

當人們在印度面對「生」與「死」之際，自然而然地，也要面對顯而易見的「貧窮」。

印度的貧窮，絕不是單純的經濟問題，還包括宗教、心理和哲學的問題。縱使飢餓難忍，人們也絕不吃牛。北印度和孟買西岸的信仰毗濕奴的素食主義者，也不肯吃當地豐富的漁獲。

這也給了平凡的旅人得以從哲學性和心理性的視角，自由自在地觀察此地。

如果坐在孟買那家豪華的泰姬瑪哈旅館二樓餐廳的靠窗桌位，一面用餐，一面欣賞阿拉伯海的風光，就會感到有一股視線從下面的街上直盯著你瞧。那股視線克服了距離、克服了厚重的玻璃，隨著陽光一起射中我的左頰。我定睛一看，原來是個赤裸上身的少年，他單手抱著一個上身沒穿衣的小孩，另一隻手舉起來揮揚，一再地喊求布施。

這件插曲，賦予我們這頓飯某種反社會的意味，增添了餐食的苦味，更帶來了任何調味料都遠遠不及的某種特殊「意義」的香料。當然，也許有些人因此覺得餐點更好吃了，或許有些人因此覺得東西變難吃了，總之，它在風俗習慣上添加了某種意味。

回想過去，日本也曾有過一段日子滿街都是乞丐，染患痲瘋病的乞丐出現在數寄屋橋上也不算罕見。印度的乞丐雖比日本的乞丐來得不客氣，卻沒有開羅的乞丐那般恬不知恥，至少還保有一種威嚴。汽車一在路口停下來，一隻汙黑的手就會伸進車窗裡。不過，由於日本的乞丐消失了，我們也失去了乞丐所代表的神祕和哲學。我們失去了在貧困中貿然伸過來的那隻手，那隻魯莽地從未知之境伸向我們的骯髒的手。

貧困從而變成了肉眼看不到的、複雜的、逐漸靠過來腐蝕身體的東西。它已不再是來自「那個世界」、激發我們覺醒的東西，而成為一種沒有自覺症狀、潛伏在我們內在的疾病。《推

2 Shakti，梵文原意是「神聖的陰性能量」，在古印度教裡代表所有的女神形象，司掌生育和創造萬物的力量。

銷員之死》所描述的，就是這種貧困。

在這樣的環境之下，也讓我們失去了某些認知，比方「樹蔭，就是可以在它的影子裡躺下歇息的地方」。

前往阿旃陀石窟遺跡的車程中，沿途不時有獴和長尾猿橫越馬路。當我們停下車來，在樹蔭下打開午餐盒的時候，我忽然領悟到：樹蔭，就是讓打赤膊的人休息的地方。樹蔭，只想達到一個單純的目的，亦即自然界對毒辣陽光的一種救贖。美麗的樹蔭，不單是作為供人欣賞，更在肉體與精神層面都發揮了作用。遍布於奧蘭加巴德那片肥沃原野上的濃綠樹林，每一棵都落下了具有啟示的深邃樹影。

印度教在這片遼闊的國土上，備妥了朦朧的金色大車輪，由自然駛向人類的生活，再從人類的生活駛向自然，不停地輪迴。

當然，這個國家存在著種種問題，每一樁都充滿難以解決的痛苦。僅就文學而言，要從十五種語言當中，育成一種共通的、普遍的國民文學，已經困難重重了。但這裡不愧是泰戈爾的誕生之地，我從孟加拉語圈的年輕詩人的成果中，發現了一種簡素、經過淨化的美。不過老實說，我讀的是英文版。

但是，我來到這個國家之後有個感受，就問題本質而言，解決並不代表一切。假如解決問題等於消滅問題，那麼事實上，印度這個國家並不希望以這種方式解決。在印度，問題就代表了一切，如此一來，也就等同於連一個問題都沒有。他們已經與問題共生共存了數千年。問題亦即「自然」，也就是在印度教神學當中，同時擁有創造和破壞、豐富又殘酷的自然。

就各種層面來說，目前的印度似乎有些落後；可是，這麼大的國家，迄今依然墨守諸多舊規，此等事態不容小覷。或者印度正為了這個躁進追求高度技術化的現代世界，再一次準備一套嶄新的精神價值。從在瓦拉納西浴場裡淨身祈禱的年輕人身上，我感受到了這一點。

（一九六七年十月二十三日～二十四日．《朝日新聞》）

美國人的日本神話

日本最早是以武士、切腹、富士山和藝伎而名揚世界，緊接著是以廉價勞力和粗製的外銷商品著稱，然後，是以日本人的「神祕微笑」聞名。接下來，日本是以好戰國民而知名，等到打了敗仗，這回再以和服、花藝、世界第一賢淑的日本姑娘、君子之交、照相機、半導體收音機、木造藝品、陶器、紙燈籠、油炸餐食、日式牛肉火鍋，以及偉大的禪學而聲名大噪。在露絲．潘乃德撰寫的《菊花與刀》一書中，對日本文化的特質、其男性要素和女性要素，還有日本式道德的特殊性等等，已做了非常詳盡的說明，我應該不需要在此加以分析了。

以我們個人而言，一旦醜聞纏身，就很難再撇清了。縱使醜聞的內容並非事實，但醜聞這種東西，就是會讓世人將你視為醜聞裡的那種形象。更何況醜聞沒什麼致命性的殺傷力，反而會喚起人們的好奇心，獲得眾人的喜愛，於是，醜聞搖身一變，成為神話。詹姆士．米契娜[1]著寫的《櫻花戀》，其實是把日本最大的醜聞《蝴蝶夫人》的故事（戰爭期間，這齣歌劇被視為國恥而禁止上演）改寫成為現代神話。由於日本沒有一位像布拉斯戈．伊巴涅茲[2]那樣的小說家，於是美國作家主動請纓，擔起這個重任了。

不過，只要略加瀏覽這部小說，就會發現日本姑娘在美國享有盛名。我們這些被寵壞了的日本男人，總以為洗澡時妻子來為自己刷背是天經地義的服務，但美國人對這樣的舉動似乎非常感動。可是，美國女士不也是開開心心地幫自己的愛犬洗澡嗎？由此可見，美國女士之所以沒有為丈夫刷背，或許是為了表示對男人的敬意，所以不把男人和狗一視同仁吧。

日本太太其實也有各種不同的類型。我就認識一位太太有個別號叫「丹下左膳」。丹下左膳是一個傳奇性的知名武士，在一場比賽中受傷而瞎了一隻眼睛。我認識的這位太太非常貪睡，每天早上丈夫自己起床洗臉、自己做早飯、自己吃完，這段時間她絕不會離開床鋪，直到丈夫要上班了，朝她打聲招呼：「我要出門囉！」她這才勉強睜開一隻眼睛，隨口敷衍一句，然後又繼續睡覺。她的別號就是這樣來的。

我推測由於無微不至的服務而深獲得男性歡心的日本女性形象，可能來自於占領期間[3]日本藝伎給美國高階軍官與官僚留下的印象。時至今日，藝伎仍然會趁金主老爺早晨洗臉時，先去盥洗室在牙刷抹上牙膏，靜候老爺來用。良家太太絕不會這樣服侍丈夫。這種服務是一種特殊技術，就像原子爐技師的技術一樣，對一般人來說根本遙不可及。

日本的旅館服務業雖然還沒如此周到，但也相去不遠。像我這種一半歐化的日本人，在傳統旅館裡更衣時，常讓我不知如何是好。我的房裡會同時出現三位年輕的女侍，一人端著襯衫，一人捧著外套，還有一人撐妥褲頭遞到我的腳邊說道：「來，請穿。」

日本服務業帶有幾分微妙的東洋化特色。根據基督教的傳統，西歐所謂的快樂，明確地分成肉體快樂和精神快樂兩種，但日本在這方面的界線卻相當模糊，從肉體到精神的廣泛領域裡

1 James Albert Michener（一九〇七～一九九七），美國小說家。

2 Vicente Blasco-Ibáñez（一八六七～一九二八），西班牙小說家。

3 一九四五年第二次世界大戰結束，美國旋即占領與實質治理日本，直至一九五一年結束對日占領。

囊括了許多種類的快樂，而服務業能滿足顧客的每一種需求。所以，日本人非常無法接受外國人誤將藝伎和酒吧女郎以及娼婦混為一談。藝伎絕對不是娼婦；話說回來，藝伎亦不能算是良家婦女。不單如此，嚴格說來，就連娼婦也不是得到世人認同的娼婦。日本十八世紀的純愛劇，幾乎都是描寫青樓女子和嫖客之間的愛情。就這點而言，封建時代的日本人分得很清楚，他們會和收了錢的女郎談情說愛，但不必對結婚的對象產生愛意。這種觀念至今仍然留在日本人的腦海裡，認為愛情是在能夠花錢的地方——例如陪酒女郎的酒店——於精神層面逐漸萌芽的。所以銀座那幾百、幾千家酒店（再小的酒店也至少有四、五個陪酒女郎）是磨練精神意志的某種道場。有位外國作家曾向警方投訴，說他自己只喝了一瓶啤酒，可是一群吧女卻逕自湊過來點了好幾杯酒喝光，結果結帳時他被索了四十美元。不得不說，這樁投訴實在太不解風情了。酒店絕不會讓酒客檢查明細，只在一張小紙片寫上總額，或是口頭報個帳而已。

說到這裡，我想換個話題，談一談日本人和美國人交友的情形。

如果告訴美國遊客，日本人多數不會說英語，他們大概會嚇一跳。當然，旅館業者、導遊、貿易商社職員等等，也就是仰賴英語會話能力賺取利益的人，都會說一口流利的英語。或許我該講得更精確一些。我的意思是，其他日本人，也就是不和外國人往來也能過生活的日本人，幾乎都不會說英語，而且這些日本人絕不會使用像外國人那樣聳聳肩的肢體動作與別人溝通。如果有人對他們說英語時，他們只會露出那一抹著名的「神祕微笑」，表示「聽不懂」。

西洋人一般認為，這個謎樣的微笑讓人很不舒服；可是對我們日本人來說，這個表情回應很容易理解。因為傷心，所以微笑；因為為難，所以微笑；因為生氣，所以而微笑。換言之，「傷心」、「為難」和「生氣」原本是不同的情感，但在這裡，卻都是用「因為X，所以X」的相同符號表達出來。至於接收到X符號的對象，必須立即察覺出以下的訊息才行：

「我懂了，這表示他一定想隱藏某種情感反應，既然如此，就別多加過問了。」

也就是說，微笑表示不予置評，是一項「停止判斷」和「停止分析」的請求。這在日本社會是司空見慣的回應，況且在日本這種個人主義不發達的社會裡，以微笑作為回應，不但可以保護個人的自由，並且是合乎社交禮儀的要求。

可是，這種回應對外國人卻行不通，尤其美國人更是完全無法忍受。美國人不能理解，這個X符號到底代表什麼意思？他抱頭苦思，經過分析判斷，決定提出詢問。結果當他發現這個提問竟然惹惱了日本人時，愈發茫然不解：「既是如此，為何不一開始就表現出你的憤怒，而要對我微笑呢？」然而，對日本人來說，表達憤怒卻是一種不符合禮儀的反應。

談到禮儀，就相當複雜了。日本國民的彬彬有禮是舉世皆知，所以，日本人動不動就微笑，動不動就行禮，動不動就餽贈。於是，當日本人拎著一大籃水果登門拜訪、露出微笑、行禮一百遍之後回到家裡，頓時感到一股「善盡禮儀」的愉悅的解脫感流貫全身，並且這輩子再也不必去拜訪那戶人家了。

有個美國人外派到日本工作。他對日本抱有好感，雖然連一句日語都不會說，但很希望跟國內的日本人結為好友，於是交了很多不懂英語的年輕朋友，每星期都舉辦派對邀他們來。半年過去了，美國人發現那些日本人從來沒有招待過他，而且那些參加過派對的年輕朋友，也漸漸疏遠他了。美國人深感絕望，變得非常討厭日本人了。

他向我大發牢騷。我完全明白箇中緣由，但這個道理他完全無法理解。他一心認定日本人是不懂禮儀的民族。

理由相當顯而易見，並且涵蓋了幾個層面：第一，語言障礙。日本人格外shy，又是完美主義者，認為自己「如果真要說外語，那一定要講得很流利才行」，於是乾脆閉上嘴巴，覺得和外國人當朋友很麻煩。不過，只要主人的日語很好，這個問題也就迎刃而解了。第二，一般來說，日本人沒有在自宅招待客人的習慣，這也屬於完美主義的體現，因為「如果要邀請客人，尤其是外國客人來家裡，就得是那種會讓客人驚訝的豪華宅邸才可以」，但是自己目前還住在既小又髒的公寓裡，若是再等上一百五十年，也許就可以住在擁有十五個房間的大宅裡了，所以一百五十年以後再邀請客人來就好了。這不是謊言，證據是蓋了大房子的日本人，可就非常喜歡在自宅招待外國賓客。西洋人的基督教式想法認為，只要是誠心回請對方，即便住在髒亂狹小的家，也只能端出粗茶淡飯招待，對方都會覺得很開心，但是這種想法和大多數日本人想的不一樣。日本人覺得，請客人來這麼髒亂狹小的家裡很「失禮」，倒不如繼續接受對方的邀請，去對方美輪美奐的房屋品嘗佳餚，這才是符合禮儀的舉止。

上述解釋，想必美國讀者仍然覺得不夠充分吧。問題是，要說明某國國民的普遍心態，其實不是一件簡單的事。「自己已經受邀好幾次了，總得答謝對方才好，可是以我的收入，根本買不起像樣的回禮，但贈送便宜貨未免有失體面。還有，說什麼也不能邀請對方來家裡。家中既沒有好幾打成套的玻璃杯，也沒有女傭，更不用說屋子髒亂狹小，有失體面……，再加上語言不通，真讓人發愁。有外國人在場，氣氛會變得很凝重，就算一群日本朋友談談笑笑的，只要屋子裡多了一個美國人，場面就會變得很尷尬，實在麻煩透頂。萬一他下次再邀我，就別去了吧。」——以上這段描述就是針對典型的日本人所做的心理分析結果。無須贅言，這種心態和反美主義完全不相關。

由於嚮往旅行社彩色海報上的紅色神社牌坊、大佛像，以及撐著陽傘的舞伎，因而來到日本的美國人，第一步踏進東京就頗感失望，直到他們抵達京都以後才恢復了生氣，這已經成為外國遊客造訪日本時的定律了。日本悠久的歷史，對於國史尚短的美國民眾很有吸引力。美國遊客相當不解日本的年輕人為何不珍惜傳統。還有，美國遊客也不明白，日本人本該是喜歡乾淨的民族，那麼東京的街道又為何這般骯髒。

總而言之，但凡對日本和日本人抱有各種浮誇夢想和錯誤觀念的外國遊客，見到東京這座都市時，便感覺像被迎面潑了一盆冷水。由這個角度而言，不得不說東京真是一座神奇的城市。在這裡，鮮少看到穿和服的人，西洋建築又欠缺風情，天際線低矮且沒什麼像樣的大廈，除了皇居前護城河的景色還值得一看，這地方毫無都市之美可言。

談到這裡，就不得不繼續論述日本人在都市計畫、道路計畫、公共衛生等理念上，與西歐人的理念有著根本上的差異，還是暫且打住吧。不過在此，還是有必要談一下日本人的傳統觀念。

從古代和中世紀建造的石砌樓房依然保留到現在，以及人們至今還住在增設了中央暖氣系統的十八世紀建築物裡，就能深切體會法國人和義大利人所承受的傳統重擔。相較起來，日本留存下來的傳統建物多數是以木材與和紙打造而成的，一把火就燒得精光，擱著不管就朽圮坍倒，無須費心。伊勢大神宮每二十年新建殿舍以更替舊殿的制度[4]，已經傳承了上千年的歷史，迄今舉行過五十九次遷宮儀典，由此可以看出日本人秉持的傳統觀念。在西歐，原件與複製品之間，有著截然不同的差異，但在多數為木造建築的日本，完全依樣建造的複製品具有等同於原件的價值，亦即成為第二個原件。京都幾處知名的大寺院，都是幾度遭逢火厄再重建而成的。因此，日本的傳統建物好比季節更迭，今年的春天和去年的春天一樣，而去年的秋天也和今年的秋天相同。

因此綜觀世界各國，沒有任何一國的國民是像日本人這樣，毫不吝惜地丟棄傳統，在極短的時間之內抹煞傳統的。人們在日常生活中完全感受不到傳統的重擔，東洋人特有的敬老思想也蕩然無存。今天的日本老者總是汲汲營營於取悅年輕人。日本一些年輕世代的共識是，女性一過二十歲就叫老太婆，而男性過了二十五歲就叫老頭子了。至於二十歲以下的傢伙則穿著牛仔褲逛大街，在搖滾樂中渾然忘我。

外國遊客不敢相信自己的眼睛——這就是日本嗎？這裡和旅行社的海報根本是天壤之別啊！

遺憾的是，這就是日本的傳統。早在鎖國時代的日本人，就已經擁有支那文的別號，如同現在的年輕人另取傑克或瑪莉之類的英文暱稱一樣。對日本來說，當時的支那等於現在的歐洲。

神宮每二十年的新建和遷宮，相當具有象徵性。大約在二戰結束後的第十五年起，眾人都以為早已不復存在的日本古老思想，正以不容小覷的力量復活重生，並且深深吸引了部分的年輕世代。一九六〇年，消失了十五年的剖腹自殺再度出現。一位對岸信介內閣[5]施政深感憤慨的僧侶，在總理大臣官邸前面剖腹自殺了。從此而後，即便剖腹自殺事件頻頻發生，世人也無須感到訝異。或許不久之後，武士道精神亦即將復活。

自從日本中世紀的禪學在美國知識階層間流傳開來以後（毫無疑問，這必須歸功於鈴木大拙[6]先生偉大的影響力），禪寺成為美國知識分子訪日時最嚮往的聖地。馬龍・白蘭度曾語出肺腑地描述了他在京都拜訪禪寺，得到禪僧接待的過程。我在紐約時，也有位極具教養的美國

---

4 每二十年，就在原來的殿舍旁邊新建殿舍，主要包括內宮、外宮兩座正宮的正殿，以及十四座別宮的社殿，落成之後將神座遷至新殿。

5 岸信介（一八九六～一九八七）曾任日本第五十六與五十七屆總理大臣，內閣執政時間自一九五七年二月二十五日至一九六〇年七月十九日。

6 （一八七〇～一九六六），日本佛教與禪學作家，以英文撰寫多部禪學論著，對於將日本的禪學文化推廣至海外有重大貢獻。

婦人告訴過我，她在鎌倉一座靜謐的寺院，有機會見到了一位知名的禪僧，彼此雖語言不通，但那相視微笑的瞬間，讓她感受到無比的幸福，即便在那一刻死去，她也沒有遺憾。

如果把這些事拿去講給住在東京的日本人聽，想必他們只會瞠目結舌。我的家人和親戚信奉禪宗，只在為祖父、祖母做供養法事，以及參加親戚葬禮的時候才會一起聚在寺院裡。我從未仔細聆聽過僧人講道，只陶醉在聽不懂的誦經聲和線香裊繞的煙氣裡。那些曾在二戰期間與死神擦身而過的年輕世代，一度熱中於坐禪。總之，住在非都會區的日本人，信徒與寺院僧人之間依然保持密切往來，但是住在現代大城市裡的日本人，只在處理與「死」有關的事情時，才會踏進寺院裡。寺院儼然成為一棟死亡百貨公司，我們從來不曾仔細省思過禪宗的教義。

在我細細思量以後，赫然靈光一閃：難道美國之所以流行禪學，是因為美國的知識分子全都面臨著死亡的威脅嗎？思忖片刻，又發現這個推論不對，他們應該是從禪學裡探求生命的意義。現代日本人所探求的生命意義，目前看來已經從政治、酒、女人和藝術之中得到了滿足，等到他們發現這樣還不夠時，禪學或許又會變成顯學了。不過，禪學現時還是一座處於休眠狀態的火山。在日本，那些膚淺的熱中禪學者被稱做野狐禪，依此看來，狐狸正在美國大量繁殖。

不過，當我探訪京都的一座禪寺時，明白了在京都這樣與眾不同的古老城市裡，禪學仍具有實用性的效益。人們把一些婚姻失敗的人和企圖自殺的年輕人，送進寺院裡當見習僧侶幾個月，透過這段簡樸生活的潛移默化，使其完全恢復為樂觀開朗的人。於是我懂了，這就是古老的精神衰弱療法，可以取代現在的精神分析療法。這麼說，美國人之所以流行禪學，或許也是因為已經受夠了精神分析療法。記得大約一、兩年前，在東京有位非常時髦的電影紅星，酒後駕車輾死了一個人，公司命令他閉門反省，他主動進去位於鎌倉的禪寺，披上僧衣，修行了一整年，洗心革面之後重返電影界，還有了美滿的婚姻。像這樣的例子，在日本人眼中，正是現代和古老的完美結合；但是看在美國人眼裡，也許是最尖端、最時髦、最世故的生活方式。

日本人之所以討厭舊東西，或許是因為日本不曾被當作殖民地。第二次世界大戰以後，由殖民地獨立建國的亞非各國，但凡看到西歐之物，都會連結到那段殖民地的痛苦記憶，而只有更古老的民族傳統，才不會連結到那段記憶，所以他們特別愛護與尊重傳統。相較之下，日本的西歐化是日本人自己主動選擇的道路，所以我們從不會對電車、對汽車、對玻璃帷幕大樓、對電冰箱、對電視機和對洗衣機懷有敵意，而是歡天喜地全盤接受。新東西，就是好東西。然後，當我們旁邊塞滿了新產品而無法動彈，也就是每隔二十年，日本人便會恍然大悟——古老的一切才是好的。

——一九六一年二月二十六日——

（一九七五年十月．《三島由紀夫全集第三十卷》．新潮社）

【Eureka】ME2073X

小說家的旅行

外遊日記

作　　者❖三島由紀夫
譯　　者❖吳季倫
封面設計❖謝佳穎
版面編排❖張彩梅
總 編 輯❖郭寶秀
特約編輯❖周奕君
行銷業務❖許芷瑀

發 行 人❖凃玉雲
出　　版❖馬可孛羅文化
10483台北市中山區民生東路二段141號5樓
電話：(886)2-25007696
發　　行❖英屬蓋曼群島商家庭傳媒股份有限公司城邦分公司
10483台北市中山區民生東路二段141號11樓
客服服務專線：(886)2-25007718；25007719
24小時傳真專線：(886)2-25001990；25001991
服務時間：週一至週五9:00～12:00；13:00～17:00
劃撥帳號：19863813　戶名：書虫股份有限公司
讀者服務信箱：service@readingclub.com.tw
香港發行所❖城邦（香港）出版集團有限公司
香港灣仔駱克道193號東超商業中心1樓
電話：(852)25086231　傳真：(852)25789337
E-mail：hkcite@biznetvigator.com
馬新發行所❖城邦（馬新）出版集團【Cite(M) Sdn. Bhd. (458372U)】
41-3, Jalan Radin Anum, Bandar Baru Sri Petaling,
57000 Kuala Lumpur, Malaysia.
電話：(603)90578822　傳真：(603)90576622
E-mail：services@cite.com.my
製版印刷❖前進彩藝有限公司
二版一刷❖2022年4月
定　　價❖380元

ISBN：978-986-0767-81-0（平裝）
ISBN：9789860767841（EPUB）

城邦讀書花園
www.cite.com.tw

國家圖書館出版品預行編目（CIP）資料

小說家的旅行／三島由紀夫著；吳季倫譯. -- 二版. -- 臺北市：馬可孛羅文化出版：英屬蓋曼群島商家庭傳媒股份有限公司城邦分公司發行, 2022.04
面；　公分 --（Eureka；ME2073X）
譯自：外遊日記
ISBN 978-986-0767-81-0（平裝）

861.67　　111001650